講談社文庫

真田忍侠記(上)

津本 陽

目次

真田忍俠記・上

霧の里

一

真綿をちぎったような白雲が流れる頭上の空は、冴えわたる濃い藍碧である。四方は錦繡をうちのべたような紅葉をかざった険しい山肌である。

摺り鉢の底のような谷底には、急流が泡を嚙んでいる。千曲川の支流であるが、水量が多く、澄んだ水がうねり、河中の岩をつきころばす乾いた音が、絶えまなく聞えていた。

まだ未の刻（午後二時）を過ぎたばかりであるが、辺りは夕方のように沈んだ日陰で、肌つめたい風が動いている。

はるか頭上に聳える峯の一角だけが陽射しをうけ、眼のさめるように明るかった。半刻（一時間）ほどまえまでは、谷あいに陽光が満ちていた。

河原に男が二人、腰をおろしていた。

「この雲ゆきじゃ、明日は峡降りになるら」

「うむ、そうなりゃおもしろい絵もかけらあ」

二人は鋭い眼差しを交わしあう。

山鳥の啼きかわす声がひとしきり聞えたあと、水音ばかりが耳につく。

「雲に乗って、ひとあばれするか」

二人のいでたちは、異様である。柿色木綿の筒袖上衣にたっつけ袴をつけ、膝頭の下と足首を紐でしばり、柿色足袋に頭髪と藁をなかばよりあわせたわらじをつけている。

装束の裏は鼠色で、夜になれば裏地を表にする。昼間は柿色、夜は鼠色が人目につかない。

二人が腰にする刀は、二尺四、五寸の身幅の厚いもので、鞘は鉄ごしらえで先端の鐺が尖っている。塀、崖を登るとき、刀の鞘を地面に突き刺し、鍔を足がかりにして用いるのである。

背負い袋には、負傷したときに用いる三尺手拭い、琴糸を用いた鈎縄、目印に用いる石筆、疵薬、気付け薬、劇薬、火薬などが入っている。食糧として、わずかな量で飢渇をしのぐ兵糧丸、水渇丸をたずさえている。

天正十三年（一五八五）閏八月も末ちかい昼さがりである。上田（長野県上田市）から南へ二里ほどはなれた谷あいにいるのは、上田城主真田昌幸の家来、猿飛佐助と霧隠才蔵であった。

二人はともに上田の地侍で、忍びの術に長じていた。

信濃にはオシラサマと呼ばれる白鳥明神が、猟師、修験者の神として崇拝されていた。民衆のあいだに神仏不二の信仰をひろめ、権力に対抗する修験道の行者たちは、ふるくから気合術、催眠術、医術を修得していた。

貴族の都市における伽藍仏教に対し、人跡未踏の山岳に修験の霊場をひらく行者たちは、しばしば官兵に襲われるうちに山伏兵法を身につけた。

山岳戦において、少数で多数をやぶるための奇策が練られ、やがて忍術が生れた。源義経は鞍馬八流と呼ばれる山伏兵法を学び、義経流という忍術の最古の流派をひらいた。

佐助と才蔵が師としたのは、信濃から上州への山岳を放浪する修験者であった。二人は真田譜代の郎党である。

いま、真田家は大敵を迎えようとしていた。まもなく駿府（静岡）から出撃した徳川家康麾下の軍勢七千余人が、上田へ押し寄せてくる。

鳥居元忠、大久保忠世、柴田康忠ら歴戦の侍大将が指揮する徳川勢は、佐久郡から海野平に出て、長蛇の陣をつらね北上する。

佐助と才蔵は、彼らの状況を偵察のため、城外に出ていた。

徳川家康は二百五十五万石の大守で、野戦の名将としての武名は、天下にとどろいている。彼は前年四月九日、小牧長久手合戦で一万八千人の兵をもって、十二万五千人の羽柴秀吉の大軍を撃破した。

真田の所領は、わずかに四万石ほどである。徳川家が精鋭をさしむけて撃破するには、鶏を裂くに牛刀をもってするような小敵であった。

真田の総兵力は、二千人に満たない。地元の百姓を呼びあつめても、千人ほどがふえるばかりである。

だが、真田家の当主昌幸は小領主ながら、苛烈きわまる戦法を駆使して、関東三百万石の大々名、北条氏政、氏直父子と互角の攻防をおこなったことがある、異色の武将であった。

霧深い北信濃に城砦を構える真田氏は、家康にとって油断できない、薄気味わるい存在である。

「徳川の奴輩は、平地のはたらきをいたすきゃあ。この辺りまで入りこみおって、平地の進退いたさば、儂らが餌になるばかりずら。天下の徳川などとは、いわせねえら」

佐助がいうと、才蔵は干し棗をかじりつつ、ふくみ笑いをする。

「そうずら、かたっぱしから討ってとらざあ」

半刻（一時間）ほどが過ぎた。

「きたぞ、才蔵」

佐助が不意に口をつぐむ。

「うむ、大勢の足音に違えねえら」

忍者の聴覚は、常人の十四倍、視力は八倍である。

半里先の山道を、どれほどの数の人馬が通行しているかを聞きわけるのは、たやすい。

遠方のつづら折れの山道を辿る大部隊のたてる物音は、山陰をゆくときはかすかになり、山麓をまわりこんでくると大きく聞える。

「あとから幾組にも分かれて、練ってくるぞ。才蔵、ここは儂に任せて、いいら。すぐに御大将にご注進にいかざあ」

「うぬ、ひとっ走りいってくるだ。焙烙火矢は置いていくずら」

才蔵は、背負ってきたちいさなつづらを、佐助の傍に置くと右半身になり、疾風のような走りで駆け去っていった。

佐助はつづらをひらく。なかには鈍い光沢を帯びた焙烙火矢という手投げ弾が五個、納められていた。

さしわたし五寸（約十五センチ）ほどの銅の半球をふたつあわせ、金具でとめた本体には、鉛のバラ玉と爆薬が詰められ、木の柄がついている。

口火縄に点火しておいて投げると、密集した敵に対し、いちじるしい威力を発揮する。

佐助は辺りを見まわし、川岸にのぞむ屈曲点の岩角に移った。五丈ほどの高さのその辺りは、樹木が繁茂し、葛がのびているので、身をかくしやすい。背後の山は上田までつづいている。

「これでいいら」

佐助は物見役に出たついでに、ひとりで徳川勢をおどろかすつもりでいる。

「さあ、きたっつら」

佐助は、肩にかけた輪火縄に点火した。物音は間近に迫っている。

はじめは道の両側に二列に分かれた鉄砲放があらわれた。およそ百人ほどが眼下を通過すると、同数の弓衆、槍衆があらわれてくる。

やがて旌旗、纏をつらねた一の先手の部隊が、騎馬侍衆を先頭に、二列縦隊で進んできた。

「肝をつぶさせてやらざあ」

佐助は重い焙烙火矢をとり、口火をつけるなり投げた。

火矢は閃光を放ち、徳川勢の隊列のなかで炸裂した。轟音が周囲の崖にはねかえり、鼻を刺す煙硝の煙が湧く。騎馬兵が七、八騎、馬とともに薙ぎはらわれるように地面に倒れた。

「何事じゃ」

「敵はどこにうせおった」

先手の軍兵たちは、狼狽して身を伏せつつ叫ぶ。

「あそこじゃ、撃て」

鉄砲放は、筒口を崖にむけ引金をひく。

「ここは都合がいいら」

佐助はせせら笑い、重いつづらを背負い、樹間を駆けめぐりつつ、焙烙火矢をつぎつぎと投げる。

落雷のような物音がみぞおちに響きをつたえ、五発の焙烙火矢は敵勢数十人を倒した。

「まずはこれで、ええら」

佐助は山懐へ敏捷に姿を隠した。

徳川の諸隊は、敵影の見えないまま応戦のすべもなく、行軍を停止し、死傷者を収容する。

服部半蔵組の忍者たちが、佐助のいた辺りへ鉄砲を探り撃ちしつつ、散開し、肉迫したが、踏みつぶされた古つづらが一個落ちていたのみで、曲者の姿はなかった。

「真田の者どもは妖術を使うというが、まことに奇怪な応対ぶりじゃ」

徳川勢は警戒をつよめ、河岸に集まり野営の支度をはじめた。

隊列をのばしていた大部隊が河原に溢れた。人数はふえるばかりで、秋草の生い茂った川辺に陣営具がひろげられ、陣小屋が建てられてゆく。

「今夜はここで夜を明かすのか。さだめし夜は疲れて寝ておるら。いったん上田へ戻り、人数を連れてきざあ。夜討ちをやってやるだ」

佐助は大気が冷えこむにつれ、谷あいに湧きでた霧のなかを、飛ぶように走りだした。

二

上田城は、上田盆地北端の太郎山を負い、千曲川尼ケ渕の断崖に面した要害である。平地に築いた平城であるが、千曲川の支流神川、矢出沢川、蛭沢川、小金沢などを巧みに利用し、防禦をかためている。

本丸三千四百九十坪、二の丸二万五千四百五十坪の広大な城郭は土塁、水壕、空濠にかこまれた、きびしい城構えであった。

真田昌幸は天正十一年（一五八三）の年初から上田城の構築をはじめ、普請は完成していた。

彼が描額大（びょうがくだい）の盆地へ徳川勢を迎えうつことになったのは、北条家との領地争いの結果、北条と同盟していた家康と対立したためである。

北条、徳川の二大勢力を敵にまわして屈しない昌幸は、徳川勢が間近に迫ったと注進をうけても、平然と本丸で碁をうっていた。獅子に狙われた仔犬のような小領主であるのに、自若として顔色も動かさない。

昌幸は徳川家に敵対するまえ、越後の上杉景勝に誼（よしみ）を通じ同盟を結んでいた。次男幸村は七月に人質として川中島海津城に入り、いくばくかの所領を与えられた。

昌幸は徳川来攻を知ると、ただちに上杉家へ加勢を頼む使者を走らせていた。上田城周辺の尾野山、丸子、矢沢、戸石の支城にもわずかずつ守兵を置いている。

城下町の通りは袋小路になるよう、千鳥掛けの柵（さく）を結（ゆ）わせ、二の丸櫓（やぐら）には大木を数多く吊（つ）り下げた。

本丸は常田出羽守、高槻備中守ら精鋭千人ほどに守らせる。

昌幸の嫡男信幸は、二百ほどの小勢を率い、上田城東方一里の国分寺表に埋伏（まいふく）し、敵を待っていた。穴山小助、海野小平太ら若武者が、素槍（すやり）の穂先にかげりはじめた陽射しをはじき、待ちかまえていた。

千曲川の支流長瀬川の河原から、黒影が背をまるめ走ってくる。穴山小助が小手をかざして眺め、信幸にいった。

「佐助にごいす」

猿飛佐助は、右半身(みぎはんみ)の蟹(かに)走りで滑るように疾駆してたちまち信幸のまえに達し、注進した。

「徳川の奴輩(やつばら)がきてごいす。焙烙(ほうらく)火矢を馳走(ちそう)してやりしゅえ、怯(おび)えておるずら」

信幸をとりまく男たちが笑声をあげた。

彼らは地元で生れ育った野猿のように身軽な男たちであった。山野の地形をそらんじているので、百倍の敵に襲われても、神出鬼没のはたらきができる。

空は青磁の色に澄みわたっているが、野面(のづら)には肌寒い北風が吹き、気温がさがっていた。

信幸は佐助に聞く。

「才蔵はいずれへ参りしか」

「ご本城へ戻ってごいす」

信幸の周囲に散開する鉄砲放(はなち)どもが、弾丸袋から早合せの紙筒をとりだし、銃身に装塡(そうてん)し、肩にかけた輪火縄に点火する。

おはぐろで染めた耐水性の火縄が、金気(かなけ)くさいにおいを放ち、煙をたちのぼらせる。

埋伏の一団は、草原に身を隠しつつ、近づいてくる潮騒(しおさい)のような人馬の物音に耳を澄ました。

　鉄砲放どもは、帯の前袋に、硫黄、木炭、硝石粉末をまぜあわせた火薬と鉛弾を詰めた早合せの紙筒を数十個も押しこみ、ふくれあがらせていた。それを使えば、弾薬の装塡に要する時間が半減する。

「きた、きた。分かれよ」

　林立する旗差物が野末に揺れながらあらわれ、武具の打ちあう音、馬のいななき、物頭の下知の声がまじりあい、みぞおちにこたえる重い響きを伝えてくると、埋伏の兵は七、八手に分かれ、付近の丘陵、疎林に走った。

　猿飛佐助は、穴山小助、海野小平太とともに、右手の丘に駆けあがった。三人は重量のある三十匁玉筒を担いでいる。

「徳川の奴輩は、どれほどの人数じゃ」

「まずは、七、八千はおるら」

　海野小平太がいう。

「六郎がおりゃ、よろこぶだが」

　小平太の弟六郎は、幸村に従い海津城にいた。

　眼下の野面に土埃をたて、徳川先手の鉄砲衆、弓衆、足軽勢があらわれ、つづいて五十騎ほどが一団となった士槍の小部隊が、続々と馬を歩ませてくる。

付近に埋伏する信幸勢が、豆のはじけるような音を天に吸われつつ、まばらな射撃をしかける。

徳川勢の足軽鉄砲衆が筒口をそろえ、豪雨のような斉射で応じた。小人数の信幸麾下の男たちは、敏捷に駆け走って位置を変え、追われると城へむかって走り、敵を誘った。

「さあ、やるずら」

佐助たちは三挺の三十匁玉筒に硝薬を装填し、焙烙火矢の木の柄を銃口に差しこむ。

「撃つぞ」

佐助は引金をひく。

鞭のひと打ちのような衝撃が一瞬聴覚を奪い、大鉄砲が咆哮した。撃ちあげられた焙烙火矢が弧をえがき空中を飛び、徳川勢のただなかへ落ちる寸前に炸裂した。

しだれ柳のような白煙の尾をひき、鉛弾が四方へ飛散する。

馬が足をすくわれたように、前のめりに倒れ、甲冑武者が地面に投げだされる。

小助、小平太が、つづいて引金をひく。地面に伏せる徳川勢の頭上に、焙烙火矢がはじけた。

「奴らは怯めたずら。こなたへ攻めてこねえだ」

佐助たちは、手早く二発めの火矢を銃口に差す。

徳川勢は散開し、丘の左右から駆け登ってくる。

「さあ、もうひとつ食わせてやるだ」

三人はさらに一発ずつ焙烙火矢を放ったのち、重い大鉄砲を担ぎ、丘陵のうしろへ走った。

うしろから銃弾が飛んできて、耳もとを擦過する。

「遠間だから、当らねえら」

佐助たちは間道を走り、上田城へ後退する。信幸は呼子を吹き全隊をまとめ、あわてふためき城内へ逃げこむ様子をわざと見せる。徳川勢はあとを追い、上田城下へなだれこむ。

城下の三方の口から乱入した徳川勢は、抵抗をうけることなく総構えに達した。寄せ手の大久保彦左衛門、平岩親吉らは、城下の町屋をすべて焼きはらおうとしたが、先手の柴田七九郎は反対した。

「これしきの小敵が何ほどのことがあろうぞ。その儀には及ばぬだわ。町場に火をかけりゃ、かえって先に出でし味方の者どもが、引きあぐる邪魔となろうだで」

徳川勢は大手門へ銃撃を集中し、門扉を打ちやぶったが、城兵の反撃はわずかであった。城内になだれ入った寄せ手は、二の丸の堀際へ押し寄せた。

「この堀は深いぞ。筏をこしらえよ」

「それよりも、門を破るが早かろうだで」

七千の徳川勢は狭い本丸に溢（あふ）れんばかりである。

「大鉄砲を門に撃ちかけよ」

「百匁玉筒を曳（ひ）いてこい」

門際にひしめきあう寄せ手は、扉が打ちこわされると一気に押しこもうと身がまえていた。

そのとき二の丸櫓（やぐら）に吊るしていた大木の綱がいっせいに切りはなされた。門にとりついた寄せ手五、六十人が逃げる間もなく押しつぶされ、地面を血に染めた。

同時に四方の櫓、塀の狭間（はざま）から、落雷のような轟音（ごうおん）とともに、鉄砲が撃ちかけられた。矢も雨のように飛んでくる。

徳川勢は右往左往し、いたずらに城兵の矢玉の的になるばかりで、見る間に死傷者が続出する。

大久保隊の物頭本多主水が、平岩隊の物頭尾崎左衛門に、硝煙のなかで呼びかける。

「いかがしたのじゃ。おのしの手の者どもは浮き足立って、下知を聞かぬではないかや」

尾崎は面頬（めんぼお）をふるわせていう。

「儂（わし）の鉄砲放どもは、戦に慣れし者どもなりしが、この騒動でいずれへ走り去りしや分からぬだで。いま手もとにおるは戦を知らぬ素人（しろうと）ばかりゆえ、下知を聞く耳も持たぬだわ。おのしが見る通り、敵を見れば逃ぐるばかりの痴れ者揃いよ。儂はここにて討死にいたすゆえ、おのしは生きて戻りしならば、儂が主殿に、この場の有様を申し伝えてくれい」

二人が声をかけあううちに平岩隊は崩れ、先をあらそい潰走しはじめた。尾崎左衛門は、言葉の通りその場で銃弾をうけ、即死した。

上田城本丸で家来を相手に碁を打っていた城主昌幸は、敵が二の丸城門まで押し寄せてきたとの注進をうけても、「なに敵が寄せた、打ってとれ、打ってとれ」と口ずさむばかりで、勝負に熱中するふりをしていたが、突然盤面をつき崩し、立ちあがった。

「もはや時分はよし」

彼は甲冑を手早くつけ、二の丸の門をひらき、押し太鼓を急霰のように打ち鳴らしつつ、喚声をあげ突きかかった。

真田勢は諸方に伏兵を置いていたので、敗走する敵を、無駄玉もなく撃ち倒した。

徳川勢は城外へ逃れ走ったが、町筋は狭く、いたるところに千鳥掛けの柵が結われていたので進退に窮した。

三

徳川勢は総崩れとなり、狭隘な退路に溢れた人馬が雨のように飛んでくる矢玉に撃ち倒され、味方の馬蹄に踏みつぶされる。浅手の兵は血を流しつつ、味方をかきわけ突き倒し、われがちに逃げようともがきまわる。

昌幸は大手門から本道へ押しだし、常田、高槻らの家老は南手へ迂回し、敗走する徳川勢に側面から襲いかかった。

真田勢は、二、三十人の伏兵を諸所に配置し、陣形を乱し土煙をあげて逃げる徳川勢が近づいてくると、弓鉄砲を撃ちかけ、喊声をあげ、槍先をそろえ突きかける。

徳川勢は逃げ場を失い、誤って神川に馬をいれ溺死する者が多かった。恐怖にかりたてられ、逆上しているので、夕霧の流れはじめた川面を地面と見まちがえたためである。

信幸は百人ほどの兵を率い、徳川勢をはげしく攻めたてた。猿飛佐助、霧隠才蔵は先頭に立ち、敵勢に突きいるまえに取火という道具を用い、悪臭のある火花を滝のようにそそぎかける。

取火とは火焔放射器であった。長さ二尺、まわり一尺の銅筒の一端に蓋をして、その中央に二分（約六ミリ）ほど孔をあける。反対の端には握り柄がついている。

筒のなかには硝石十匁、硫黄五匁五分、鉄粉二匁、鼠糞一匁の割合いでまぜあわせた粉末を、充填している。口火に点火すれば、先端の蓋の孔から火の粉が噴水のように吹きだす。

霧のなかからあらわれ、異様な火器で攻める真田勢に徳川の人馬は怯え、応戦の気力もなく逃げ走る。

大久保忠世の家人本多主水、平岩親吉の家人尾崎左門兄弟が、神川を渡ろうとする徳川勢の殿をかため奮戦し、尾崎兄弟はついに討死にを遂げた。

徳川勢のうち、酒井与九郎という侍が、尾崎兄弟の討たれたのを見て、川を渡りかけていた馬首を返し、左門の首を掻こうとしている真田の兵を突き伏せ、首級をあげた。

その日の合戦で、真田勢の首を取ったのは与九郎ただひとりであったので、「酒井崩れ口の高名」として、徳川全軍に聞えた。

鳥居元忠隊は、損害軽微のまま引き揚げてきたが、国分寺付近に待ち伏せしていた真田信幸隊に急襲された。

喚き叫んで突撃してきた信幸の手兵は、獅子奮迅のいきおいで斬りたて、鳥居隊は巨海孫七郎、小原孫助ら主だった侍二十九人が一瞬に討ちとられ、隊形を崩し敗走する。

大久保隊は先に神川を渡ろうとしていたが、後方に銃声、喊声が湧きおこり、鳥居隊が真田勢に追われ逃げてくるのを見て、ひきかえした。

だが、信幸隊のうしろから、赤地に白抜きの六文銭の幟を押したてた真田昌幸本陣勢千数百人が殺到してきた。

鳥居、大久保の両隊は、真田勢の猛攻に隊列を乱し、四分五裂となり、神川の河原までようやく退く。

大久保隊は、神川までわずか四、五町のあいだに、三百数十人を討たれた。昌幸は寄せ手を神川の岸辺まで追いつめると動きをひそめ、近くの黒坪の台地へ旗幟を立て、兵を集めた。背水の陣を敷き、必死の抵抗を試みようとする徳川勢の気勢をかわしたのである。

大久保忠世は神川の川岸でようやく踏みとどまり、金揚羽の差物を高所へ立てた。それを見て、味方の兵が集まってくる。侍たちはおおかたが馬を失い、徒立ち(かちだ)になっていた。

「真田の者どもは、薄気味わるき奴輩(やつばら)だわ。霧に乗じあらわれいで、妖術(ようじゅつ)をつかいおるだで」

徳川の士卒は、真田の戦力を見くびっていたので、予想もしなかった鬼神のような彼らのはたらきに、荒胆(あらぎも)をひしがれた。

忠世の弟大久保彦左衛門忠教も、銀揚羽の差物を立て、敗兵をまとめようとしていた。左右には勝ち戦に意気あがる真田勢が、押し寄せている。

突然、彦左衛門の眼前に、黒糸縅(おどし)の具足をつけた屈強な騎馬武者が、数人の従者をともないあらわれ、悠然と通りすぎてゆく。

彦左衛門は、左右の兵に下知した。

「それ、三つ巻をせぬは敵にてあるだわ。突きおとせ」

三つ巻とは、徳川勢の袖印である。

声に応じ、足立という武者が槍をとって突きかけた。騎馬武者は身をかわし、叱咤した。

「儂は日置五右衛門じゃ。人違いするでないぞ」

日置という真田の部将は、大久保隊の一団を、味方と思いこんでいる様子であった。

足立は返答せず、かけ声とともにかさねて突く。槍先は鞍の後輪に当った。日置は足立が徳川勢であると気づき、馬腹を蹴って逃れた。

そのとき、母衣を背負った少年のような若武者が、大久保隊に近寄ってきた。真田の侍らしいが、やはりこちらを味方と見あやまっている様子である。

天野小八郎という大久保隊の侍が、槍を構え走り寄ろうとすると、彦左衛門がとめた。

「小倅なれば、見逃してやれ」

まもなく味方の騎馬武者が駆け寄ってきた。

「この辺りへ、真田の世倅めが参りませぬかや」

「なに、真田の倅と」

「さようにござりまするいら。信幸だわ」

彦左衛門はしばらく絶句した。

「しまった。さてはいましがた寄って参りしは、信幸なりしか。この場を逃さず討ちとめなば、高名このうえなかりしものを」

神川の河岸では、敵味方が見分けにくいほど入りみだれていた。

大久保忠世は、神川の対岸にいる平岩親吉に、大声で呼びかける。

「おのしは川を渡り、儂の備えの後へ押しつめてくれい。敵が人数をまとめぬうちに、ひと当ていたすべし」

平岩は馬上からこちらを眺めているばかりで、返事をしない。真田勢の猛威を眼の当りにして、戦意を失っていた。

忠世はやむをえず、鳥居元忠に反撃態勢をとるようながすが、鳥居も応じなかった。忠世は怒った。

「両人とも、日頃のいきおいはどこへ失せしかや。下戸(げこ)に酒を呑(の)ませしように、腑抜(ふぬ)けとなりしだわ」

忠世は信濃衆の保科正直を誘おうとするが、保科はふるえて口もきけない有様であった。

「かような奴輩に、知行をつかわすはもったいなきことでや」

忠世が真田勢を目前にして歯がみをしつつ川を渡ると、彦左衛門が走ってきて頼んだ。

「兄者よ、早う鉄砲放(はなち)どもを前に出してくれい。敵があとを追って川を渡ればどうにもならぬぞ」

「なに、玉薬(たまぐすり)がないわ」

「さようなる儀があろうかや。玉薬がのうて合戦ができようか」

忠世は弟に歩み寄り、声を低め叱りつけた。

「気のきかぬ奴じゃ。さようの大声を張りあげるでない。味方はすべて腰が抜けはて、敵の前へ出ようなどという者は、一人もおらぬだわ。味方の人数がことごとく腰抜けとなりはてしとはいえぬゆえ、玉薬が尽きしと申せしだわ」

徳川勢は一矢をむくいることもできないまま、神川を渡り対岸の高所に退却し布陣した。

その日の合戦で、徳川勢の戦死者は千三百余人の多数にのぼった。負傷者をふくめると、全軍七千余人の半数が、わずか数時間の城攻めで戦闘力を失った。

真田勢の戦死者は二十一人であった。

真田昌幸は、神川の手前、黒坪の台地に本陣を置き、周囲に諸隊を配置し、敵が寄せ返すときは一線をまじえる態勢をととのえる。

やがて日没となり、徳川勢はこのうえ夜討ちを仕懸けられたときは潰滅すると見て、怪我人を寝かせた台車を馬に曳かせ、佐久郡小諸付近まで退却していった。

猿飛佐助、霧隠才蔵は闇にまぎれ、敵の隊列に入り、戦意を失った彼らが引き揚げるのをたしかめ真田本陣に戻り、昌幸に様子を注進する。

昌幸は追撃しようと気を逸らせる若武者たちを制した。

「このうえ追い討ちを仕懸けることもねえら。あやつらは、真田の会釈がどれほどのものか分かったずら」

翌日の朝、態勢をたてなおした徳川勢は、小諸を進発し、千曲川を渡って八重原に出て、上田城の支城丸子城（長野県小県郡丸子町腰越）を襲おうとした。

佐助と才蔵は、徳川勢の行動を逐一探知している。山腹を平地のように駆け走る彼らは、険しい杣道（そまみち）を息をきらせて歩む徳川勢をあざ笑った。

「あやつどもは、何というか。陸（おか）にあがった河童とたとえりゃよかろうか。まともに歩けねえ。ひと走りお殿さまに注進にいかざあ」

昌幸は佐助たちの注進をうけると、ただちに上田から出撃した。

「今日も、辛（つら）き目にあわせてやらざあ」

真田勢の戦意は旺盛（おうせい）である。

昌幸は千余人の兵を率い、海野平から千曲川を渡り、八重原から手白塚という場所へ出た。彼は自軍の行動を、わざと徳川勢に察知させるようにした。

四

手白塚へ移動する真田勢二千余人を、大久保忠世が発見した。

高所から眺めると、雪もよいの曇天のもと、枯野を分け、金具に鈍い光を溜め、旗差物を巻いて進む人馬は、物音もたてず夢幻のようであった。

「あやつどもを逃がす手はないのだわ。後ろより仕懸けて討ち果してやらあず」

忠世は使者を鳥居元忠、平岩親吉のもとへ走らせ、協力を頼んだ。

「ご両所が旗を、千曲川の岸辺へ押しおろさせてくだされ。しからばそれがしは、信濃衆の依田源七郎、諏訪頼忠らとともに中ほどを取りきり祢津原へ追いあげ、一人を洩(も)らさず討ちとるべし」

忠世の使者、柴田七九郎の口上を聞いた、鳥居、平岩は、応じなかった。

「先走りてさようのことを仕懸けしとて、味方の損となるばかりだで。真田がわけもなく、わが姿をさらけだそうかや。あれは、われらを誘いおるにちがいなし」

柴田七九郎は、やむなく忠世のもとへ帰り、注進した。

「ご両所には、真田へ仕懸くる心づもりはなきようにござるだわ」

忠世は歯噛(はが)みをした。

「何と申す。目前に獲物がおるに、見逃すのかや。いま一度使いをいたせ」

七九郎はふたたび馬を躍らせ、鳥居、平岩のもとへ駆けつけ、懇請した。

「岸辺へお下りなされ給わらねば、せめてこの先の山鼻までもお人数を出され候え。さすればとにかくわれらが仕懸け申す」

だが、七九郎は鳥居、平岩の近習たちに押しかえされた。

「われら主人には、大久保殿とは存念が違うなれば、ご遠慮いたす」

七九郎は、やむなく戻った。

忠世にも、平岩、鳥居の協力がないまま、無理に合戦を仕懸ける勇気はなかった。

「箱のなかの鳥を逃がせしか。せっかくの手を失いしものよ」

忠世は慨嘆したが、上田での合戦に神出鬼没の応戦をした真田勢の猛威は、充分身にしみているので、見逃すよりほかはない。

猿飛佐助、霧隠才蔵は忠世に間近の草原に身をひそめ、徳川勢の様子をうかがっていた。千曲川沿いの低地をゆく真田昌幸の一隊は、鳥居、平岩ら徳川の部将が警戒した通り、付近に多数の鉄砲放を埋伏させており、徳川諸隊が襲いかかればいったんは逃げ、隘路へ誘いこみ銃火を浴びせかける罠を仕掛けていた。佐助と才蔵は話しあう。

「大久保兄弟は短気ゆえ、罠に誘いやすいが、ほかの奴輩はそうはいかねえだ。上田での手痛い負け戦に、縮みきっておるら」

「うむ、あやつらは丸子の城を取り抱えたろうが、そうはさせねえら。しばらくは、小競りあいとなるら」

徳川勢は八重原に野陣を張った。

真田昌幸、信幸父子は、十数町をへだてた高所に布陣する。

「押してくりゃ、こっちの勝ちだが」

徳川勢は援兵を加え、七千を超す人数をそろえていたが、枯野原につらなる真田勢の旗差物を眺めると、攻めかける気がおこらなかった。

徳川諸隊は霧の下りる夜になると、さかんに篝火を焚き、陣中見廻りに徒歩衆三十人を一組として、幾組も繰りだし、夜明けまで厳戒態勢をとった。

「真田の者は妖術をつかうゆえ、油断できぬ。忍びこんでくる奴輩には、犬をむかわせるのがよいが、何分陣中のことゆえ、それもできぬわい」

忍者の大敵は犬であるが、敵とむかいあう陣中では、不要の物音はつつしまねばならない。犬の吠え声により全軍が浮き足立って総崩れになることも、ありえないことではなかった。

佐助、才蔵たちにとって、犬もさほど手ごわい敵ではない。吠えついてくる犬には、毒薬をまぜた焼飯を食わせる。

一瞬に辟易させるには、息討ちという道具を用い、馬銭という硝酸ストリキニーネを含んだ熱帯植物の粉末と、唐芥子粉末を吹きつければよい。

犬はたちまち沈黙し、逃げ去ってしまう。

二人は日が暮れたのち徳川の陣中に入ると、夜明けがたまで忍び歩き、敵の動静を探索する。霧のたちこめている朝は、そのまま敵中にとどまる。

徳川の諸将は、毎日軍評定をひらいた。八重原に着陣して二日めの夜、大久保忠世の陣小屋に諸将が集まった。

囲炉裏をかこんだ部将たちは、明朝にも真田勢へ攻めかかろうという強気の忠世と彼の意見に応じない鳥居、平岩の二人との争論をとりしずめようと努めていた。

忠世がこめかみに青筋をたて、鳥居たちの慎重な用兵を批判する。

「上田攻めにて、大勢の人数を失いしは、味方の衆ことごとくが、足並みをそろえざりしゆえだわ。真田の計略にのせられしとて、慌てることなく、槍先をそろえ、持ちこたえがたきところを耐えて、一歩も退かざれば、総曲輪のうちに踏みとどまれたであろうものを。鉄砲玉を竹把にて防ぐことをせず、いたずらに逃げ走りしゆえ、つけこまれしだで。神川のほとりにても、押し返すべき戦機ありしに見逃せしは、惜しかりしよ。かような合戦をくりかえすとて、何の手柄もたてられぬわい。殿にはわれらが敗軍を知りて、井伊、大須賀ら五千の人数を後巻きにつかわさるとか。新手の着到いたすまえに、眼前の真田の陣へ押し寄せ、揉みつぶさねば、われらが面目はたたぬぞ」

大久保彦左衛門が、兄とともに唾をとばし速攻を主張した。

「われらに合力いたす信濃衆は、一騎当千の荒武者揃いだで、敵をまえに尻ごみいたす臆病なるふるまいをいたさぬだわ。命を惜しむことなど、あらずか」

鳥居元忠が反論する。

「上田の城を攻めしとき、われらが町曲輪を焼きはらい、足場をひろげてのちに仕懸けるべしと申せしに、貴公らは、かようの小城を攻むるに、その儀には及ぶまじと遮二無二押し寄せしゆえ、敵のはかりごとに乗りしではないか。真田ごときと呑んでかからば、また辛き目にあうのだわ」

「ここな腰抜け侍が、何をぬかすかや。おのしがような者を、犬侍と申すだで」

彦左衛門の雑言が、居ならぶ部将たちの耳にはっきりと聞えた。

――いまの声は、誰じゃ。儂の声ではないか――

彦左衛門はおどろく。鳥居元忠を満座のなかで犬侍と呼べば、ただではすまない。武士の名誉を汚せば、決闘を覚悟しなければならなかった。

忠世が彦左衛門の無礼を叱ろうとしたが、一瞬早く、わが声が間近で聞えた。

「いかさまさようだで。よくぞ申したぞ。それでこそわが弟だわ。この犬侍どもこそは、獅子身中の虫にちがいなし」

忠世は耳を疑う。

――儂の口まねをいたすのは誰じゃや――

だが、彼は自分に浴びせられた罵声に逆上した。元忠が大音声で忠世兄弟に侮蔑の言葉を、洪水のように浴びせてきた。

「さきほどより黙って聞いておれば、さまざま勝手ないいぐさを並べたてしが、おのしども兄弟は、牛馬ほどの智恵もなき奴輩だわ。何の考えもめぐらさず、無闇に敵を見れば仕懸けるゆえ、よき餌とはなるばかりよ。汝らのなまくら頭が、大勢の味方を死なせしだわ。頭の悪しきをわきまえず、やたら大言いたす、ここな阿呆面を見てやれい」

元忠も、わが声が座敷のくらがりのどこからか、がなりたてるのに愕然とした。

――わが声が、わが身の外から聞えるふしぎが、あらずか――

忠世と彦左衛門が、佩刀を手に元忠に斬りかけようとして、傍の部将たちに羽交いじめにされ、囲炉裏の灰を蹴立てる。

突然、座敷のうちで高笑いがひびきわたり、一座の男たちは息をひそめた。

「いま大久保が声色をつかいしは、真田が郎党の猿飛佐助と申す者じゃ」

「鳥居が声色は、おなじく霧隠才蔵よ」

徳川の部将たちのあいだから、声の聞える方向へ小柄が飛んだ。

「どうだ。胆をつぶせしか。儂らはお手前がたの陣小屋へ、いつなりとも出入りできるじゃあ。今宵は戯れ口をきくのもこれまでにしておいてやろうが、寝首を掻かれぬよう用心しておけよ。ほうずらなあ、才蔵、行かっか」

突然陣小屋のうちに火花が飛び散り、落雷のような轟音が、部将たちの五体をふるわせた。

目鼻を刺す煙硝のにおいのなかで、身を伏せた大久保兄弟がはね起き、戸口へ走り出て、倒れている哨兵の体につまずき、よろめく。

戸外の闇で、また笑い声が聞えた。

「馬を走らせるで、踏み殺されねえように用心せざあ」

陣中で、軍兵たちの叫び声があがり、馬のいななきと地を蹴る馬蹄のひびきが湧きおこった。

佐助と才蔵が、馬繋ぎ場の柵門をひらいたのである。まもなく、数百頭の軍馬が奔流のように地面を震わせ逸走してきた。

五

八重原に布陣する徳川勢は、まったく動意をあらわさない。朝夕は寒気がきびしく、霧が湧く。

七千の将兵は二千の真田勢を攻めることもできず、萎縮しすくみあがっている。このような状態になった軍勢は、旗色がわるくなる。

戦場で陣中に立てつらねる大将の旌旗をはじめ、馬標、幟、吹貫差物などの風に吹かれるさまを、合戦の場数を踏んだ侍が遠望すれば、意気さかんで颯爽とした感をうけるときと、何となくまとまりがわるく、それぞれの動きが疎らに見えるときがある。

前者は旗色がよく、後者は旗色がわるいのである。かつて永禄三年（一五六〇）五月の桶狭間合戦の際、義元本陣勢の見張りが高所に立って、幾度も織田信長勢が山裾にあらわれては消えるのを発見していた。

義元の先陣を承り、早朝から戦場に出ていた松平元康（のちの徳川家康）の斥候が信長勢の移動するさまを望見していった。

「あれは小勢なれども、旗色がすこぶるよい。用心せねばならぬだわ」

だが小勢の信長を見くびっていた今川の斥候は、その行動を黙殺した。

「それは貴公のひが眼であろう。あの小人数にて押して参らば、立ちどころに打ち砕くまでよ」

その後、一刻（二時間）も経たないうちに、今川義元は田楽狭間で首級をとられた。

真田昌幸は、旗色を読むことに長じた謀将である。

「三河の者どもは、甲斐、信濃の人数をやとい、勝手を知らぬ山中へ入りこみ、上田にて手痛き目に遭いしゆえ、何といたさばよいか、迷いおるということだ。潮時はまだ先だ。佐助、才蔵が足軽の人数を使うて、敵の陣中を騒がせてやればいいだ」

佐助と才蔵は、敵陣へ自由に出入りし、大久保忠世、鳥居元忠らの軍議の様子を詳しく聞いていた。

二人が評定の座で声色をつかういたずらをしたのちは、徳川陣所の警備は厳重になった。至るところに柵門が設けられ、夜は篝火で真昼のように明るい。部将たちの陣所は、大勢の哨兵に守られていた。

佐助たちは壁抜け、隠身の術を身につけているので、昼間に多人数のなかにまぎれこみ、めざす部将の陣小屋へまぎれこむことができる。

人相、姿勢はどのようにでも変えられる。徳川の哨兵たちは、陣中で兵具小屋、兵粮置場でしばしば火事がおこるため、ついに番犬を置いた。

「犬は思わざるときに啼くゆえ、戦陣には禁物だが、かように真田の妖術者が出入りいたすようでは、いたしかたもない。要所に犬を置こう」

才蔵たちは、夜に敵の陣中へ潜入するとき、犬がいるのを見て、笑いあった。

「息討ち道具をつかうまでもねえら。気合をかけてやらざあ」

彼らの気合は、無形の神剣といわれている。ヤッ、と気合をかければ、隣の部屋に置いた茶碗がふたつに割れる。

二人は篝火の傍を、平然と通り過ぎる。闇中で犬の眼が光った。佐助は鏃のようなとぎすました眼光で犬を圧倒し、腹中で無言の気合をかける。

犬は小牛のような巨体をすくめ、尾を股間にはさんだ。

「今夜も、大将、物頭どもは、小屋のうちでつまらねえ相談をしておるら。当分は動きそうにねえから、煙硝小屋でも燃やしてやるいら」

二人は陣所の奥へ入りこむ。煙硝小屋の周囲には、百人ほどの小姓組が寝ずの番にあたっている。そこにも番犬がいた。

佐助たちは、犬や鳥の啼き声の意味をあらましは知っている。

二人は人のいない辺りに立ちどまり、友を呼ぶ啼き声を出した。尾を引く声を幾度かくりかえすうち、陣中の番犬たちが啼きはじめた。

「こりゃ、やめんか。うるさいぞ」

軍兵たちが犬を叩き、沈黙させようとするが、かえって騒がしく吠えたてる。

「何事じゃ、ほうぼうで啼いておるではないかや。真田の者どもが夜討ちに参りしか」

陣中の士卒の動きがあわただしくなったとき、佐助たちはくないという鉄製のくさびのような道具を用い、煙硝小屋の壁下の地面を掘って、屋内へ入りこんでいた。

夜目の見える彼らは、白煙硝の樽を見つけると、導火をとりつけ、表へ出た。

雨よけの陣笠をかぶり、麻の胴着をつけた二人は、足軽と見分けのつかないいでたちである。柵門にさしかかると、哨兵が松明を彼らの顔につきつけ、合言葉を口にした。

「静」

佐助はおちついて答える。

「動」

哨兵たちがうなずいたとき、地面が揺れた。佐助たちは地に伏せる。聴覚を奪う衝迫が顔を打つ。辺りが白昼のように明るくなった。

「やったっつら」

佐助たちはうなずきあう。

火柱を噴きあげた煙硝小屋のほうへ、陣小屋から走り出た男たちが駆けつけてゆく。

「儂(わし)らは、おさらばをせざあ」

二人は身軽に鹿柴(ろくさい)を乗りこえ、闇(やみ)に溶けいった。

十数日が経った。徳川勢は小部隊に哨戒をさせ、真田勢の動きをうかがうばかりであったが、九月十九日、粉雪が舞うなか、信濃衆諏訪頼忠の手兵千数百人が、旗差物を寒風にひるがえし、押し太鼓を乱打しつつ攻め寄せてきた。

真田昌幸は、佐助らの注進により、その朝諏訪隊が合戦を仕掛けてくるのを知っていた。諏訪頼忠は、真田勢の対応を試すため出撃しただけである。翌日に徳川勢の総攻めがおこなわれることになっていた。

「矢玉の数すくなしと思わせねばならぬゆえ、あまり撃ちかくるでないぞ」

昌幸は、諏訪隊が用心ぶかく縦深陣形をとって攻めてきたのを見ると、麾下(きか)の常田出羽守に命じた。

「二段に兵を伏せ。敵を誘いこめ」

常田出羽守は、五百の兵を率い、士(さむらい)槍(やり)の騎馬隊を先頭に、いきおいすさまじく砂塵(さじん)を巻いて徳川勢に立ちむかう。

出羽守は途中で二百人ほどを林のかげに潜ませる。その様子は、諏訪隊から手にとるように見える。

「あれを見よ。敵はあそこへ埋伏の人数を伏せ置きしぞ。罠を仕懸くるつもりか。笑止なることよ」

諏訪隊は、鉄砲、弓衆を先に立て、ついで槍衆、騎馬侍衆が押して出る定石通りの攻撃を仕懸けてきた。

常田隊は三百余人で正面から白兵戦を挑み、しばらくのあいだ果敢に槍を交え斬りむすんだが、やがて退き貝を吹き退却してゆく。諏訪隊は林の辺りへくると、左右から二百余の伏兵が喚き叫んで攻めかけてくるのを見て、あわてることなく応戦する。

わずかな伏兵は、たちまち蹴散らされ、逃げ散った。

「それ、あとを追え」

諏訪隊が追撃の態勢に移ろうとしたとき、五百人ほどの別手の真田勢が林中からあらわれ、諏訪隊の後方を遮断しようとした。

「伏勢は二段なりしか」

諏訪隊は追撃の足をとめ、左に旋回し、退陣しようとする。

そのさまを見た常田隊が、ひきかえしてきた。諏訪隊は前後を敵に取りきられ、間近に六文銭の旌旗を立てた真田昌幸本陣があるのであわてふためき、隊形を崩しわれがちに逃げ去っていった。

常田出羽守は陣鉦を打ち鳴らし、追撃する味方を呼び戻した。

「深追いするでないぞ。明日に備えよ」

翌朝、徳川勢は総攻めを仕懸けてきた。雪が吹きつけるなか、鉦鼓を鳴らし、鉄砲を雨のように放って押し寄せる。

昌幸は、徳川勢が上田敗戦の雪辱を期し、必死の攻撃を仕懸けてきたのを見て、正面からの激突を避けた。

「ちと取りあいをいたし、丸子の城へ引きとるといたす。この場にて有無の一戦を遂げずともええら。ひと当てして引込め」

敵の鋭鋒を柔軟にうけながし、彼らの面目をいくらかでも取り戻させ、丸子城へ引きこもればよい。寡勢で大兵を撃破する戦法はこころえているが、このうえ勝利を重ねると、徳川勢は援軍の到着をまって、無二無三の我責めを仕懸けてくるにちがいなかった。

昌幸は、身軽な足軽鉄砲衆、槍衆を繰りだし応戦する。大久保忠世、彦左衛門は、硝煙の奥に、真田父子が足軽鉄砲衆を指揮している姿を認め、こおどりして、平岩、鳥居の両将に使いを走らせた。

「あの鉄砲放どものなかに、真田父子の馬標が見ゆるなれば、いまよりただちに押しかけ、討って取るべし」

使者が忠世の口上を告げたが、平岩、鳥居は応じなかった。

「真田父子が足軽と陣馬へ出でしは、かけひきをいたすだで」

六

大久保隊は、岡部長盛隊とともに丸子河原へ押し出し、農家に放火しつつ、真田勢の左手へ迂回し喊声をあげ突撃した。

真田の先手は意外にもろく陣形を乱し、潰走した。昌幸父子の馬標も、揺れながら退いてゆく。

「あれを逃すな」

岡部隊の騎馬侍衆が一団となって敵中へ乱入しかけたが、たちまち前後に火柱が立ち、七、八騎が馬足をなぎはらわれたように転倒する。黒煙が芭蕉の葉のように四方へ延びる。

「煙玉だで。打たれりゃ命はないぞ。地に伏せよ」

岡部隊は、追跡の足をとめざるをえなかった。真田勢は、余裕を保ったまま、丸子城へひきとった。

大久保、岡部の両将は、真田の無名の端武者の首をいくらか挙げ、駿府の家康のもとへ送ったので、感状を与えられたが、徳川勢不利の態勢は変らなかった。

まもなく井伊直政、松平康重、大須賀康高、牧野成定、菅沼定政らの率いる徳川の援軍五千が、上田城東南二里半の八重原に到着した。

一万二千余の大軍が野陣を張り、旗差物を雪もよいの曇天にひるがえす。丸子城は、根小屋（ねごや）と呼ばれる山塞（さんさい）にひとしい粗末な城楼に土を塗り、火矢攻めにそなえているが、守兵はたかだか二千人である。

だが、容易に攻めかけられない。城外の至るところに真田の鉄砲放（はなち）が潜み、正確な狙撃を加えてくるので、物見も近寄れなかった。

井伊隊の部将、広瀬美濃守は武田家旧臣で、昌幸とは旧知の間柄であった。

「儂（わし）が差物を見ては、安房（あわ）守も撃たねえら」

彼はゆるやかに馬を歩ませ、依田河原へ下りた。

そこまで丸子城へ近づいたのは、徳川勢のうちで美濃守ばかりである。

彼は丸子城の空濠（からぼり）のまえに馬を停める。真田の伏兵の銃口が、自分を狙っているのを知りながら、彼はあおむき城を眺める。

突然頭上から声がきこえた。

「美濃守、久しいのう」

美濃守は眼をこらし、城の土居から半身をあらわす人影を認めた。

「おう房州（昌幸）か。息災にてありしかや」

「うむ、いまは敵味方と分かれしが、古朋輩ゆえ鉄砲は留むるぞ。心静かに物見いたせ」

美濃守は声をはげまし呼びかける。

「貴殿はこれにて弓矢を納め、和談いたすつもりはなきかや。駿府よりの人数は一万二千となりしが、このうえも腕だてして、城を枕に散るつもりか」

昌幸の姿は見えなくなり、声だけが降ってきた。

「濃州、夙く去ぬがよい。さらばじゃ」

美濃守は、やむなく馬を返し、陣所へ戻ると井伊直政に告げた。

「何と仕懸くるとも、安房守（昌幸）はとりあい申さず。一戦を交うる覚悟と見受けてごいす」

「うむ、あやつがこのまま和談に応じるはずもなし。まずは水の手を断ち、鹿柴にて取りかこみ、人数の力にて我責めをいたすだわ。真田は忍びをわれらが陣中へ入れておるゆえ、寄せ手の戦法をすべて読みとり、裏をかくだわ。我責めのほかに何の手もあらずか」

「まことに、猿飛、霧隠などと申す輩は、伊賀、甲賀の忍びも歯のたたぬ、妖術つかいにごいす」

徳川四天王のひとりとして知られた猛将直政が、意外に力なくうなずくばかりである。

直政は、着陣した夜、おそるべき真田忍者の挨拶をうけていた。彼は陣小屋の奥で薄縁のうえに身を横たえ、掻巻き布団をかぶりまどろんでいた。夜更けに息苦しさでめざめると、彼のうえに首のない男が乗っている。鎧直垂をつけた屍骸は、首の切りくちに黒く血がかたまり、なまぐさいにおいを放っている。

直政は屍骸を押しのけ、はね起きようとしたが、手足が金縛りにかけられたように動かず、声も出ない。

隣室に寝ずの番の小姓がいるが、呼ぶこともできず、眼を動かすばかりである。直政のうえにおおいかぶさっている屍骸から、一瞬に首が生えた。直政は胸を波うたせ、まなじりも裂けんばかりに眼をみひらく。

男の顔は、部屋の隅の灯台が、かすかにおぼめく光を溜めているだけであるのに、白日のもとで見るように、はっきり見えた。

まだ若々しい顔つきの男は、直政に語りかけた。

「こりゃ、たまげたか。四天王などと横柄面さらせしとて、儂から見れば木偶同然ずら。命をとるはたやすいが、いまは生かせておいてやらあ。汝が家来にも忍びがいるが、儂を捕えられねえだ。よく見ていりゃいいずら。汝がどれだけ身のまわりを伊賀者どもに守らせたとて、儂は自在に出入りしてやらあ。儂は猿飛佐助だ。いいか、覚えておけ」

佐助の幻影が消えると、直政ははね起きた。剛気な彼も手足のふるえをとめられない。

彼は隣室の寝ずの番を呼ぶ。

「半蔵組の手の者を呼べ。五人でも十人でもよい。いますぐに集めよ」

直政は彼と同行した服部半蔵組の忍者を呼びあつめ、叱咤した。

「おのしどもは、何をいたしおるのか。いま猿飛と申す真田の妖術遣いが、儂を金縛りにいたしおった。伊賀者がどれほど儂の身のまわりにおろうとも、自在に出入りしてやるべしと、いいおいて立ち去りしだわ。おのしどものうち、耳目のたしかなるは一人もなきか」

半蔵組の組頭が首をかしげ、呻くようにいった。

「信濃には忍法をつかう山伏行者がおるとは、聞き及んでござりまする。猿飛、霧隠は手ごわき者どもにて、残念なれどもわれらより上手なれば、かの者どもがご陣所に忍びいるをくいとむるが、ようやくにござりまする」

直政は猛りたった。

「何と申す。猿飛はいま儂の身にまたがっておりしだわ。忍びいったではないかや」

組頭が答えた。

「おそれながら、猿飛がつかいしは、分身多現の術にござりまする。念力によって、離れし所へわが姿の幻をあらわし、金縛りをかける術にて、よほど神通の奥儀に達せし者になくば、できませぬ」

「おのしは、できぬか」

「さようにござりまする。われらが頭領、服部半蔵ならばできようと存じまするが」

「猿飛は、それほどの達者か」

服部半蔵正成は、家康の身辺警固に任じている。直政は舌をふるわせていった。

「おそろしき妖術つかいだで」

直政は忍者たちに身辺を守らせ、ようやく睡りについた。

翌朝、直政はまた胆をつぶすような思いを味わった。五つ（午前八時）に諸将が集まり、軍評定をすることになっていたので、彼は朝餉をしたためたのち、小姓に手伝わせ具足をつけていた。

小姓は力帯を締めかけて、いった。

「古びておりまするゆえ、締めにくうござりまする。新しきものを取って参じましょう」

小姓が隣室へいったあいだ、直政はあぐらを組んでいたが、ふと気配を感じ、ふりかえった。

うしろには柿色木綿の忍び装束をつけた男が坐っていた。うす笑いをうかべている顔は、まぎれもなく猿飛佐助である。

「おのしゃあっ」

直政は喚くなり傍の佩刀をつかみ、抜き打ちに斬りつけたが、佐助の姿はかき消え、刀身は空しく宙に唸ったのみであった。

「何といたされまいた」

気配を知った半蔵組の忍者が駆けこんできたとき、直政はしたたかに壁板へ斬りつけた刀を提げたまま、茫然と宙をみつめていた。

直政は徳川勢の主将、鳥居元忠の陣所へ評定に出向くときも、顔色蒼ざめ、意気あがらなかった。

——儂はこの年まで、忍術にたぶらかされしことはなかりしが、いまになりてかようにも面妖なるものを見せられようとは、心外の至りだわ——

彼は幻影があらわれたときは、戦場往来をかさねて練りあげた気力で圧倒してやろうと、眼をすえ、口をひきむすんで歩をはこぶ。

元忠の陣小屋のまえには鹿柴がつらなり、素槍の穂先を光らせた足軽たちが、柵門の前に立ちならんでいる。

直政が歩み寄ると、足軽たちは道をひらいた。直政は目礼する彼らのうしろに立っている男を見て、みぞおちを凍らせた。

陣笠をかぶり、渋塗りの粗末な胴丸をつけた中間ふうの若者が、歯をみせ笑っている。猿飛佐助であった。

——また出てうせしか——

直政がうしろに従う忍者を呼ぼうとしたとき、佐助の姿は消えうせていた。

直政は舌打ちをして、何事もなかったかのように鳥居陣所へ入った。妖術にたぶらかされる小胆者と思われるのを、はばかったためである。

評定の座で、鳥居元忠は思いがけない知らせを告げた。

「今朝の夜明けがたに、駿府より急使が参った。上杉の大兵が上田の後巻きに出向との風聞あるゆえ、早速に退陣いたせとの、お殿さまよりのお下知だわ」

諸将のあいだに低いどよめきが湧いた。

七

大久保忠世、彦左衛門兄弟が、血相を変え、鳥居元忠につめよる。

「なにゆえ、さようのお下知がありしかや。井伊殿ら、後巻きの人数が着到いたし、これより小癪なる真田の城を乗りつぶさんと、士卒の勇みたつ折柄でねあーか。退陣は聞えぬだわ」

「その通りだで。勝手にうとき山中にて、人数を繰りだす隙に乗ぜられ、辛き目にはあわされしが、このまま引かば、われらは天下の笑い者になろうでや。上杉が真田の後巻きにあらわれしなら、もろともに打ち崩してやるだわ。のう、井伊殿」

井伊直政は猛将である。なすこともなくひきさがるはずはないと、大久保兄弟は期待したが、井伊は声を荒げることもなく、静かにたずねた。

「お殿さまには、上杉が上田の後巻きにくるとの風聞ばかりにて、われらに退陣せよとのお下知をなされるはずもない。何事かおこったのであろうが」

「実を申さば、与七郎殿が急に岡崎を出て、秀吉のもとへ奔られしだわ。それにてお殿さまは、われらを急ぎお召し返しなさるのだで」

「なに、それはまことかや」

「まさか、さようのことがあるべきか」

部将たちは陣中のつつしみを忘れ、騒然となった。

与七郎とは、徳川の老臣石川数正である。

石川伯耆守数正は、酒井忠次とともに家康の股肱といわれる譜代の重臣であった。天正十二年（一五八四）四月九日の長久手合戦の日、数正は小牧山本陣を守備して、徳川家長老の重責を果したが、その頃から彼が秀吉と親しく、とかく攻撃の鋭鋒をあらわさないとの噂があった。

その後、数正は羽柴方との和睦交渉にあたり、しだいに家中の侍たちから秀吉に内通しているとの疑いをむけられるようになった。数正は、強豪をもって知られた徳川勢が、上田城下の一戦で真田昌幸に敗北を喫し、天下公衆の面前に恥をさらしたのを機に、譜代相伝の主人を見捨て、岡崎を出奔し秀吉のもとへ去った。秀吉の人たらしの策略に乗せられたのである。

徳川軍団の秘事をすべて知っている数正が秀吉の家来になれば、今後の戦略、部隊編制を急速に組みかえねばならない。そのため家康は、真田攻めの諸隊を呼び戻すことにした。

井伊直政は一座をとりしずめた。

「おのおの方、お静まり召されよ。石川殿が秀吉のもとへ参り、こなたの手のうちが筒抜けとなりしとて、もし羽柴の人数が押し寄せなば、目に物を見せてやるだわ。かようの仕儀となれば、真田ごとき小敵を相手にしてはおれぬ。敵にひと塩つけて引き揚げるといたすべし」

十一月下旬、丸子城を包囲していた徳川勢は、付近の民家に火を放ち、諸軍を逐次退陣させていった。

丸子城の真田昌幸は、猿飛、霧隠らをつかい、徳川方の内情を偵知していた。彼は麾下(きか)の祢津利直、常田出羽守らが追撃に出ようとするのを、とめた。

「徳川は、平場(ひらば)の取りあいをいたさば、とてもわれらが歯の立つ相手ではねえら。切所(せっしょ)に引きこんでこそ勝てようが、あの井伊、松平の旗色を見よ。そのほうどもが手にはおえねえずら」

徳川勢は降雪のなか、粛々と駿河へ引きあげていった。

真田勢は沼田城（群馬県沼田市）にも、北条の大軍をむかえうち、善戦した。

北条との争いは、沼田領の帰属をめぐり、おこったものである。真田の士卒は、本城上田と同様に奇略をつくして沼田城を護（まも）った。

沼田城には、真田の家来矢沢頼綱が、二千余の士卒を率い、たてこもっていた。北条氏直は家康と呼応し、九月中旬、北条氏照、氏邦以下の諸将をともない、数万の兵を催し廐橋（まやはし）城へ入ったのち、沼田へむかった。

頼綱は上田の本城に急使を派し、上杉家へ援兵を要請し、うろたえることなく、城外を埋めた敵の大兵に対した。

彼も主君昌幸に劣らない知謀の将である。わずか二千人の守兵で、三万とも四万とも知れない寄せ手の陣備えを観望すれば、戦意を失うのが当然であった。

だが、頼綱は最後の一人が息絶えるまで、防戦する覚悟をきめた。野山を埋め、旗差物をひるがえす北条勢は、数日間何の動きもあらわさない。

ある朝、城兵の一団が旗差物をひるがえし、利根川対岸の名胡桃（なぐるみ）のほうへ進出した。北条勢の先手、猪股邦憲はその様子を望見し、追撃する。

「さては矢沢めが城を明け退くぞ。隙間なく追え」

邦憲は三千余人を率い、城兵に追いすがる。彼らが土煙をあげ、突進するのを、途中の森にひそんでいた真田の部将渡辺右近の五百人が待ちうけ、やりすごし、喊声（かんせい）をあげ背後から襲いかかった。

「八幡、埋伏の人数がおりしか」

猪股邦憲はおどろいて兵を返し、伏兵に立ちむかおうとすると、名胡桃村のほうへむかっていた真田勢も引き返し、槍先をそろえ突っこんでくる。

猪股隊は陣形を崩され、弓鉄砲の猛射を浴びおびただしい死傷者を残し、潰走した。

北条氏直は、自軍の醜態を憤った。

「小敵を侮るゆえに、辛き目に遭うのじゃ。このうえは大軍にて我責めにいたすべし」

九月二十日、北条勢は二万の人数で押しだし、ときの声をあげつつ城壁に肉迫した。鉄楯、竹把を前にたて、場内から撃ちだされる矢玉を防ぎつつ城壁にとりつき、よじ登ろうとした。

頼綱は城内にかくまっていた近在の百姓たちに、多量の炭火をおこさせておき塀のうちから寄せ手に投げつける。

「熱いぞ。これはたまらぬ」

具足のあわせめに、まっかにおこった炭を投げこまれた士卒は、悲鳴をあげ逃げ走った。

頼綱は、敵の先手が乱れた隙をついて、城門をひらき、二千余人で北条勢のなかへ斬りいった。

「かかれ、かかれ、敵は小勢じゃ。押しつつんで討ってとれ」

物頭たちが声をからして態勢をたてなおそうとしたが、浮き足立った北条勢は、十分の一の人数の城兵に切りたてられ、おびただしい損害をうけ敗退した。

真田勢のうちに、割田下総という忍者がいた。彼は忍びの技では猿飛、霧隠には及ばないが、膂力(りょりょく)無双(むそう)といわれる豪の者である。

彼はある日、鎖装束(しょうぞく)をつけたうえに蓑(みの)を着て、二尺五寸の刀に藁(わら)を巻き、馬大豆をいれた袋をかつぎ、北条の陣所へ出かけた。

割田下総は近在の百姓であるかのようによそおい、恐れげもなく寄せ手の陣小屋のまえを通りつつ、大声で呼ばわる。

「馬大豆はいりませぬか。馬大豆召しませ」

北条勢の部将、松田憲秀の陣小屋の前で、若侍二、三十人が集まり、それぞれの乗馬に乗って輪乗りをかけていた。

下総は立ちどまって、騎乗のさまを見物した。若侍は下総に声をかけた。

「これ百姓、おのしも馬が好きか」

下総はとぼけていう。

「大豆は一斗につき、鐚(びた)十五文にござりまする」

若侍はかぶりをふった。

「いや、豆のことにてはなし。馬を好くかと申すことじゃ」

下総はうなずき答える。

「手前は、すこし馬喰をやったこともございますべえ」

「ほう、さようか。然らば馬のことも知っておるであろう。この山中にて、かような美しき馬鞍を見たこともないにちがいない。近う寄って眼福いたすがよい」

若侍たちは、どっと笑声をあげる。

小屋の外の蓆に、金覆輪の見事な鞍が置かれていた。下総は、若侍にたずねる。

「このような見事な鞍は、見たことがございませぬ。どなたさまのお持物にございまするか」

「松田尾張守さまと申す、当家お年寄衆のお持物じゃ」

「やっぱり、さようでございましょう。尾張守さまのお馬は、どれでございます」

「あの黒毛の馬じゃ。逸物であろうが」

「まことにさようでございまする。この鞍を置いて、乗りてみたきものじゃ」

若侍たちは、ささやきあった。

「あのいなか者を松田さまの駿馬に乗せ、うしろより鞭打ちいたし、迷惑させてやらあず。おもしろき見ものではないか」

ひとりが下総にいう。

「これ、望み通り、この黒毛に乗せてやろうほどに」

下総は怯えてみせる。

「おそろしゅうござりまする。あのような駿馬に乗らば、たちまち振り落されましょう」

尻ごみすると、若侍たちは無理に下総を抱きあげ馬に乗せる。

「これはおそろしや。降して下されませい」

下総が泣き声を出すと、若侍たちは興にのって、馬の尻に一鞭あてた。

馬は宙を飛ぶように走りだした。下総は若侍たちの傍へ馬を乗り戻し、大声に名乗った。

「それがしは真田安房守が家来、割田下総守重勝と申す者じゃ。ただいま馬をありがたく頂戴いたした。お礼は合戦の場にて、あつく申しあげようほどにのう」

八

北条勢は沼田城を攻めあぐんだ。寒風吹きすさび、飛雪粉々たる悪天候のもと、四万余の大軍が小城ひとつを取りかこみ、つけいる隙も見出せない。

湿気をきらう武器、馬具に、錆やかびが生じた。冷雨がしばしば降り、地面はぬかるみとなり、煙硝樽も湿った。

厳冬にむかう戦場に、大軍が長期滞陣すれば兵站補給が困難である。北条氏直は副将の北条氏照らにすすめられ、麾下関東衆に退陣を命じた。

山野を埋めた北条勢は、半月ほどの城攻めに何の戦果も得られないまま、包囲を解き、引きあげていった。

真田の武名は、一時に天下にとどろきわたった。関東三百万石の太守、北条氏直の大兵力を迎えうち、徳川と同様に退けたのである。

「徳川、北条に攻められ、追いかえせしという真田安房守とは、いかなる仁であろうかや。信濃上田の城主にて、たかが四万石ほどを領するいなか武者と聞くが、大それたる腕立てをして、よくぞ勝ちしものよのう」

「まことにさようじゃ。関八州を統べる北条が、沼田の城を一気に抜けなんだとは、まことは思えぬわ。真田の主従は鬼神のごとき者どもであろうよ」

東信濃一帯の土豪は、先をあらそい上田城へ参向し、昌幸に誼を通じた。

昌幸は今後、徳川、北条と対抗するためには、関白秀吉の援助を乞うべきであると考え、書状を送り、後楯となってもらいたいと懇請した。

秀吉は、十月十七日付の書状を昌幸に送り、後援を承諾した。

「これまで書状をつかわしたことはないが、道茂のところへ送ってきた、そのほうの書状は披見し、すべて承知した。そのほうの今後の進退については、どのように情勢が変っても、困るようなことのないようにはからうべく申しつけるので、安心するがよい。

今後は小笠原右近大夫といよいよ相談をかさね、落度のないようとりはからうがよい」

道茂は、秀吉側近の者である。小笠原右近大夫貞慶は信濃松本城主で、それまで従っていた家康にそむき、昌幸とともに秀吉に通じた。

秀吉は、昌幸と右近大夫が家康に対抗することを、おおいによろこぶ。彼は家康を戦うことなく屈服させ、わが政権に帰属させようとはかっていたので、昌幸らの行動を支援したのである。

上田城の一戦で、徳川勢に圧勝した真田勢は、意気さかんであった。

昌幸は天正十三年（一五八五）の末から十四年春にかけて、佐久郡に兵を動かし、諸郷を侵略した。

真田勢は上田から出撃し、大久保彦左衛門のたてこもる小諸城を尻目にかけ、岩村田、葦田を侵略し、甲斐へ乱入しかねないいきおいをあらわす。

山岳地帯の作戦に慣れている真田の軍兵は、寒気をものともせず、迅速に行動した。上田城では、敵地占領の勝報を伝える母衣武者(ほろむしゃ)が城門に駆けこんでくるたびに、士卒の歓声が湧き、祝勝の酒盛りがおこなわれる。

粉雪の舞い散る十二月なかばの昼さがり、真田幸村が父昌幸に八月以来の重なる戦勝を祝うため、川中島海津城から上田をおとずれた。

曲輪うちの長屋にいた猿飛佐助、霧隠才蔵は幸村に呼ばれ、本丸広間へ出向いた。

「おう、蝙蝠どのに才蔵か。おのしどもは、このたびの合戦のはたらき、めざましかりしとか。さすがはオシラサマのご加護を受けし軒猿（忍者）どもずら」

「おはずかしゅうごいす」

佐助と才蔵は、うすべりに額をすりつける。佐助がいった。

「若さまには、ご息災にてなによりにごいす」

佐助、才蔵と幸村は、ともに十九歳の若者であった。

「うむ、上田が危うきときは、上杉加勢の案内をいたし、押し寄せようと思うていたが、徳川の奴輩は口ほどにもなき、腰弱き者どもでありしよのう」

「さようにごいす。昌幸旦那、信幸若さまが強すぎるのでござんしょう」

「そのほうどもの妖術にたぶらかされたのであろうが」

「それほどのものではござりませぬ。ほんの小手先の芸にごいす」

「いや蝙蝠どもと肩をならべるほどの妙手は、三河守（家康）が手の者のうちにはおらねえら」

佐助が蝙蝠と呼ばれるのは、かつて三十間（約五十四・六メートル）の断崖のうえから飛び下りたことがあったためである。

幸村が十六歳の頃、百人ほどの兵を率い、関東へ出陣したことがあった。行手に深い谷があらわれ、藤蔓で架け渡した吊り橋がある。

橋を渡ろうとして、下をのぞくと眼がくらんだ。急流が泡を嚙んで流れる谷川を見下していた幸村が、家来たちにいった。

「この谷は、地元の者に聞けば雁ケ沢というが、雁が下りてもあがってこれぬというほどの険しい地形ずら。この谷へ飛び下りようと思うほどの者はおるか」

幸村は転合（冗談）をいったつもりであった。

だが即座に佐助が申し出た。

「手前が、つかまつってごいす」

幸村がおどろいてとめた。

「おのしが、いかに忍びの巧者なるとも、この谷に下りられようとも思えぬだ。いまのは転合ずら。儂は大事な家来を、無駄死にさせとうはねえら。やめておけ」

だが、佐助はひきさがらなかった。

「死ぬか生きるか、やってみざあ。ご覧下されい」

佐助は背に負う胴乱から、縦横一間はある黒木綿の大風呂敷をとりだし、それを両手で頭上にひろげ、崖縁へ歩み出る。

「やめよ。犬死にしたいか」

幸村は近侍の者に命じ、佐助を抱きとめさせようとしたが、遅かった。

佐助はためらう様子もなく、頭上にさしあげた大風呂敷に風をはらみ、崖から飛び下りた。

「待て、やりおったか」

幸村は崖縁に出て、見下す。佐助の体は、石のように落下していった。

士卒が騒ぎたてていると、後ろから追いついてきた昌幸が、事情を聞き幸村を叱りつけた。

「あたらよき武者を、無駄に死なすとは、あきれはてたしうつけ者だ」

河原へ落ちていった佐助が、河原へ下り立つことができたかと、崖上からのぞきこむが、岩壁に凹凸があってたしかめられない。

幸村たちは、佐助が死んだのであろうとあきらめ、吊り橋を渡りかけようとしたとき、本人があらわれた。

「佐助は生きておりしか。あまりに放胆（ほうたん）のふるまい、胆をつぶしたずら」

「これほどの崖を飛び下りしとて、死ぬような手前ではござりませぬ」

佐助は笑っていった。その後、彼は蝙蝠（かわほり）の渾名（あだな）をつけられたのである。

佐助と才蔵は、幸村から格別のはたらきをした褒美に脇差を頂戴し、面目をほどこし、ひきさがった。

二人は祝宴にのぞんでも、酒食を口にすることがなかった。彼らには十の戒律がある。淫を好むなかれ。酒に酔うなかれ。穢慢不浄なるなかれ。父の本命（干支）の肉をくらうなかれ。おのれの本命の肉をくらうなかれ。一切の肉を、たしなみくらうことなかれ。五辛をくらうなかれ。一切の虫を殺すなかれ。北にむかいて大小便をなし、仰いで日、月、星の光りを見るなかれ。

忍者は大豆と麻の実を、煮た紅棗と同量にまぜ、搗いて満腹するまで食えば、七日は飢えを覚えず行動できる。

早飛び、不疲労、隠形、創傷治癒、除疫などの秘薬を、口にすることもある。早飛びの薬は、四十里を一日に走破するときに用いる。薄の葉と六鳳草を黒焼きにし、走る五日前から一日十五匁を服用する。美食に飽くのは、五感を損じ、身を鈍くすることであった。

佐助と才蔵に忍びの技を教えた修験者は、いった。

「木が百年、千年の寿命を保つは、葉より天地の精気をうけ、根より水と土鉱を吸いとるゆえじゃ。人もまた、息をととのえ、肉、穀類をなるたけ遠ざけ、木の実、土鉱よりなる練丹、仙丹を口にいたさば、身は軽く、飛行いたすがごとく歩めよう。疲れもおぼえぬものよ」

佐助たちは、火を通したものを口にするのはなるべく避けた。

きびしい戒律に生きる彼らは、俗情に流されないため、妻子を持たなかった。忍びの道をすてたとき、はじめて俗人として暮らすことができる。

だが、十九歳の佐助には、ひそかに想いをかける女子(おなご)がいた。

彼が才蔵とともに本丸広間を出て、長屋へ戻ろうとした夕まぐれ、薄紅の小袖をつけた女性(にょしょう)が、幾人かの女中につきそわれ、奥の主殿の庭にあらわれた。

「姉者(あねじゃ)さまじゃ」

佐助と才蔵は地に膝をついた。

佐助の恋しい女子は、幸村の姉であった。

九

小諸城は千曲川にのぞむ、浅間山西南麓に位置する平城(ひらじろ)である。北西に中沢川、東南に蛇堀(じゃぼり)川が流れる要害の地に、三の丸、二の丸、北の丸、南の丸、本丸が、東北から南西へつらなっている。

城主依田源十郎は、家康麾下(きか)で聞えた武将であった父信蕃(のぶしげ)が、天正十一年（一五八三）に討死にを遂げたのち家督を継いだが、少年であるので、大久保彦左衛門が後見役(こうけん)として残ったのである。

源十郎が単独で在城しておれば、真田勢がたちまち襲いかかり、攻略するであろうと見たため、徳川勢が退陣のとき、彦左衛門はやむなく小諸にとどまった。

「儂は貧乏くじをひきしだわ。兄者に頼まれしゆえ、よんどころなくかような所にとどまりしが、ここで真田ごときに討たれては犬死にだでなん。何としても命を全うして帰りたきものだで」

彦左衛門は、冬にもあたたかい陽ざしの照りわたる三河の野山を思いうかべ、吹雪の唸る暗鬱な雪景色に眼をやる。

真田の士卒は、極寒の風雪をものともせず行動し、佐久郡の諸方へ雪を蹴たて押しだしていた。

千余人の軍兵と小諸に足をとどめているうちは、夜もやすらかに眠れない。彦左衛門の身辺は徒士侍が常時警固していたが、妖術をつかう真田の忍びの者が、陣所に入りこみ、付火をする。

徳川老臣の石川数正が出奔して、秀吉の攻勢の矢面にいつさらされるかも知れない険悪な形勢のもと、ろくに国許の情報もとどかない雪中の小城にたてこもっているのは、心細かった。

小諸城に彦左衛門が残留したのは、兄忠世の面目をたててやるためである。小諸城の依田源十郎のもとへ、後見としてとどまる者を置こうといいだしたのは、忠世であった。

彼は味方の諸将が、丸子から退陣の支度にとりかかったとき、彼らに声をかけた。

「いまごろ遠州は石川出奔にて大騒動にちがいなし。おのおのがたには一日も早う帰陣いたしたき心中は、あい分るなれども、小諸に源十郎ひとりを残しおかば、真田の出て参るは必定だわ。噂にては真田は上杉景勝と謀り、信玄次男の竜芳なる者をおしたて、甲斐を取り戻すべしと計りおるとか。佐久郡の諸所にはたらきおるは、甲斐へ乱入いたす足場を求めおるにてあらあず。かくてはお家にとりて由々しき大事なるゆえ、誰ぞ儂にかわり、この城を守ってはくれぬかや。恩賞、知行は殿に申しあげ、望みにまかせつかわすだわ」

忠世の頼みを聞く者はいなかった。

「誰いよ、彼いよと申せしとて、知行の望みどころにてはなし。石川伯耆逆心のうえは、ご本領がいつ秀吉に踏みつぶされるやも知れぬ。小諸などにおれば、一族の行方も分らぬ仕儀とあいなるだわ。雪と霧にて、妖怪のうろつきまわるごとき山峡は、とどまるところにあらずか」

忠世は怒って、思わずいった。

「その儀ならば、是非に及ばぬだわ。おのおの方は帰陣召されよ。われらはここにとどまるでや」

「いかようにも、ご貴殿しだいになされるがよかろう」

諸将は、われさきにと帰途を急ぎ、降雪の奥に消えていった。

忠世とともに残ったのは、彦左衛門ばかりであった。忠世は頼んだ。

「平助（彦左衛門）よ。ここにとどまってくれぬかや」

彦左衛門は、忠世のために小諸城に残留しなければ、しかたがなかったが、おだやかに兄の頼みをうけいれる気にはなれない。

「儂とて先に去にし衆と、おなじことだで。石川伯耆がおりし膝もとに母者と女房を置いて、質にとられたるやも知らざるに、知行加増を申しあげてくれんなどいわれ、あとに残る者があろうかや。国元へ戻りても、ここに残りても死するものなれば、殿の御旗先で討死にしたかろう。おなじ命果つるにも、ここで果てるなら人にも知られず。知行の望みどころではないわ。知行は閻魔につかわすがよかろうでや。何と兄者にいわれようと、ここにとどまるは、なかなか思いもよらざることだでなん」

忠世は、つむじまがりの彦左衛門の心中に気づいた。

彦左衛門は、兄の身代りに小諸城へ残留する覚悟を、すでにきめているが、加増ほしさに真田相手の討死にをするのではないといいたいのである。忠世は弟を説得した。

「おのしの申すところは、げにもっともだで。知行の望みどころにてはなしとの申し条、その通りだわ。その儀は、儂があやまるゆえ、堪忍いたせ。しからば何の望みもなきままに、この兄のために命を捨ててここに留まってくれい。その儀なくば、儂は退陣いたせぬだわ」

彦左衛門はようやく納得した。

「兄者がさように申されるなら、心得申したでなん。知行をつかわすゆえとならば、なかなか覚悟に及ばぬが、何かなしに命を捨てよといわれしなら、いやとは申されぬでなん。儂は残るゆえ、兄者は一時も早う帰国いたされい」

彦左衛門が小諸に残留するのに、これほどの経緯があったのは、彼らがどれほど真田の猛威を恐れていたか、推量できることである。

真田昌幸は、このとき徳川勢力との衝突をくりかえすつもりはなかった。

十一月二十一日付の、関白秀吉の書状がとどいていたからである。

「そのほうの、家康との争いについては、直接に聞きとどけよう。そのほうもいくらかやりすぎのようであるが、その点は許してつかわすので、早々に京都へきて釈明するがよい」

昌幸は、今後は秀吉に帰服し、真田家存続の計をたててゆくつもりであったので、小諸城攻略の方針はとりやめた。

猿飛佐助、霧隠才蔵は、信幸に従い岩村田へ攻めいっていた。徳川、北条に気脈を通じている竹田玄蕃、依田摂津ら群小の地侍を一蹴するのに何の苦労もない。

師走はじめの朝、前夜からの足もとから吹きあげてくるような吹雪がおさまり、陽がまぶしく照りわたった。

小諸城から三里はなれた在所に陣を置いていた信幸は、家来たちにいった。

「今日は上天気だに、兎でも捕まえに山へいくでえ。寒兎は脂が乗ってうまいぞ」

非番の軍兵は、弓矢、手裏剣を持って近くの山へ出向いた。

佐助と才蔵は手裏剣を五本ずつ持っていった。深い雪のうえで手裏剣をつかうとき、雪に潜ってしまえば分らなくなるので、手裏剣と手首を長い琴糸でつなぐのであるが、二人はそのようなことをしない。雪上の兎を発見すれば、狙いをはずさないからである。

二人は小半刻(こはんとき)（三十分）のあいだに、兎を五匹ずつ捕えた。

「まだ去(い)ぬるには早いだに」

佐助がいう。

「小諸をのぞいてくるか」

「ああ、それがいいだ」

小型のカンジキをはいた二人は、雪のうえをとぶように北西へむかった。雪は一丈ほども積っているが、彼らは平地を走るようにわずかな雪煙をたててゆく。

午の九つ（正午）過ぎ、彦左衛門は本丸の北、荒神曲輪(くるわ)の櫓(やぐら)のうえから、眼下の地獄谷のあたりの雪景色を眺めていた。

従兵がひとり、二匁五分玉筒を手に、うしろにひかえている。

彦左衛門は、陽の照りわたる雪原を見渡す。絹夜具をうちのべたような雪のうえに、櫓の影があざやかに落ちていた。

――風ものうて、のどかなる眺めだが、油断は禁物でや。真田の奴輩(やつばら)は、いつ押し寄せてくるか分らぬ――

城兵は常時物具をつけ、兵器を手にして敵の急襲にそなえていた。

夜は大篝火を各所に焚き、守りをかためているが、真田の妖術遣いたちはしばしば陣中へ忍びいり、悪戯をする。馬繋ぎ場から馬を放ち、小火を出すほどで、大事にいたらなかったが、薄気味がわるい。

彦左衛門は、真田昌幸が秀吉の下命によって、徳川勢と干戈をまじえないことにしたのを知らないので、いまに敵の猛攻にさらされるであろうと覚悟していた。

——三河へ去にたやのう。家の者どもに会いたきものでや——

陽をはじく雪の照りかえしで、あたたかい。寒鴉の声を茫然と聞いていた彦左衛門は、雪のうえに動くものを見つけ、頰をひきしめた。

「あれは女童ではないか。なにゆえあのような所を歩みおるのでや」

彼は従者に声をかける。

五、六歳の幼女が、頭巾もかぶらぬかぶろ髪の胴着姿でカンジキをはき、雪のうえをあやうげな足どりで歩んでゆく。

地獄谷は地形が険しく、大人でも歩けば危ないところである。

「これ、おのし。いずれ参るぞ。雪の穴へ落ちなば、こごえ死ぬるぞ。戻ってこい」

呼びかけると、うしろで従者がいった。

「よくご覧なされませい。あれは狐でござりまするだわ」

彦左衛門が眼をこらすと、従者のいう通り、女童の姿はいつのまにか小狐にかわっていた。

十

彦左衛門は、うしろにひかえる従者に呼びかけた。

「これはまた、飯綱つかい（妖術者）があらわれたでや。油断すな」

「合点にござりまする」

答える声音に、彦左衛門は胆をひやした。甲高い幼女の声である。

ふりかえると、従者が倒れていた。

「やっ、いかがした。返事をいたせ」

彦左衛門が抱きあげようとすると、頭上で男声がした。

「気遣いは、いらねえだ。当て落しただけだ。いまに正気に戻るぞ」

彦左衛門は眼をみはり、佩刀の柄に手をかけた。

「何者じゃ。姿を見せよ。いずれに忍びおったか」

天井の辺りで、返答が聞えた。

「怒るでないぞ。ちと挨拶したまでずら」

「声ばかりにて胡乱な奴だぎゃ。どこにおる。出てうせよ」

低い笑声が聞えた。

「姿を見せてやろうぞ。よく見ておるがいいだ」

不意に櫓の一隅に、白装束の男二人が立った。

筒袖、山袴、頭巾をつけた彼らは名乗った。

「儂は真田の郎党猿飛佐助だ」

「おなじく霧隠才蔵よ」

彦左衛門が刀を抜きはなち、つめ寄ろうとすると、二人は窓框に足をかけ、鳥のように身軽く宙へ飛ぶ。

駆け寄った彦左衛門が見おろすと、飛び下りた二人は彼のほうへふりむき、手をふった。

「あばよっ、また会うてやるだに」

彦左衛門の背筋に震えが走った。

佐助と才蔵は、櫓から飛び下りたとき、足を雪中に潜らせていなかった。自らの身の重みで、全身を雪に沈めて当然であるのに、紙片が舞い下りたように軽やかに立っていた。

彦左衛門は、二人が小型のカンジキをつけた足を滑るように動かし、たちまち視界から去ってゆくのを、言葉も忘れ、見送っていた。

彦左衛門は、天正十四年（一五八六）正月、小諸城から兵を引き揚げ、岡崎へ帰還した。越後国境の雪が深く、上杉景勝が出兵できないと判断したためであったが、内実は真田の変幻きわまりない攻勢をはばかってのことであった。

その年の四月、北条勢がふたたび沼田城を攻めた。主将氏直は厩橋城に入り、北条氏規、氏照、氏邦ら一門衆、松田憲秀、大道寺信繁ら譜代の諸将が、参陣した。総数五万と称する大軍勢である。

城代矢沢頼綱は、うろたえることなく三千余人の将兵とともに、沼田城の防備をかためた。

五月十日、頼綱は山野を埋める北条勢の先手の将、北条氏邦に、つぎのような挑戦状を送った。

「氏直公は去年の秋ご出陣されたが、ご勝利はなされなかった。そのため、今度関八州の大小名をこぞっての合戦に、あなたは先手としてこの山中へご出張された。まことにもってご苦労の至りである。

数年お心掛けなされておられたが、さいわい私は生きながらえ、今年も氏直公と対陣することになり、このうえもないよろこびである。さほどの武功を誇れるほどの身ではないが、早々のご出馬をお待ちしている」

氏邦は返書を送った。

「お手紙拝見した。仰せの通り、前回の攻撃において沼田城は攻めがたい難所でもあり、ことにその守備は堅固である。

あなたの自信も、もっともである。お手紙の内容は、陣中で披露した。主人氏直は、神妙の至りと感心している。山中の眺めはめずらしく、この一両日は鷹狩を命ぜられたので、静かに寄せ、鬱憤をはらすつもりである。

あなたがすみやかに降参すれば、所領は望むにまかせ、一族と籠城の士卒は処罰しない。あなたと一戦を交えるときを期待する」

五月十三日から合戦がはじまったが、その午後から三日三晩、大雨が降りつづき、利根川とその支流は氾濫して、田畑は水中に没した。

橋はおおかたが出水に流され、寄せ手の陣所も高地へ移動せざるをえない。十日ほどはなすこともなく過ぎた。

二十五日の朝、ようやく雨があがった。前年の沼田城攻めで、城方の罠に陥り潰滅した猪股邦憲隊を先頭に、松田、大道寺の諸隊があとにつづき、大手、搦手へ押し寄せる。

矢沢頼綱は、策略を本領とする透破の大将であった。真田の透破は、修験者、郷士、牢人出身の忍者である。

沼田城には、割田下総のような上州、武州に住む、虚無僧、野武士出身の乱破と呼ばれる忍者がいた。

かつて北条氏康は、風魔小太郎という乱破の大将を駆使し、武田信玄との合戦に度々の勝利を得た。

真田昌幸は、乱破、透破を登用し、すぐれた忍者を多く養っている。彼自身も忍びの技をこころえている。

沼田城の士卒は、城外に出て敵を誘いこみ、濠際へ押し寄せる敵に、銃火を集中する。

二十五、六の両日、北条勢は正面からの人海戦術で、竹把、大井楼を用い矢玉を防ぎ、城門を猛射しつつ肉迫したが、外曲輪を抜くこともできなかった。

二十七日未の八つ(午後二時)頃からふたたび大雨が降りはじめた。

「これは難儀じゃ。城攻めの道が水浸しなれば、馬も井楼も動かぬぞ。はやくあがってくれぬものか」

大雨は四、五日降りつづけた。

河川は水嵩を増し、濁流がうねり田畑にひろがる。五万余の大軍を養う兵粮、馬糧を運ぶ、兵站の動きが停ってしまった。

「もはや、城を取り抱えることはできまい。またまた退陣とは残念至極だが、やむをえぬ」

五月晦日、北条勢は沼田城の包囲を解き、猪股隊を阿曽の向い城に置き、退陣した。

家康は北条勢の再度の失敗を知ると、いきりたった。

彼はその年一月十九日、大坂に妻子とともに在住する織田信雄の使者、織田長益、滝川雄利、土方雄久と岡崎城で会っていた。

長益らは、秀吉と和睦したのち、人質のような状態でいる主君信雄の意をうけ、家康に秀吉への臣従をすすめた。

「関白殿下には、三河守（家康）殿にして上洛をご許容なくば、中国、四国、北国の兵をこぞって三河に乱入いたすと、仰せられておりまするに」

家康は長益らの申し出を一蹴した。

「儂には秀吉の下風に立つつもりはなし。もし攻めきたらん所存ならば、東美濃三郡を切りとり、あやつをおびきよせるばかりだわ」

滝川雄利がいいかえした。

「さように仰せられますれども、三河国中の城はいまだ修築ならず、要害ならねば、関白殿下の軍勢攻めいるときは危うしと勘考つかまつりまする」

家康は雄利を大喝した。

「そのほうただいま益なきことをほざきしよな。秀吉が兵を動かすとも十余万。儂が五州をこぞっての勢は三、四万なれども、地の利を得しところへおびき寄せ、迎え撃たば何ほどのことがあろうぞ。おのしゃあ長久手の一戦を忘れたかや。秀吉も生きて帰さぬだぎゃ」

織田長益らは大坂へ帰り、家康の応対をそのまま秀吉に言上した。

「家康は儂の首を申しうけると申せしかや。余人にはいえぬ口上だで」

秀吉は装備をととのえた大軍団を三河へむければ、家康を征伐できると見込んでいたが、三河譜代衆は鉄の団結を誇り、容易に降伏しない。合戦は長期にわたるおそれがあった。

秀吉は九州島津攻めの大作戦を、目前にひかえ、できることなら家康を懐柔し、わが陣営にひきいれたい。彼はすでに、信長の遺訓である大明進攻の戦略をたてはじめている。彼は独得の政治力を発揮し、家康を政権に帰服させる方針をとることにした。

「儂は妹を家康に嫁がすだわ。さすれば、いかな家康にても、上洛いたすげなでさ」

秀吉は諸臣の反対をおしきって、異父妹旭姫を家康に嫁がせることにした。

旭姫は天文十二年（一五四三）生れで、四十四歳になっている。佐治日向守と結婚しているが、子はない。家康は天正七年（一五七九）信長の要求に屈し、武田勝頼に内通の疑いありといわれた、正室築山殿を殺害してのち、妻を迎えていない。

秀吉の強引な交渉はととのい、佐治日向守と離別させた旭姫を、四月中旬に家康のもとへ輿入れさせると決った。

秀吉は前年のうちに、真田昌幸につぎのような書状を与えていた。

「天下の権を握っている儂に対し、家康は叛心を抱いているので、使者の石川数正にいろいろ人質のことなどを申しつけたが、聞きいれられず、数正は困りはて、一家をあげて儂のもとへ逃げこんだ。このうえは家康を征伐するしかない。来年正月十五日前に、儂は三河へ攻めいり、家康を成敗してやる」

秀吉はこのような広言を、たちまちひるがえし、家康を義弟にしようとしたのである。

上田城の昌幸は、転変する形勢を静かに観望していた。

十一

家康は、旭姫を正室に迎えたのち、七月十七日、浜松城から駿府城へ動座（どうざ）した。自ら大兵を率い、上田城を攻略し、小癪（こしゃく）な真田昌幸父子討伐の作戦をおこなうためである。

秀吉は八月七日に家康のもとへ使者をつかわし、上田攻めをやめさせようとした。

「真田は近頃、われらに帰服いたせし者なれば、不届のふしもあるならんと存ずれども、われらに免じ征伐を免ぜられよ」

家康も、いま秀吉の意向に背いては、今後の立場が悪化すると判断した。

「殿下の仰せならば、従わねばなりませぬ。上田の城を取り抱うるは、思いとどまってござりまする」

真田昌幸は、秀吉と家康の政治のかけひきの裏面を詳しく知っていた。

秀吉の使者は、駿河府中（静岡）城で家康に対し、持参した書状とはうらはらの言葉を口にしていた。

「殿下には天下惣無事（そうぶじ）の大令によりて、三河守（家康）殿の上田攻めを、おひかえあれとの仰せにござりまするが、それは表向きのことばかりにて、内実は真田の首を刎（は）ねらるるに異存はお持ち遊ばされませぬ。いったん兵をお出しなされしうえは、かならずご自身のお手によりて、真田をご成敗なされるよう、仰せられております。そのときは、越後の上杉には表裏常なき真田へ味方いたさざるよう、当方奉行衆中より申しつけおきまする」

秀吉は、自分を頼ってきた真田を表面では助けようとしつつ、実際には家康をそそのかし、上田城を攻撃させようとした。

秀吉は家康の大軍勢が、平地で真田の小勢と遭遇戦をおこなえば、たちまち撃滅するであろうが、山岳戦ではどちらが勝つか分らない事情を知っていた。

信濃の山間では、地の利をわきまえた神出鬼没の真田の兵一人が、徳川の兵十人に当ることができる。真田昌幸はゲリラ戦に長じていた。

彼の麾下(きか)には、忍びの技に長じた乱破(らっぱ)、透破(すっぱ)が大勢いる。彼らは服部半蔵組が鉄桶(てっとう)の守備態勢を敷いている家康本陣に潜入して、大将の命を脅やかしかねない。

家康は、秀吉の使者が上田攻めを黙認協力するとの態度をあらわしたため、うかつに出陣できないと考えなおした。

秀吉のすすめに乗って、信濃へ馬をむかわせ、真田昌幸の首級をとるつもりが、かえってわが首をとられることにもなりかねない。

家康は隠密頭服部半蔵を召し寄せて聞いた。

「そのほうは、儂が上田を取り抱うるに利ありと存ずるかや」

伊賀同心二百人の頭領である、上忍の半蔵は四十路のなかばを過ぎた、忍術の練達者である。

「おそれながら、危うしと勘考つかまつりまするに」

「ほう、真田の妖術者どもは手ごわいかのん」

「さようにござりまする」

半蔵は、陽灼けた頬をひきしめる。

「信濃から上野にかけての山を渡り歩く修験者どもには、われらもおどろくほどの変化の術をこころえおる者が、おりまする」

家康はするどい眼差しを、半蔵にむけた。

「真田には、猿飛、霧隠と申す忍びがおると聞くが、存じておるかや」

「このお城にも、幾度か忍びいっておるはずにござりまする」

「いまも入りこみおるか」

「この半蔵が詰めておるかぎりは、さようの手落ちはしでかしませぬ。これまでのことにござりまする」

「信濃へむかえば、危ういか」

「御意にござりまする。野陣となりますれば、合戦取りあいのなりゆきによっては、手前とて守りにほころびなしとは申しあげられませぬ。真田の痩せ地を取りしとて、さほどの利を得られようはずもなく、かえって乗ぜられよう隙もあらわれるでござりましょう。勝手知らぬ他国での進退は、おつつしみ遊ばされるが、ようござりまする」

家康は、半蔵のすすめを聞きいれないわけにはゆかない。

諸国忍者の事情を知りつくしている半蔵が、真田昌幸麾下の猿飛、霧隠ら一群の忍術者を、容易ならない相手と見ているのである。

家康は、声をおとしてたずねる。

「いまは五つ（午後八時）時分であろうが、城中に真田の手の者が忍びいっておるかや」

半蔵はおちついて答えた。

「さきほども申しあげしごとく、それがしがおりますれば、真田の者は一人も入れませぬ。ただ」

半蔵は、灯芯のほの明かりを半眼にうけ、口をつぐむ。

「何じゃ、申してみよ」

「おそれながら、殿とそれがしのかようにいたしおる様子は、猿飛などの奴輩が、遠く上田の城にいて眺めておるやも知れませぬ」

「なに、それはまことか」

「お物語り遊ばされるお声を、聞きとる術をも身につけておるやも知れませぬ」

「千里眼か」

「さようにござりまする。天眼通、天耳通の神通力にござりまする」

「そのほうにも、さようのことがなせるかや」

「できまする」

天眼通力を身につけた忍者は、以前に一度でも出向いたことのある土地であれば、はるかな遠隔地で心眼に映して眺めることができる。

灯火を消した座敷の闇黒のうちに端座し、両眼をとじ、旧知の土地の眺めを心にえがく。はじめは暗かった瞼のうらに、薄らあかりがゆらめきはじめる。およそ半刻（二時間）が過ぎるうち、光りは赤みを帯び、黄に変る。光りはしだいにあざやかになり、突然白昼に見るような、遠隔地の光景が眼前にひろがる。

山河草木があらわれ、道路、屋敷が見えてくる。やがて男女の歩み、はたらき、話しあう姿が、ありありと見える。

天眼通力をそなえた者のうちでも、とりわけ感覚の発達した達人だけが、天耳通力を身につけることができた。彼らは、心眼に映る人々の話しあう声を聞きとれるのである。

家康は、闇が溜っている座敷のくらがりに視線を這わせる。

「いま、儂の声音を遠方で聞きおる者が、おるかのん」

半蔵がうなずいた。

彼がいうとおり、そのとき駿河府中城から北へ四十里はなれた上田城小泉曲輪の長屋の小部屋で、猿飛佐助が端座瞑目(めいもく)し、家康と服部半蔵の語りあう姿を眺め、声を聞いていた。

九月になって、家康は上田城攻めの作戦を中止し、兵を浜松城へ引き揚げた。秀吉の指示に従っての撤兵であると全軍に触れたが、実際は真田昌幸のゲリラ戦法のすさまじい威力を、はばかってのことであった。

秀吉は、その後も家康懐柔の方針をとりつづけた。彼は家康を京都へ招くため、生母大政所(おおまんどころ)を人質として岡崎城へ送ることを申しいれた。

家康は、もはや上洛を拒むことはできない。孝心深い秀吉が、母を家康のもとへ送ってくるからには、上洛しても謀殺される危険をおもんぱかる必要はない。

大政所が岡崎城に到着したのは、十月二十日の朝であった。

彼女は城内主殿で家康と対面し、群臣の列座する大広間で旭姫と対面した。

「母(かか)さま、ご息災にてお下り遊ばされ、うれしゅうござりまする」

旭姫は大政所を抱きしめ、母子あい擁し身をふるわせて泣いた。

十月二十一日、家康は浜松城に二万二千、岡崎城に一万の兵を置き、自らは一万二千の精兵を率い、岡崎城を発し京都へむかった。

道中に何の変事もなく、家康は京都三条新町の豪商、茶屋四郎次郎清延の屋敷に宿陣した。

その夜、厳重な警戒を怠らない家康宿所へ秀吉がたずねてきて、酒をくみかわし、聚楽第(じゅらくだい)

でおこなう謁見についての打ちあわせをした。

仕物（謀殺）にかけられるかも知れないと、一瞬も緊張をゆるめなかった家康も、ようやく安堵した。

十一月二日朝、聚楽第での家康謁見の儀は、無事に終った。同月五日、家康は羽柴秀長とともに正三位権大納言に叙任された。

猿飛佐助と霧隠才蔵は、家康が秀吉に謁見したとき、大広間の天井裏に忍んで、儀式のすべてをのぞき見していた。

二百数十畳の青畳が敷きつめられた座敷の、眼を奪う金碧極彩色の障屛画を背に、盛装した大小名が裃をつらね居流れるなか、家康が進みでて、正面上段の間の秀吉に正対して坐った。

取次役が家康の贈物目録を読みあげたのち、秀吉の大音声が天井にはねかえった。

「徳川三河守、上洛、大儀」

家康は秀吉の声に押し伏せられるように平伏した。

佐助と才蔵は、顔を見あわせ、うなずきあった。家康が秀吉に帰服する儀式は終った。

昌幸はこののちは秀吉の傘下にいて、わが立場を守ってゆけばよい。

しばらくは、存亡を賭けた合戦をする必要もなくなり、真田は信濃の一隅を守ることができるのである。

流れる雲

一

上田盆地の北壁をなす太郎山（標高千百六十四メートル）の南山麓に隆起した飯綱山（標高六百八十メートル）がある。

飯綱山の頂上には、かつて葛尾（埴科郡坂城町）城主として、北信濃に覇をとなえた村上義清の支城のひとつといわれた、飯綱城址があった。

東、西、南の三方は険しい斜面、北面のみがゆるやかで、鬱蒼とした樹林のなかに、太郎山の尾根へつづく道がある。

その辺りは、武田に亡ぼされた村上勢の人馬の亡霊が、昼間もあらわれるといわれていて、里人は近づかない。

修験者、杣人がたまに行き来する道は、雑草が茂り、若木が生えていて、慣れない者には見分けがつかなかった。

道の南側の斜面に、岩窟があった。入口は大人が身をかがめてようやくはいれるほどであるが、内部は十畳敷ほどの広さで、立っても頭がつかえることはない。天正十九年（一五九一）五月なかばの朝、遠近で郭公が啼きかわしていた。陽ざしのあわくさしこむ岩窟のなかに、結跏趺坐（あぐら）をくんだ侍が、禅定に入っていた。

禅定とは、修験道で瞑想にはいることである。痩せているが、胸から肩へかけての筋肉が、岩のように盛りあがっているのがうかがわれる男は、柿色木綿の忍び装束を身につけていた。猿飛佐助である。

佐助は丑の八つ半（午前三時）に岩窟へきて、禅定をはじめた。脈が四度拍動するあいだに、左の鼻孔から下腹まで息をすいこみ、脈動八回のあいだ、腹をへこませ息をとめたのち、右の鼻孔から息を吐く。

息をとめておく時間はしだいに長くなり、吸ってから吐くまでに、脈動百二、三十回ほどになる。

やがて瞑目している瞼のうらに、下腹で白煙をあげている赤黒い火球が見えたと思うと、すさまじい力が背骨を走り頭蓋へつき抜け、佐助の体は坐ったまま空中へ一尺ほども浮きあがり、まばたきするほどのあいだ静止したのち地に下りる。

佐助は没我の境地に入っている。彼は沈んだ紫色の光りに身を包まれ、眉間に熱を持ち白色の光りを宿しているのが分る。

やがて頭頂から自分が抜け出てゆき、はるかな空の高みへ昇ってゆく。オシラ様の声が、なかぞらに朗々とひびきわたっていた。それは言葉ではなく、一種の音楽のようなものであるが、佐助にはオシラ様がなにを語っておられるか、すべてが分る。

――もう戻らにゃ、いけねえ。いかっちゃねえか――

佐助は岩窟に残したわが身に戻らねばならないと思い、下界に下りてゆく。体は温かみがすくなくなり、手足がこわばり思うように動かない。佐助は体をわずかずつ動かし、こわばりを解きほぐす。

神通力を身につけている彼には、わが身の過去、現在、未来のことがおおよそ見通せるが、それは誰にもうちあけられない秘密であった。

禅定からさめた佐助は、傍に置いた水壺から水を飲もうとして、眼を光らせる。

「お千代め、またきたか」

千代は村上一族で透破の頭目として武田信玄に仕え、謀略にらつ腕をふるっていた出浦対馬守の流れをくむ、巫女の忍びであった。

佐助は、彼女が十町（約一・一キロ）ほど麓まできた足音を、聞きわけた。二十五歳の佐助は、十七歳の千代に思いをかけられていた。

千代は佐助に足音を聞きとられたのを察知すると、口をうごかさず話しかけてくる。佐助には彼女のいうことが、すべて感じとれる。

——あたいは、ゆくだど。佐助やんに逢いにゆくだど——

佐助は笑って答える。

——くりゃ、ええが。修行のさまたげをする女子だが、仕方がねえら。おいでなんし——

千代は竹細工のように目鼻だちのくっきりとした娘で、なみの若者であれば、声をかけるのをためらうほどの美人である。背丈は大柄な佐助と二寸ほども違わない。手首、足首が牝鹿のようにひきしまっていた。

千代は風のような蟹走りで、山道を駆けあがってくる。忍者の疾走する速さを見た者は、眼を疑う。

彼らの歩行は、爪先で歩き、甲で歩く。前後左右にも不自由なく歩く。歩行速度は半刻(二時間)四里(約十六キロ)、笠を胸にあて、落ちないほどの速力で一日四十里を歩くのが定法であった。

つまり、彼らが歩くのは、なみの人間の走るほどの速さである。走るときは野獣のようであった。

千代はたちまち岩窟に着いた。

「佐助やん、佐助やん」

佐助は身軽く外へ出る。

千代は仔犬(こいぬ)のように、飛びついてきた。裾(すそ)みじかの麻布子(ぬのこ)をつけ、脚絆(きゃはん)、草鞋(わらじ)で足ごしらえをした彼女は、佐助のひきしまった胴に両手をまわし、厚い胸に頬(ほお)を押しつける。

「あちゃ、そんなに甘えちゃいけねえ」

「そうかっちゃ。放っといておくれってば」

千代は身をもみ、息をあらげ、甘い肌の香を佐助にかがせる。

佐助は千代のゆたかな頭髪を両手でまさぐり、顎(あご)に手をあてるとあおむかせ、唇をつけた。なめらかな千代の唇が生きもののようにうごき、舌を佐助の口にいれてくる。

「さあ、これまでだ。このうえやっちゃいけねえ。忍びの掟(おきて)だ」

千代はうなずき、おとなしく身をはなす。

神通力の修行をするあいだ、忍者は四つの欲を断たねばならなかった。飲食の欲、色欲、財欲、名誉欲である。

佐助は神通力を身につけているので、いまではまったく色欲を断つ必要はないが、女色に溺(おぼ)れることはつつしまねばならない。

佐助と千代は、肩を寄せあい、灌木(かんぼく)のあいだの草地に腰をおろす。

「お千代は長野原へ、いつ帰るんだ」

「まんだ先だ。もうちっとんべえ、ここにいるずら」

千代の両親は、上州吾妻郡長野原に住んでいた。

彼女は真田昌幸に抱えられた透破の父親のいいつけで、前年の春から上田城にきていた。

佐助は千代を愛している。

二人は、鶯（うぐいす）が間近の茂みにきて、しきりに啼くのに耳をすます。

「ありゃ、夫婦（めおと）だんべ」

「ちがうずら。親と子供だ」

「そうずらか」

千代はいいつつ佐助の手をとる。

「佐助やん、手ぐらい握ってくれても、いいだに」

「そうもいかねえど」

「あれっ、お前はあたいを女房にしてくれねえのかえ」

「ああ、するど。だけんど、いまはだめだ。もっと先だ」

「なんでじゃ」

「まだしばらくは、世間はおちつかねえ。お千代を嫁にするのは、まず来年だなあ」

「それはまことか。うれしいぞ」

千代は佐助の膝（ひざ）に身を伏せる。佐助はみじかい笑い声をたて、千代の髪をなでた。

佐助はいま、霧隠才蔵とともに、真田幸村の家来になっていた。天正十四年から、五年のあいだに、世情はめまぐるしく推移した。

真田昌幸は、秀吉が家康を帰服させたのち、天正十五年（一五八七）春に、上杉景勝との同盟をうちきり、秀吉の幕下に属した。

北条氏は関八州を従える大々名であるため、わが力を恃み、その後も秀吉の命令を聞こうとしなかった。

北条氏政、氏直父子は、出自の低い秀吉をひたすら軽視しようとした。氏政は豪語する。

「秀吉ごとき猿面冠者が、運よく成りあがりおって、関白などとは申すも小癪なり。早雲以来五代つづきし北条の棟梁に、馬の口を取らせんといたすは、もってのほかの心得ちがいであろう」

氏政は、顔に七つの向こう疵があった氏康の子としては、腑甲斐ない人物であったが、気位は高い。

秀吉は北条家に対し、上洛参内を要求した。豊臣政権の傘下に入れというのである。

氏政父子は、病んでいるとか、領内に紛争がおこったなどと、さまざまの理由をこしらえ、上洛を延ばした。

「まずは、両三年のうちには上洛参向いたしまするゆえ、それまではご猶予下されませ」

秀吉は北条家の不遜な応対に怒ったが、天正十五年、二十万の大軍を動員しての島津征伐に成功し、島津義久を降伏させたのち、秋頃から北条家へ強硬な外交交渉をしかけた。

彼は北条氏政父子が、領内百ヵ所の城砦の強化に、全力を傾けている実状を探知していた。

韮山城（静岡県韮山町）、岩槻城（埼玉県岩槻市）、江戸城（東京都千代田区）、八王寺城（東京都八王子市）、山中城（静岡県三島市）の修築が、夜を日についで進められている。

領内男子十五歳から七十歳までを、すべて雑兵として駆り集める動員令が出されたのは、天正十五年夏であった。

北条勢の騎馬武者は三万四、五千人。雑兵を加えた総兵力は、二十三、四万人である。

徳川氏とは比較にならない強大な勢力であった。

二

天正十六年（一五八八）になると、北条父子は小田原城外曲輪の普請にとりかかった。

関八州の寺院から集めた梵鐘を鋳つぶし、大筒、火縄筒を製造し、鉛、硝薬を買いこみ、昼夜兼行で合戦支度をいそぐ状況は、間者の偵察により逐一秀吉のもとへ知らされている。

北条氏直は、家来たちに豪語していた。

「儂は勅命とあらば参内もいたそうが、匹夫より成りあがりし秀吉ごとき者の指図にては、一歩も動かぬわ。関東を所望とあらば、力づくで参らばよからあず」

氏直は、秀吉と手切れとなり、戦端がひらかれるときは、家康が北条に味方すると見ていた。

氏直の室は家康次女の督姫で、徳川家は北条と軍事同盟をむすんでいる。

秀吉の発した関東、奥羽惣無事令を無視して、豊臣政権の許しを得ず、東国で紛争をおこしているのは、北条家だけではない。伊達政宗も同様である。

政宗は奥州会津の芦名氏に侵略の鉾先をむけていた。氏直は常に政宗と連絡をとりあい、兵力を派遣し、政宗を支援する方針をとっている。

「秀吉の人数が押し寄せて参らば、徳川、伊達と合力いたし、随分とはたらきを見せてやらあず」

氏政、氏直が強硬な姿勢をとるのも無理はない。小田原城は、中世城郭の最後の華といわれる巨大な城であった。

東西へ五十町（約五・五キロ）、南北へ七十町（約七・七キロ）、惣構えの外曲輪が五里（約二十キロ）に及ぶ、前代未聞といわれる規模である。

外曲輪は、幅十メートル、深さ二十メートルの空濠に囲まれ、寄せ手が城兵と言葉をかわせるほどに、押し寄せられる場所がひとところもないといわれた。

北条父子は、天正十六年（一五八八）五月に、秀吉の使者を小田原城に迎えた。

「いま天下諸侯、一人として朝命を奉ぜざる者なし。然るにそのほうどもは、ほしいままに関八州の地を領し、いまだかつて入朝いたさず。これ人臣の義に悖るおこないなれば、すみやかに西上せよ」

北条氏直は、秀吉のきびしい要求をかわすため、家康にとりなしを頼んだ。

家康は婿の不明を嘆いた。

「相模守父子は、天下の形勢がいかようになっておるか、まったく存ぜぬだわ。よく申し聞かせ、聞きいれぬときは見捨てるほかはなし」

彼は北条父子に誓書を送った。

「あなたがた御父子について、関白殿下のまえで、悪口をいい、北条領国を所望するような考えは、毛頭持たない。

今月中に、京都へ氏政の兄弟をつかわし、秀吉に臣従の態度をあらわすべきである。

京都へ出向くつもりがないのであれば、私の娘を返してもらいたい」

北条父子は、意外な家康の態度におどろき、氏政の弟である伊豆韮山城主、北条氏規を京都へつかわし、秀吉に謁見させた。

氏規は幼ない頃、今川義元に養われ、家康とも親しく、氏政とちがい情勢判断にすぐれた人物である。彼は秀吉に謁見した際、申しあげた。

「上州はかねて徳川家より氏政へ渡すとの約定ありし地なるに、真田昌幸が沼田を取り抱え、いまに渡さず、奇怪至極のふるまいをいたしおりまする。願わくば、殿下のご威光をもって、沼田八万石を氏政に渡すよう、お下知願わしゅう存じます。さすれば、氏直はかならず上洛つかまつるでござりましょう」

秀吉はさっそく真田昌幸を京都へ呼び、事情を聞きとったうえで、命じた。

「沼田のことは、儂に任さばよいのだわ。悪しきようにはいたさぬ。そのほうより三河守（家康）のもとへ、挨拶をいたしおくがよかろう」

昌幸は上田に帰り、長男信幸を駿府へつかわし、家康に謁見させた。

秀吉は沼田の紛争解決を、家康に任せたのである。同年七月、秀吉は富田信宏、津田信勝の二人を駿府へつかわし、家康は家来の榊原康政を二人につけて、早速沼田へおもむかせた。

三人は、沼田の地の処分をさだめ、富田、津田は、北条、真田両家につぎのように伝えた。

「利根郡は、利根川の東方と、小川城より南を北条の領分とさだめ、沼田の城は北条につかわそう。小川城より北の地と名胡桃の城は真田につかわす。吾妻郡は、岩櫃の辺りを真田につかわし、他は北条のものとさだむべし。真田には、別に替地として、信濃伊那郡、箕輪一万二千石をつかわす」

利根郡のうちに名胡桃城だけを真田の領分とした理由は、そこが真田家墳墓の地であるためであった。

北条家では、秀吉の裁量が不満であった。

「名胡桃が真田の先祖発祥の地と申すか。まっかな偽りをぬかしおって、それを秀吉めが存ぜぬはずもなかろうが。これは、後日にわれらと真田とのあいだにいさかいをおこさせようとの、秀吉の計略にちがいなし」

名胡桃は、真田家とは何のゆかりもない土地であった。

秀吉が利根川をはさみ、沼田城とむかいあう名胡桃城を真田昌幸に与えたのは、北条方の推測の通り、後日に騒動をおこさせ、北条征伐の口実を得る機会をつくりたいとの遠謀によるものであった。

秀吉は二月に昌幸と会ったとき、北条氏政、氏直父子の真意が、豊臣政権へ帰服せず、秀吉と一戦を交え、関東において雌雄を決するところにあると知らされていた。

昌幸は秀吉に言上（ごんじょう）した。

「私が細作（さいさく）（間者）を忍びいらせ、小田原城の内実を探らせしところにては、左京大夫（氏直）は沼田の仕置（しおき）につきては、殿下のお下知に従いしうえにて日数を稼ぎ、戦支度を充分にととのえしうえにて、伊達を誘い、殿下に叛く心算にござりまする」

北条家は上州から真田の勢力を撤退させるつもりであったので、秀吉の裁断に不満を抱き、富田、津田ら二人の使者が沼田を去らないうちに、二万余の兵を付近へ繰りだし、さかんに示威行動をおこなった。

秀吉は帰京した富田らに、現地の様子をくわしく聞き、側近の諸臣に洩（も）らした。

「北条を征伐するには、それだけの名分が立たねばならぬでさ。あやつどもは、かならず名胡桃へ仕懸けて参るだわ。そのときこそは天下の兵を引き連れ、征伐にむかうだで」

北条氏直は沼田をうけとったのち、叔父の北条氏邦に沼田城を預けた。氏邦は老職猪俣範直を沼田城代とした。

真田昌幸は沼田城を明け渡し、名胡桃城に兵を置く。現在の群馬県利根郡月夜野町にあった名胡桃城は、沼田城に近いので、猪俣ら北条方は、常に真田の監視をうけることになり、目障りでならない。

八月になって、猿飛佐助、霧隠才蔵は、小田原城に潜入し、沼田から帰った猪俣範直が氏直に現地の様子を言上する内容を、すべて聞きとった。

猪俣はいった。

「真田の者どもは、名胡桃城に鈴木主水、羽場の城には望月主計、箱崎の城には原沢大茂、猿ケ京の城には矢沢頼綱を置いておりまする。なかなかに備えはきびしゅうござりますが、どの城も沼田よりははるかに攻めやすうござれば、この際、目障りなる名胡桃城を、ひと揉みに揉みつぶしてはいかがでござりましょう。真田は名胡桃に先祖の累代の墓所があるなどと申しおりまするが、偽りなるはあきらかにて、このたびご当家の弓矢のお力にて追い払われるが、至当なりと勘考つかまつりまする」

「うむ、そのほうが存念にて、やってみるか。儂は関白との約定もあれば、表立っては動けぬ。そのほうが、真田より喧嘩をしかけられしゆえ、こなたよりも押しだせしなどと口実を設けてやるならば、儂の構うところでないわ」

氏直は範直の名胡桃攻撃を黙認した。

天井裏にひそみ、氏直主従の談合を聞きとった佐助と才蔵は、ただちに上田城へ戻り、主君昌幸に注進した。

「沼田城代猪俣範直が、まもなく名胡桃の城を取り抱えるため、人数を出すでごわす。いかがなる手順にて押し寄するかは、おっつけ探りまするが、京都の関白さまへ早速ご注進せにゃならんでごわしょう」

「うむ、おのしと才蔵は、関白殿下へご注進に出向いてくれい」

佐助たちは昌幸の秀吉へあてた密書をあずかり、京都へむかった。

一日の行程四十里を苦もなく踏破する二人は、早飛脚などは及びもつかない俊足で山野を駆け抜け、京都と上田の間を往復した。

二人が持ち帰った秀吉の昌幸あての返書には、おそるべきたくらみが記されていた。秀吉は、名胡桃城を北条方に奪取されるよう、昌幸に密命を与えた。真田が名胡桃城を奪われたなら、北条征伐の大軍を動かす口実ができるというのである。

昌幸は、佐助、才蔵に命じた。

「おのしどもは、このことをよそへ洩らしてはならねえぞ。名胡桃の城を預けた鈴木主水は、死なせねばどうにもなるまいのう」

三

北関東の山野を、雪をまじえた北風が吹き荒れていた十月なかば、沼田城代の猪俣範直は、名胡桃城の鈴木主水を自滅させる謀計をたくらんだ。

名胡桃城の本丸には鈴木主水、二の丸には主水の姉聟中山九郎兵衛がいる。猪俣は、家来の竹内孫左衛門に命じた。

「そのほうは、中山九郎兵衛とかねて懇ろ（ねんご）な仲だというが、まことかや」

「さようにござりまする。生れ在所をおなじくいたす。幼なじみなれば、兄弟のごとく、隠しごとなどいたす仲にてはありませぬ」

「さようか、それならばそのほうがひそかに九郎兵衛に会い、調略いたせ」

「なんといたすのでござりまするか」

「九郎兵衛に内応させ、名胡桃の城を乗っ取るのじゃ」

「九郎兵衛が鈴木主水にそむき、お味方になるのでござりまするか。さようの儀は、ならずと存じまするが」

「なにゆえじゃ」

「九郎兵衛は至って義理がたき者ゆえ、妻女が弟にあたる主水に刃をむけるごときふるまいは、いたせませぬ」

猪俣範直は、笑みを洩らした。

「名胡桃の城を手に入れるに、刃を用い、血を流すことなどいらぬ。ここをはたらかさばよかろう」

範直は指先で、わが鬢のあたりを叩いてみせた。

「九郎兵衛には、利をもって誘うがよい。主水を追いだせば、名胡桃城代にしてやると申さば、応じてくるにちがいなし。そのうえにて一計を案じ、主水を城より追いだすのじゃ」

範直は、孫左衛門に調略の手のうちを教えた。

「鈴木主水には、上田の安房守（真田昌幸）よりの書状が参ったと、九郎兵衛より手渡させる。もとより偽書じゃ。書状には、このたび信州伊那郡箕の輪ご普請につき、縄張りなど相談いたしたきにつき、名胡桃は九郎兵衛に任せおき、早々にまかり帰るべしと書きおくのじゃ。あざむかれし鈴木が城を出て、信濃へ戻るなれば、留守のあいだに九郎兵衛をはたらかせ、城を乗取らせればよい」

「さように按配よく事がはこぶかは分りませぬが、ともかく九郎兵衛に誘いをかけてみまするに」

孫左衛門がひそかに九郎兵衛に逢い、密事を明かすと、意外に相手は乗り気になった。

「儂は名胡桃の二の丸を預ってはおるが、信濃の譜代ではないゆえ、先々出世の望みもない身のうえなれば、このたび北条殿に随身(ずいしん)いたし、お取立て願えるならば、おのしの相談に乗ってもよい。主水を殺すわけでもなきゆえ、心中に呵責(かしゃく)を覚えることもないわ。世のなかのことは、すべて方便(ほうべん)を立てねば、生きてはゆけぬわ」

九郎兵衛はある日、孫左衛門からうけとっていた偽手紙を義弟主水に渡した。

「主水殿、先刻、安房守さまよりご書状が届いたぞ」

主水は文面を読み下すと、さっそく上田へ戻ることにした。

「あとは頼むぞ」

「あい分った。これっぱかも気がかりはいらぬ。帰城いたすまでは、この九郎兵衛が守っておる」

猿飛佐助、霧隠才蔵は、猪俣範直のしかけた調略の一部始終を、見張っていた。

「鈴木殿は、武辺一途(ぶへんいちず)の仁ゆえ、たぶらかすに手間はいらねえら」

「ほんにそうだ。気の毒だに」

「だまされても、死なねえだけがいいだんべさ」

鈴木主水は二十余人の家来を率い、名胡桃城を出た。

佐助と才蔵は、真田昌幸に名胡桃城の様子を見届けるよう、命ぜられていた。

「主水殿が上田へ帰りつくまでに、いらねえ智恵を付ける者が、いなけりゃいいが」

「そうずらなあ。岩櫃(いわびつ)へ寄らにゃあ、いいずらが」

「そうだど。岩櫃の矢沢殿は透破だで、よく気がまわるからなあ。いらねえ智恵を付けられりゃあ、血を見らざあおさまらねえことになるからなあ」

佐助たちは、鈴木主水が味方の諸城へ立ち寄らず、まっすぐ上田城へ帰るのを願った。主水が詭計にかけられたと知れば、名胡桃城へ駆け戻り、必死の一戦をこころみ斬り死にを遂げるのは、あきらかであった。

才蔵たちは、雪雲がうっとうしく頭上におおいかぶさる野末を、西へむかう主水主従のあとから、草隠れの技で身を隠しつつ、ついていった。

「いけねえぞ。あの道標から右へ道をとりゃ、岩櫃だぜ。こいつは困ったぜ」

「なんとか、いかせねえようにせざあ」

佐助たちが考えをめぐらすうち、岩櫃城のほうから一群の人馬が砂塵を捲いて駆け寄ってきた。矢沢頼綱麾下の士卒である。

「物見どもだ。これは、もう見限らざあ仕方がねえど」

佐助たちは足をとめた。

鈴木主水は、二人が案じた通り、岩櫃城へ足をとどめた。矢沢頼綱は、主水が持っていた真田昌幸の書状を見ると、顔色をかえた。

「鈴木殿、これは偽手紙でござろうが」

「えっ、なにゆえさように申されるかや」

「この花押は、殿のご手蹟にてはなし。これをご覧召されよ。この幸の字の棒の引きかたが違うであろうが」

「さては、たばかられしか」

主水は頼綱のさしだす昌幸の書状を眺め、両眼を裂けんばかりに見ひらく。

頼綱はいった。

「殿が御辺を召さるるならば、それがしにも何らかのお声がかりのありて、然るべしと存ずるが。それがないとは疑わしやのう。必定中山九郎兵衛が変心いたし、猪俣と気脈を通じ、御辺を瞞着いたせしに相違なかろう。御辺には、早々にわれらが加勢を連れ、立ち帰れよ」

「ご合力、かたじけなし」

鈴木主水は、矢沢頼綱の手兵三百人の加勢を得て、名胡桃への道を駆け戻ってゆく。

「こりゃ、いけねえずら。鈴木殿は死ぬに違えねえら」

「真実を明かして、引きとめるか」

佐助たちは、主水のあとを追いつつ、思いまどった。

「とめるわけにゃあいかねえら。殿の仰せにそむくことになるからなあ。仕方がねえら。見殺しにせざあ」

二人は、主水の悲しむべき最期を目前にしつつ、引きとめることもできない。

秀吉の北条征伐の口実をつくるためには、やむをえなかった。佐助たちは、鈴木主水の死を見届けるため、名胡桃へむかった。

主水は名胡桃城の見える高所へさしかかると足をとめた。城中には猪俣範直の旗差物が、寒風にひるがえっている。

主水はしばらく城を睨（にら）んでいたが、やがて岩櫃城からの加勢二百余人をすべて帰した。

「おのおのがたには、ご加勢大儀であった。ここまで参れば、城にははや猪俣の旗が立っておれば、二百、三百の小人数で攻めいるすべもあるまい。このうえは、この主水が無き智恵をしぼって策をめぐらすゆえ、矢沢殿のご人数は、ひとまずお帰り下されい」

矢沢勢が引き揚げてゆくと、主水は二十余人の家来とともに、沼田の正覚寺という寺院に入った。

佐助と才蔵は、庭木に身を隠し、庫裏（くり）の藁葺（わらぶき）大屋根に飛び移る。主水は郎党に命じていた。

「おのしは、これより城へ参り、儂の使者として猪俣に会い、申して参れ。主人には、名胡桃の城を乗取られしうえは、もはや上田へ帰るべき面目もござらねば、今日よりは猪俣殿の幕下につき、北条殿の御為に忠勤をいたしたいと申しておるとな」

主水は降伏するといつわり、猪俣範直に近づき、刺し違えて死ぬ覚悟をきめている。

佐助たちは、屋根のうえで話しあった。

「猪俣は、たやすく瞞されねえら」

「あの使いの者の、眼尻を吊りあげた面を見りゃ、気がつくに決まっておるら」

二人の予想の通り、猪俣範直は、主水の申しいれを疑った。

「主水殿が申し条は神妙なれば、追って沙汰すべし」

主水の使者が正覚寺へ帰ってまもなく、範直の使者が正覚寺をおとずれ、主人の意向を伝えた。

「鈴木主水殿が降参の儀は、しばらく差しひかえられたい」

主水は、わが策を見破られたと知って、その日のうちに切腹して果てた。

「武辺一途の侍は、哀れなものだ」

「すべては前世の約束事だ。しかたねえら」

佐助と才蔵は、涙をふるって立ち去った。

聚楽第の秀吉のもとへ、北条勢の名胡桃城奪取の報がとどいたのは、十一月二十一日であった。

ちょうど北条家家臣石巻左馬允が、沼田仕置に感謝の意を表するため上洛したところであったので、秀吉は彼を引っとらえ、家康のもとへ送り、処分を任せるとともに、北条征伐の下命を、諸大名に発した。

四

秀吉の憤怒は尋常ではなかった。彼は全国の兵を駆使し、断固として北条氏を討ち滅ぼさねば、政権の基盤がゆらぐと判断した。全力をふるい北条を討てば、関東はいうに及ばず、奥羽の諸大名も威勢を恐れ、戦わずして帰服する。

さらに徳川家康のような、表面では従っているが、まだ叛心を胸中に抱いている有力大名たちの兵を、すべて動員し駆使すれば、彼らを完全に臣従させる好機となる。

秀吉は北条氏直と絶縁の書状を、右大臣菊亭晴季に記述させ、十一月二十四日に使者新庄直頼に命じ駿府へもたらさしめ、徳川家康によって氏直に伝達させた。

書状は十一月二十九日に、氏直のもとに届いた。北条父子は、さっそく大広間に一族重臣を集め、軍評定をひらいた。

氏政、氏直父子は、事態を楽観していた。

「小田原城は京都を離るること百余里にて、秀吉が軽々しく兵馬を動かせしとて、恐るるに足らず。当家は天嶮の地に拠り、不落の堅城にて、兵粮、矢玉も多くたくわえたれば、たとえ五年、十年籠城いたせしとて、矢種の尽きることもなし。関東一円には、多年築塁いたせし要害もあまたあり。防戦一途の覚悟をかためたてこもり、長く食いとめなば、上方勢は自然に鋭気も挫け、しだいに欠落いたすにちがいない」

氏政の楽観論は、あながち誤っているとはいえない。

かつて上杉謙信が、関東十一万の兵を催し小田原城を包囲したが、攻め落せなかった。

秀吉は二十万の大軍を率い、来攻するというが、城攻めは長期にわたるであろう。長陣になれば、日本六十余州のどこで叛乱がおこるか分らない。そうなれば、秀吉は包囲を解き、退陣せざるをえない。

だが、満座の諸将は、ごもっともとは答えるものの、憂色を顔にあらわしている。関白秀吉が天下の兵をこぞって来攻すれば、支えきれない窮地に追いこまれることは、必至である。

秀吉は京都へ潜入している氏直の諜者たちに、わざと聞こえるように、北条征伐の作戦についての情報を流していた。遠征軍は、およそ二十二万人で、兵糧米は二十万石（五十万俵）を、駿河国江尻の湊まで船便で運ぶ。

兵站に必要な駄馬、人足は、伊勢、三河、遠江、駿河から集め、その費用は黄金一万枚（十万両）である。戦国期の一両は、現代の六十万円に相当する価値があるので、十万両は六百億円になる。

猿飛佐助と霧隠才蔵は、小田原城の軍評定の様子を、千里眼によって見聞し、主人昌幸に注進した。

昌幸は二人に聞いた。

「一座の侍どもは、憂い顔であったか。何条、さような顔をいたしおったか」

「まず、先を案じおるのでごわしょう」

「評定の終わらぬうちに、座を立ちし侍どもがおりしと申したが、まことか」

「さようにごわす。大広間にゃおよそ三百人ほどがおったるに、中途で退出した者が、二、三十人に及んでごわす」

　昌幸はうなずいた。

「それにて、あい分ったぞ。北条は負くると決まっておるら」

　佐助が聞く。

「旦那さまには、それが何でお分りでごわすか」

　昌幸は口もとに笑みをうかべ、いった。

「小田原城は、懐ふかき大城ゆえ、たやすくは落ちねえら。関白殿下が二十二万の大人数でお取抱えなされしとて、北条には武者三万五千騎があるら」

　騎馬武者が三万五千騎であれば、足軽を加えた軍団の実数はその七倍、二十四万人前後となる。

　北条家は、来攻する豊臣勢とほぼ同数の兵力をそなえているのである。

　昌幸は、言葉をつづけた。

「ただ、氏政、氏直父子は愚か者ゆえ、殿下の人数が寄せきたれば、かならず城中にて動揺いたす者が出ずるに、ちがいなし。そうなりゃあ、寄せ手に内通する者も出て、足並を乱すにちがいねえ」

佐助たちは、納得した。

氏政父子には、麾下の大兵を統御し、手足のように動かせる器量がなかった。調略にかけては、上忍と呼ぶにふさわしい練達者である秀吉が、さまざまの虚報を流し、北条氏の内部分裂をはかれば、氏政父子にそれを防ぐ手腕がない。

昌幸はいう。

「三河守（家康）には、それが読めておるら。それゆえ、婿の氏直を見捨たっつら」

六年前、小牧長久手の合戦で秀吉を悩ませた家康も、いまは表立って対抗することはできない。時勢を読むのに敏感な彼は、いま秀吉に刃向えば、北条家ともろともに滅亡の悲運を辿らねばならないと、判断していた。

昌幸は傍にひかえる幸村にいった。

「三河守は、氏直の舅ゆえ、殿下の心底を疑われようことを気づかい、戦々恐々といたしておるずら。氏政は愚かにて、氏直は小胆なれば、味方をいたせしとて内崩れいたすと読みしゆえ、ひたすら殿下の鼻息をうかがいおるら。こうなりゃ、儂も急ぎ京へのぼり、殿下のもとへ伺候して、お指図を承らにゃならぬわい」

昌幸は翌朝、百余人の供衆を連れ、粉雪舞う中山道を京都へ急行した。佐助と才蔵も供のなかにいた。

秀吉は昌幸が伺候すると、聚楽第のうちに宿所を設けてくれた。京都には上杉景勝、前田利家ら諸大名がすでに到着しており、まもなく家康も上洛する。

秀吉は昌幸が町なかの旅籠（はたご）に宿をとれば、彼に意趣（いしゅ）をふくむ徳川方の者に襲われるおそれがあると気づかい、聚楽第の鉄門のうちにある長屋に、滞在させたのである。

家康は十一月二十九日に駿府を発し、十二月十日に京都へ到着するとただちに、聚楽第でひらかれた北条攻めの軍議に参画した。

秀吉は、近臣の天徳寺了伯が呈上した、畳二畳ほどの大きさの絵図面を、まえにひろげていた。

了伯は、かつて下野（しもつけ）国唐沢山城主であった佐野宗綱の弟で、宗綱戦死ののち、北条氏康といさかいをおこし、下野をはなれ秀吉のもとへ身を寄せた幕僚である。

了伯の絵図面には、関八州における小田原城以下の北条方城郭九十一が山川、大小の街道とともに書きこまれていた。

家康は秀吉の傍にいて、絵図面を眺めていた。真田昌幸は、諸大名の列座する末席に控える。

彼のような小身者は、秀吉の姿をはるか離れた場所から眺めるばかりである。

昌幸は初めて眼にする家康の動作をうかがう。

――こやつが三河守か。なかなかの面魂ずら。おとなしやかに見えて、油断ならねえ人相だ――

彼は、天徳寺の絵図面に書かれている城郭、地形のおおよそを、わが足でたしかめ知っている。彼の召し使う佐助と才蔵にとっては、関八州はわが家の庭のようなものであった。

これからどのような軍評定がひらかれるのであろうかと、聞き耳をたてていた昌幸は、突然秀吉から呼ばれておどろく。

「安房よ、安房よ」

昌幸は誰を呼んでいるのかと、辺りを見まわすが、諸大名の視線は彼に集まっていた。

――安房と呼ばれりゃ、儂のことずら――

昌幸はあわてて、陣場で鍛えたよく通る声音で答える。

「安房守昌幸は、これにおりまするに」

秀吉は手招いた。

「安房よ、ここへ参って図を見るがよからあず」

昌幸は大広間を埋める大名たちの前を、腰をかがめて歩み、秀吉のまえに平伏した。

秀吉はにこやかに絵図面を示す。

「そのほう、関東の地理には詳しかろうがや。ここにいて図を眺め、思いつくところがあれば、申すがよし」

秀吉の傍に、家康が苦汁(にがり)を嚙(か)んだような顔つきでいた。

昌幸は遠慮して、軍議に口をさしはさむことなくいたが、秀吉は碓氷(うすい)峠から上野(こうずけ)へ侵入する径路につき、彼に幾つかの質問をして、返答に満足した様子であった。

秀吉は評定が果てると、昌幸に命じた。

「小田原攻めには、そのほうをば中山道の先手に申しつくるゆえ、帰国のうえは早々に陣触れいたせ」

昌幸は胸中に湯のような感動をたぎらせつつ、大広間を退出した。

彼は宿所へ戻ると、家来たちに語った。

「今日は殿下が家康と同席にお呼びなされ、図面をお見せ下されしが、国郡をなにほど拝領したらんよりも、かたじけなかりしことにありしよ」

「それはよき首尾にて、なによりにごわす」

家来たちは、わがことのようによろこびあう。

佐助と才蔵は、縁先の土間に立ち、昌幸の言葉を聞いていた。二人は戸外の様子を警戒していた。一刻（二時間）ほどまえ、長屋の路地を、小者の身なりをした中背の男が通りかかった。

白髪の目立つ男は、道端に立っていた佐助と才蔵の一間ほど前をゆるやかな足取りですぎていったが、ただ者ではないとひと眼で分った。

五

五十路を過ぎたと見える男は、足半という土踏まずの辺りまでしかない草鞋をはき、主殿の方角からあらわれ、鉄門のほうへむかってゆく。

佐助たちは、あとをつけた。男が隠形の術をおこなっていることは、ひと目でわかった。曲輪のうちを巡察している小姓組の若侍たちが、男とすれちがうとき、まったく彼の存在に気づいていない。

男は前からくる侍に突きあたられるまえに、巧みに左右へ身を避ける。隠形、変身は、佐助、才蔵がともに秘奥に達した業である。

隠形をするには、薬を用いる法、法術を用いる法、わが念力ばかりでおこなう法がある。薬を用いる法は、肉食、飲酒、淫欲、邪念を断ち、空腹のときに特殊な木の実三種を干して調製した丸薬を服用するうち、隠顕出没自在となる。

法術による隠形は、心中に伏敵降魔護身の祈念をしつつ、合掌して大金剛輪の印をむすび、「おん、まり、しえい、そわか」と唱えること七遍。印をむすんだ指頭で胸、額、左肩、右肩、うなじに触れる。

さらに左のてのひらを宙にかざして握り、右のてのひらをそのうえに覆い、「おん、まり、しえい、そわか」と百八遍となえる。

往来で急に隠形するときは、袖のうちに左手と右手をかさね、腹中でとなえる。

わが念力のみで隠形するときは、平生から修身の行をおこない、戒律を守っているだけでよい。

隠形すべきときは、天地神祇を一瞬に念じ、腹中で「えい」と叫べば、たちどころに他人の視界から姿を消すことができる。心中に、かならず隠形する念力があると確信しておればよい。

念力による隠形は、催眠術とおなじ効果をあらわし、わが心中にある強烈な確信の力で、相手の心力を圧倒して、錯覚をおこさせるのである。

佐助と才蔵は、悠々と去ってゆく男が、徳川家康の麾下の、伊賀二百人組頭梁服部半蔵正成にちがいないと察していた。

忍者の人相は、毎日の変装により自在に変えられるが、その技倆は、足のはこび、身の動かしようによって、隠してもなおあらわれるものであった。

男は鉄門の両脇に、槍をつらねた番士が立ちならぶあいだを通りぬけつつ、急にうしろをふりかえり、佐助と才蔵に無言の気合を浴びせた。

無形の神剣といわれる、忍者が心身の力をすべて凝縮した気合を、なみの者がうければ、内臓を破りかねない衝撃をうけ、気絶する。

佐助たちは気合をはねかえし、鏃のような気合を男にむかって投げかえす。

鉄門の外に出て、濠にかかるはね橋を渡ろうとした男は、ふりむいて笑顔を見せ、そのまま韋駄天走りに駆け去った。

「あやつは何をしにきたっつらか」

才蔵がつぶやく。

「うちの旦那を狙えりゃ、狙おうと思ってきたずら」

「そうだらず。こっちからも、やらっちゃねえか」

「それは、ひかえざあ。伊賀の忍びは二百人だ。半蔵に近え技前の者も、幾人かはおると聞いてらあ。こっちから仕懸けちゃならねえ。俺たちで旦那を護らざあ。敵をただ、打つと思うな身を守れ、おのずから洩る賤家の月って、いうぜ」

佐助は剣術の道歌を口にして、気をはやらせる才蔵をおちつかせた。

「あの気合じゃ、どんなものでも活殺自在ずら。犬であろうと熊であろうと、手なずかせる不自由はねえら。やっぱり半蔵はたいした上忍ずら」

佐助は半蔵にちがいない男がかけてきた気合を、とっさにわが気合ではじきかえしたとき、みぞおちの辺りに走った電撃のような疼きが、まだわずかに残っているのをさすりつついう。

聚楽第での軍評定が終るまでの数日のあいだ、佐助と才蔵は一睡もすることなく、昌幸の身辺を警戒した。

彼らは、五日ほどを睡(ねむ)ることなく過ごすことができた。泥亀の肉と梟(ふくろう)の心臓を、ある煎薬で煮て食えば、睡気をもよおすことがない。独座するときは半眼にとじ、あるいは両眼を交代にとじているだけで、心気は、さわやかであった。

二人は服部半蔵配下の忍者の急襲にそなえ、はじき玉、あられ、目潰し吹きを身につけていた。

はじき玉とは、二十匁ほどの重量の鉛玉である。鉛玉を力まかせに投げつければ、威力はすさまじく、敵を打ち倒すのに充分であった。

あられとは、直径一寸五分ほどの、四本角(づの)、六本角の鍛鉄(たんてつ)の武器で、二、三個を手のうちに握って敵の顔に投げつける。

目潰し吹きは、口にふくみ、唐辛子とまぜた砂を吹く銅の容器である。敵と二間（約三・六メートル）の距離で吹けば、砂はさしわたし三尺（約一メートル）ほどの円形にひろがるので、確実に眼にあたる。

昌幸は戦評定を終え、秀吉から前田利家、上杉景勝、松平康国らの北陸支隊に加わり、碓氷峠を越え上州へ進攻せよとの命をうけ、上田へ帰城した。

昌幸は雪中を急行して上田城へ戻ると、佐助たちに礼をいった。

「おのしらが護ってくれしゅえ、何事ものう戻れたっつら。それでなけりゃあ、徳川の伊賀者どもに、寝首を掻(か)かれているところだべさ」

佐助たちは、笑った。

「あれっぱかのことは、苦労とはいえねえでごわすよ。ちっとんべえ、眠らなかっただけでさあ。お褒めを頂くほどのことではござりませぬだっぺえ」

秀吉の北条征伐作戦は、天正十八年（一五九〇）三月朔日に京都を出陣してのち、長期戦となるという全国大名の予想をうらぎり、わずか四ヵ月余で終了した。

北条氏直は、城内外に裏切り者が続出するなか、秀吉の恫喝（どうかつ）に屈し、交戦の余力を充分に残しつつ、七月六日に降伏、開城した。

七月十三日、小田原城へ入城した秀吉は、麾下の諸大名に論功行賞をおこなった。その主なものはつぎの通りであった。

一、伊豆、相模、上野、下野、武蔵、上総、下総
　　大納言家康

一、尾張ならびに北伊勢五郡
　　中納言秀次

一、奥州十七郡
　　蒲生氏郷

一、駿河、信濃、三河、甲斐、遠江
　　織田信雄

家康の関東移封は、三河松平以来の領民との地縁を断ちきらせ、新領地を与え、支配力を弱めようという、秀吉の意図による措置であった。

新領主と、領内の土豪、地侍、百姓たちは、衝突をおこしやすい。旧来の風習を守ろうとする領民に、新領主が新規な政策をおしつけるからである。

叛乱がおこれば、秀吉は容赦なく新領主に責任をとらせ、領国を没収する。家康は秀吉の命令に、ためらうことなく服従した。もし命にそむけば、領土のすべてを没収されるからである。

織田信雄は家康旧領のすべてを与えられ、大幅な加増となったが、国替えを拒んだ。

「それがしは旧のごとく、尾張と北伊勢五郡にてようござる」

秀吉は嚇怒（かくど）した。

「内府（信雄）殿には、信長公の御子たるをもって、東海の要地五州を預け参らせようといたせしに、これを辞せらるるならば、ご分国はすべて召しあげるといたそうず。さようにこころえられよ」

浅野長政、前田利家、家康らが信雄のために寛大な措置を願ったが、秀吉は許さなかった。

信雄はやがて野州烏山城へおしこめられ、剃髪（ていはつ）を命ぜられ、徳源院常真と称することとなる。

秀吉は、真田昌幸を特別に優遇した。上田旧領は従来通り、北条征伐の原因となった上州沼田三万石もひきつづき真田領とした。

北条処分ののち、秀吉は諸軍を率い奥州一帯を制圧して、天下一統を完全になしとげた。

上田城の真田昌幸は、関八州の太守家康の所領二百五十余万石のなかに、孤島のように存在する沼田を、嫡男信幸の領地とした。家康は支配地のなかに、北条覆滅の火種となった沼田の地が、真田領となっているのを警戒する。

万一、真田信幸と家康家臣のあいだにいさかいがおこれば、かつての名胡桃での事件のように、秀吉に徳川領取りつぶしの口実を与えることにもなりかねない。

彼は、謀臣本多正信と相談する。

「真田とは、あらそうよりも、まるめこむがよかろうでや」

「仰せの通りにござりまするに。信幸をこなたにおひきいれなされませ」

家康は、本多忠勝の娘を信幸に嫁がせようと思いたった。

六

佐助は汗ばむほどのつよい陽射しを樹間に避け、千代と楽しい語らいをかわす。

「佐助やんの旦那（幸村）は、夫婦の仲はいいのかえ」

「おう、仲よういなさるだ」

「まえの懸思（恋人）とは、別れただか」

「そりゃ分らねえら。子をなした仲だから、別れちゃいねえかも知れねえど」

「佐助やんは、なんであたいに子をなしてくれねえのけ」

「忍びの掟だといってるだに、お前はまだ分っておらずか」

「分らずよ。早う佐助やんと夫婦になりたいばっかりだに。旦那の姉者さまも、嫁入りなされて、佐助やんも淋しかっちゃ」

佐助は黙って鶯の声を聞く。

「ねえ、怒ったのけ」

千代が佐助の肩にしがみつく。

「何事も来年の楽しみさ。待たっちゃねえか」

佐助は千代の髪を撫でながら、つぶやくようにいった。

佐助の主人幸村は、まえの年の天正十八年（一五九〇）秋に、秀吉幕下の奉行、越前敦賀城主大谷吉継の娘を、妻に迎えていた。

吉継は豊後国の太守であった大友宗麟の家老、大谷盛治の子で、智謀は衆にすぐれ、石田三成とならび、豊臣政権を動かす敏腕の奉行である。

幸村にはすでに恋人がいた。真田家の家臣、堀田作兵衛の妹である。二人のあいだには、すえと名づけた娘が生れていたが、やむなく別れた。

吉継の娘との婚姻は秀吉の命令によるものであり、ことわることはできない。ことわれば、豊臣政権との縁が断たれかねなかった。幸村は真田家が秀吉のもとへさしだす、人質であった。

幸村の兄信幸も、前後して徳川家の老臣本多忠勝の娘を室に迎えた。忠勝は家康麾下で武功随一を誇る名将である。

謀臣本多正信は、縁談をとりまとめるまえにひそかに真田昌幸のもとへ使者をつかわし、意向をたしかめたが、昌幸は意外にも乗り気ではなかった。

「しばらく考えたきこともござりますれば、日をお貸し下されませい」

本多忠勝の勇名は、天下にとどろいている。元亀三年（一五七二）十月、三方ケ原合戦のまえ、天竜川東岸で武田信玄勢と家康勢が衝突したとき、死地に陥った家康を、必死の奮闘によって救ったのは忠勝であった。

武田勢は、忠勝の武者ぶりを敵ながらあっぱれであると、ほめそやし、

「家康に過ぎたるものが二つあり。唐の頭と本多平八」

とうたいはやした。

唐の頭とは、家康が冑蓑として用いていた、中国のヤクという動物の尻尾の毛を、白くさらしたものである。

忠勝の恐怖を知らない勇猛なはたらきは、天正十二年（一五八四）、小牧長久手合戦のとき

にも、天下に知られた。わずか六百の手兵で二万の秀吉本陣勢へ鉄砲を撃ちかけ、挑戦したのである。秀吉は忠勝の勇猛な行動に感心して、わざと本多勢に攻撃をしかけず、黙殺したので、忠勝は死なずにすんだ。

このような、赫々(かくかく)とした戦歴にかがやく忠勝の娘を、信幸に配するのをためらう昌幸の心中を、家康は察した。

「安房守(昌幸)もなかなかの駆けひき巧者だで。よからあず、おねいを儂が娘分として信幸に輿入れ(こしい)いたさせよ」

昌幸は、はじめて縁談に応じ本多忠勝の娘おねい十九歳を家康養女として信幸の妻に迎えることにした。

昌幸は縁談をととのえるまえ、信幸に意向をたしかめた。

「おのしの存念はいかがじゃ。この縁組に不足はないか」

信幸は答えた。

「不足といたすところはござりませぬが、もし先に至って豊、徳両家のあいだに、不慮の大事の出来(しゅったい)いたせしときは、いかがいたしまするかや」

昌幸は笑みをうかべ、こともなげにいった。

「そのときは、おのしが心まかせよ」

昌幸は二人の息子を、豊臣、徳川の両勢力に分けて預けたのは、将来をおもんぱかってのはからいであった。真田家は信濃の強豪として、武勇さかんな家柄であるが、天下を一統する大政権の傘下に属さねば、存続は望めない。

今後、豊臣家が繁栄をつづけるか否かは、予断をゆるさないことであった。秀吉の子は、三歳の鶴松ただひとりである。秀吉は鶴松が生れるまで、ながく子に恵まれなかったので、信長四男の羽柴秀勝、宇喜多秀家、姉の長男羽柴秀次、北政所の甥羽柴秀俊の四人を養子とした。このうち秀勝が早逝したので、豊臣家後嗣は秀家、秀次、秀俊の三人のうちからえらぶつもりでいた。ところが思いがけず、晩年に至って嫡男にめぐまれたのである。昌幸は、秀吉嫡男鶴松が、夭折することなく成人したとしても、秀吉亡きあとに波瀾がおこるであろうと予想していた。

信長没後、織田政権をひき継ぐ器量をそなえていたのは家康であった。だが家康は秀吉にだしぬかれ、ながらく臣従してきた。

秀吉には持病がいくつかあり、体調は思わしくなく、容貌は老いやつれている。彼が石田三成、増田長盛、長束正家、大谷吉継ら奉行衆を手足につかい、どれほど中央集権の基盤をかため、嫡男への政権世襲をはかっても、世を去れば家康がつぎの勢力として抬頭するのは、眼に見えていた。

昌幸はこの見通しのもとに、信幸を徳川家、幸村を豊臣家の傘下に入れた。そうすれば、天下の形勢がどのように変転しても、真田家は存続する。

──信幸、幸村のいずれが残るとも、家門は断絶いたさぬゆえ、冥途へ参りても先祖に責められることはあるまい。儂は太閤ととりわけて気が合うというでもないが、三河守ほど嫌わしゅう思うてはおらぬゆえ、豊臣方に就かざあ──

昌幸は、武田信玄在世の頃、風林火山の旗を見ただけで萎縮した徳川家康が、野戦の勇将ともてはやされているのを見れば、いまいましいばかりである。

──儂が三万の人数を動かせるほどの身代ならば、あやつごときは手玉にとってやろうが、かなしいかな、無い袖は振れぬわい──

佐助と才蔵は、信幸、幸村の縁談がまとまるまえ、昌幸に命ぜられ、関東修験道の霊場三ツ峯の大行者に会いにいった。

霊場は山岳のつらなる奥にあった。大行者の月輪さまは岩窟のなかにいた。付近には大勢の行者が屯して、修行にはげんでいる。

行者たちは一本歯の下駄をはき、山中を飛ぶように歩く。一本歯は、山坂を登り下りするときに便利であった。斜面を上下するときも、下駄の面を常に水平に保てる。彼らの歩速は、忍者のそれにも劣らず、神通力をそなえている者も多い。独座していた行者が急に立ちあがり、指先で空中に字を書くのは、数百里離れた地に住む仲間と、交信しているのである。

佐助たちが岩窟へおとずれると、大行者は二人のくるのを知っていた。

「よく参ったのう。返答をしてつかわすほどに、そこへ坐るがよい」

二人は昌幸からの音物（いんもつ）を背からおろし、さしあげたのち、あぐらを組み、頭を垂れる。

修験道の大先達（だいせんだち）である大行者は、佐助たちがどのような用向きでおとずれたかを、すでに知っていた。

現世の諸欲をはなれ、すべての執着から解きはなたれた、寂滅（じゃくめつ）の境地にいる大行者は、いかなる者の過去、現在、未来をも、ひとすじに見通すことができる。

彼はいった。

「帰って安房守に申すがよい。兄を徳川、弟を豊臣に就けるのは、家門を伝える才覚なるべしとな。いずれがあとに残るかは、おのしどもが残りし年月の楽しみにいたしておけ」

大行者は、白髯（ひげ）に埋もれた顔の表情を変えることなく、いいおえた。

「かたじけのうごわす」

佐助たちは平伏した。

大行者には、昌幸父子の将来はもとより、佐助たちの運命も手にとるように見えている。死期までも知っているであろう。佐助と才蔵は、そのうえ何事もたずねることなく、引きさがろうとした。

大行者は呼びとめた。

「おのしどもは、弟の家人（けにん）であろうが、まだまだ定命（じょうみょう）は尽きぬゆえ、楽しむべきことは楽しんでおけ。ふたりともに桃花の相じゃ。女子に慕われようが」

大行者は口をあけ、高笑いを岩窟のうちにひびかせた。

佐助たちは上田城に戻り、昌幸に大行者の言葉を報告した。

「あいわかったぞ。まことにめでたき限りずら。いかなる形にもせよ、真田の家門が後世に残るとあらば、ほかに望むところもねえら。家中の者どもを集め、酒盛りをせざあ」

佐助と才蔵は、余命が多く残っていると大行者から知らされたことは、誰にも口外しなかった。佐助は片想いをかけていた、幸村の姉村松殿が嫁いでいったのち、夜半の雨音を聞くような寂寥の思いが胸にわだかまっていたが、千代があらわれてのちは、身辺ににぎわいが戻っていた。

七

佐助と千代が、なにとはない語らいのうちに、重い蜜のような快楽の時をすごしているとき、はるか山裾で呼び声が聞えた。

「佐助やーん、どこにおるら。佐助やんよう、おーい」

佐助は千代と眼を見交し、苦笑いをする。

「ありゃ、足軽頭の藤内の声だ。何の用だか、呼んでやらざあ」

佐助は立ちあがり、鶯の啼き声を巧みにまねて、くりかえす。

やがて足音がして、熊槍(やり)を手にした藤内があらわれた。

「何だ、山行きの装束(しょうぞく)つけて、どこへいくだ」

佐助が声をかけると、藤内は足をとめ、手拭(てぬぐ)いで顔の汗を拭(ふ)いた。

「おう、こりゃお千代坊もいっしょだったか。とんだ邪魔をしたずら」

「かまわねえだ。俺(おれ)を呼んだのは、何の用かね」

藤内は眼を見張り、大声で答えた。

「おう、そのことずら。太郎山になあ、蟒(うわばみ)が出ただあ。鹿猪取りの猟師が一人、昨日から帰ってこねえで、村の者が探しに出たが、山中で大けな蛇穴を見つけておったど」

「蟒とは、おだやかでねえずら」

佐助は顔つきをひきしめる。

蟒は、鹿、猪を捕えて食う化物のような大蛇である。蟒の棲(す)む山には、猿に至るまで姿を見せない。蟒の餌となってしまうのである。

春、冬は山に棲み、夏、秋は水中に棲む。頭は丸く扁平で大きく、蛇とは見えない。眼は大きくつきだし、背は灰黒色、腹は黄白色、舌は赤い。

頭の両側に、わずか二寸ほどの耳が、きくらげのようについている。蟒は棲みかを一、二年に一度、変えるといわれていた。

長さ一丈(約三メートル)余、胴まわりが一尺(約三十センチ)というのは子蟒で、その二倍にも達する大蟒がいる。

「蛇穴はおさえたか」

「うむ、猟師たちが集って、穴の前に乱杭(らんぐい)を二重に立てたっつら。それでも突っ倒されちゃなんねえと、石を積んで棚あこしらえてらあ」

太郎山へ昨日出かけた猟師は、山中に鹿猪の影をまったく見ないので、気づいた。

――こりゃ、蟒が住みついたずら――

彼は犬を牽(ひ)き、辺りを探索した。犬は獲物を見ればはやりたつのに、耳を垂れ、尾を股のあいだに巻きこみ、啼き声もたてず、前進をこばむ。

――蟒は近え所にいるど――

猟師は鉄砲を構え、谷間に下り、渓流の水辺をたしかめつつ進む。蟒の棲む蛇穴は、河原をわずかに登った山腹にあった。

猟師は穴に忍び寄り、入口に犬の餌を投げこむ。犬は尻ごみして餌を食わず、怯(おび)えて吠えるばかりであった。

――やっぱり、ここにいらあ――

猟師は麓(ふもと)へ駆け戻り、仲間を大勢連れて戻った。大蟒は、鉄砲で撃ちとめにくい。鱗(うろこ)がかたく滑るので、銃弾が貫通しないためである。

猟師たちは乱杭を厳重に結(ゆ)い、石を積んだ棚のうえに四、五人が登り、槍、薙刀(なぎなた)を手にして待った。

「さあ、燻(いぶ)しださざあ」

唐芥子でこしらえた松明(たいまつ)に火をつけ、投げこめば、穴のなかにひそんでいる蟒は、燻しだされてくる。棚のうえで待つ猟師たちが、槍、薙刀をふるい、刺突(しとつ)して、蟒が絶命すればよいが、棚を乗りこえ、乱杭を倒して出てくれば、手のつけようがなくなる。

人馬を尾で打ち倒し、嚙(か)みつき、死にもの狂いにあばれまわるためである。

猟師たちは、相談した。

「俺たちだけじゃ、心細かっぺえ。足軽衆に助勢してもらうべえ」

彼らは上田城の足軽頭藤内に協力を求めた。藤内は首をかしげた。

「劫(ごう)をかさねた蟒にゃ、じろりと見られただけで、金縛りになっちまうずら。こっちも、佐助やんを頼まにゃ、あぶねえど。俺が佐助やんを呼んでくるべえ」

藤内は、このような経緯を佐助に告げた。

佐助は千代を見て、笑った。

「蟒の肉は旨えぞ。三年味噌に漬けりゃ、毒が抜けて、それほど旨えものは、ほかにゃねえと聞くだ。いって見べえ」

佐助と千代は、藤内とともに、風のように太郎山へ駆け登った。

蛇穴に着いてみると、十人ほどの猟師が集まっていた。

「あれまあ、これっちばっかのことに、大勢きてるでねえか」

佐助がひやかすようにいったが、猟師たちは笑いかえさなかった。ひとりが棚のうえから手招く。

「佐助やんよ。ここへきて、見てくりょう。大物らしいぜ」

佐助は身軽に棚へよじ登った。

「そうだなあ、こりゃ大穴だど」

「よほど大きな蟒が、いるんでねえか」

「分らねえぞ。じゃ、燻し出すか」

蛇穴は、さしわたし一間ほどもあった。蟒はわが身に合う穴を探すので、奥にひそんでいるのは、巨大な図体であろう。

「松明を持ってこい」

佐助はいいつつ、穴の奥をのぞきこむ。なまぐさいにおいがして、常人の十四倍の聴力、八倍の視力をはたらかすと、闇黒のなかに、風音のような蟒の呼吸のひびきが聞え、てのひらほどの大きさの眼玉が鈍く光っていた。

佐助は唐芥子の束に火をつけ、穴のうちに投げ込む。煙を吸った猟師たちが咳(せき)をした。

「それ、もっと持ってこい。ちっとんべえじゃ、ききめがねえど」

佐助は松明をつづけざまに投げ込む。目鼻を刺す煙が、穴の外まで流れ出てきて、猟師たちが咳こむ。

「こりゃ、たまらねえ。こっちが燻しだされらあ」

洟と涙を手拭いでぬぐう猟師たちに、佐助が叫んだ。

「ほれっ、くるど。お山の主のような代物だど」

穴の奥から、はげしい風音のような音響がおこり、蟒があらわれた。

猟師たちは一瞬、声を失った。吐き気をもよおすほどのなまぐさいにおいが、辺りに充満し、青蠅の群れが雲のようにつきまとうなか、大盥ほどの蟒の頭があらわれた。

大人が二人乗れるほどの、平たい頭は黒ずんで、鋼鉄のような鱗に覆われている。

佐助は合掌して大金剛輪の印をむすび、「おん、まり、しえい、そわか」と叫んだ。蟒の両眼から発する魔力にひきいれられ、忘我の状態に陥りかけていた猟師たちは、一瞬に覚醒した。

蟒は棚のうえに巨大な頭をもちあげてきた。

「この野郎が」

「これでもくらえ」

猟師たちは、熊槍をふるって蟒の首を刺し、薙刀、鉞で斬りつける。佐助は四、五度蟒の首に熊槍の穂先を深く埋めたが、はね飛ばされた。

「おりろ、杭の外へ出ろい」

佐助たちは夢中で棚から飛び下り、乱杭の外へ出ようとしたが、蟒の首が迅速に延びてきた。

逃げ遅れた猟師が、絶叫を放った。杭の根方へ追いこめられ、嚙みつかれようとしている。佐助はとっさに左の眼球をめがけ、はじき玉を投げた。

蟒は嵐(あらし)のような息を吐き、佐助にむかってきた。

「さあ、ここまでこい。もうひとつの眼も潰(つぶ)してやらあ」

佐助は二間ほどの高さの乱杭に足をかけると、一挙動で飛びこえる。

蟒は杭を折りひしぎ、乗りこえあらわれた。全長は二丈ほどであろうか。胴回りは牛よりも太い。猟師たちは逃げ散ってしまった。

佐助はひとりで蟒に立ちむかう。蟒は太い尾で辺りの樹木を払い、薙ぎ倒しつつ、迫ってくる。

「おん、まり、しえい、そわか」

佐助は真言を高唱しつつ、血のように赤い舌をひらめかせ迫る蟒の正面に立ち、狙いをさだめ熊槍を投げた。

槍先は、ふかぶかと右眼に刺さった。

蟒は体をまるめ、独楽(こま)のように旋転する。乱杭が薙ぎ倒され、土煙がたちこめた。

視界をとざしていた土煙が薄らぐと、蟒はながく身を横たえていた。千代が走ってきて、佐助にしがみつく。

「佐助やん、怪我はなかったかえ」

「うむ、この通り達者じゃ」

「よかったじゃ」

千代が泣き声をあげた。

藤内と猟師たちが、樹間からあらわれた。

藤内は蒼白な顔で聞く。

「あれは、佐助やんが退治してくれたっつら」

「そうさ、見らっちゃねえか。大けな蟒だ。肉はいくらでも取れるずら」

佐助が笑ったが、藤内はまだ全身から震えが去っていなかった。

燎原の火

一

天正十九年（一五九一）から、慶長五年（一六〇〇）までの九年間に、日本の政治情勢はめまぐるしく変転した。

秀吉は天正十九年八月二十三日、諸大名に唐入り、すなわち明国遠征の支度にとりかかるよう命じた。

「このたびの戦は西海、南海、山陽、山陰の四道の者どもを本役といたし、畿内より東は二の備えとして、人数を名護屋に集めおくべし」

豊臣政権の奉行石田三成、増田長盛らは、秀吉の下命によって、唐入りの人数を約二十万人、肥前国名護屋に駐屯させる予備軍十万人、大坂、京都に留守居の兵三万人を動員することときめた。

秀吉が明国への遠征をくわだてたのは、倭寇と明の大海賊王直の残党から、現地の様子を聞き知ったためであるといわれる。

季節風に乗って日本と明国を往来する倭寇たちは、大陸の事情を告げた。

「果てもなき、海のごとき広野がつづき、地味は肥え、湊口の都には、数も知れぬほどの人が住み、平戸、博多あたりの百層倍もの船が出入りいたしおりまする。海沿いの土地はことのほか富裕にて、町と思わば村、村かと思わば町にて、家の切れめもなき有様にございまする」

「明の王は、どれほどの兵を動かすのじゃ」

「国中に左、右、中、前、後の五軍を置き、それぞれに都督府を設け、兵数は三百万を超ゆると申しまするが、それは名のみにて、内実は衰え、ただちに用うる兵は五十万にて、それも広大なる土地に散らばりおるゆえ、大兵を集むるは難しと勘考つかまつりまする。官兵どもは横行いたす盗賊どもをおさえきれず、唐人どもが倭を恐るること、虎のごとくにござりまする」

秀吉は、地球儀、世界屏風図により、明国の巨大な領域を知っている。

当時、日本全土六十余州の大名が動員しうる兵力は、米高一万石につき二百五十人の比例で概算すれば、五十六万三千余人となる。イギリスの人口が三百五十万人前後であったことを考えれば、おどろくべき大兵力といえる。

諸大名は秀吉の威令に慴伏し、命ぜられるままに易々として従う。

大遠征をおこなうに際し、豊臣政権はほとんど戦費を必要としなかった。すべてを諸大名に自弁させるのである。

日本に滞在していた、ポルトガル・イエズス会司祭ルイス・フロイスは、つぎのように語っている。

「諸侯は、たがいにほとんど信頼しあっていないので、謀叛をくわだてようと二人で結託することがない。

なぜなら相手から密告されることを恐れているからで、自らの功績と忠誠を口実に、相手の封禄と領地を横領しようとしている者が、あとを断たないのである」

フロイスは、秀吉が明国遠征に際し、朝鮮がたやすく協力してくれるであろうと予想しているのは、速断であると見ていた。

日本の将兵は、明国への順路、航海を知らず、平定すべき敵の言語、地理も、まったく知らない。

ほとんどの大名は内陸に住んでいて、渡海に必要な船舶、水夫、航海術を持ちあわせていない。

日本はゴールド・ラッシュの最中で、金銀が全国の鉱山でおびただしく産出されていたため、財力にめぐまれていたが、秀吉の推しすすめようとする作戦計画は、無謀であった。フロイスはいう。

「秀吉はヨーロッパの強大な大侯や国王でさえ、莫大な経費と長い時間をかけねば不可能な事業を、ごく短期間に遂行せよと命じた」

唐入り渡海に必要な船舶は、大は八十挺櫓以上、中は八十挺櫓から四十挺櫓、小は四十挺櫓以下の船で、遠征を命ぜられた諸侯は、米高十万石につき、大、中、小の船舶二十八艘を建造しなければならない。

毛利家の建造した大安宅船（戦艦）は船中に十八畳敷の間が二つあり、能を演じるときも狭く感じなかったという。米は一万二千俵（約五千石）を積むことのできる、古今に例のない大船であった。

真田昌幸、信幸、幸村父子は五百の兵を率い、関東衆に加わり、文禄元年（一五九二）三月に上田を進発し、九州名護屋へむかった。猿飛佐助は、新妻の千代を上田に残し、幸村に従う。千代はみごもっていた。

「佐助やん、息災でなあ。早う帰っておくれ。浮気しちゃ、きかねえど」

「ああ、千代のことしか頭にゃねえさ。俺っちゃ旦那のお使いで、ときどき上田へ戻ってくるから、そのたびに会えるじゃねえか」

「そうかっちゃ、うれしいど」

ふたりは、その年の正月五日に祝言をあげ、上田城の長屋に住んでいた。

霧隠才蔵は、暇があれば佐助の新居をおとずれ、千代をまじえ楽しい語らいの時を過ごした。

「佐助は、お千代やんのようなええ女子（おなご）を嫁にして、ほんにしあわせ者ずら。顔の筋がゆるんでらあ。いまに通力（つうりき）がはたらかんようになるっちゃ」

「ばかぁこけ。技くらべをしてみっちゃねえか」

「そんなに強がらずに、お千代やんの袖（そで）の下で、丸くなってるがいいずら」

「おのしも、嫁をもらえ。お千代の朋輩に、才蔵が好きじゃという女子がおるに」

「いや、儂（わし）はまだしばらくは、ひとり身がよかっぺえ。気が楽だ」

佐助は父母を早くうしない、きょうだいもない独身であるが、才蔵は上田城下のはずれに父母、祖母が健在であった。彼は九人きょうだいの末弟である。昌幸父子が上田を進発する朝、大手門まえの広場に五百の将兵が集まり、隊伍（たいご）をととのえた。

まだ陽の昇らない山間の大気はつめたかったが、城下の老若がこぞって出陣を見送りにきていた。

名護屋へ到着しても、真田勢は予備軍であるため、早急に唐入りを命ぜられることはないので、見送る人々のあいだに陽気な笑声、歓声が聞えた。

才蔵は佐助を冷やかす。

「お千代やんがきておるに、あっちへいってやれば」

「うるさい。放っとけ」

佐助は顔に血の色をのぼせ、怒ったようにいう。

千代はおおきくなった腹を前垂れでかくし、人垣の前に出ていた。

昌幸父子が馬にまたがりあらわれると、群衆が歓声をあげた。

「ご無事でお帰りなされませ」

「お手柄を、お待ち申しあげまする」

数十騎の騎馬侍衆が、昌幸父子をとりかこむように馬をすすめ、徒士衆が槍、鉄砲をかつぎ動きはじめると、見送りの人垣が崩れ、あとを追う。

「甚内、甚内。達者でなあ」

「平兵衛よう。水にあたるなよう。息災で戻るんだど」

湧きあがる送別の声のなかで、冴えた千代の叫びが、空中をつらぬくように、佐助の耳に聞えた。

「佐助やーん、いい子を産むからよう。帰ってきておくれよう」

佐助は並んで歩いている才蔵に、はずかしげにいう。

「あの女は、行儀の悪い奴だど」

真田勢が肥前名護屋へ到着したのは、四月末であった。玄界灘にむかう、小山にかこまれた入江をかこむ丘陵に、七層の天守閣が聳えていた。

「あれがお城かや。なんと大きなものでねえか」

佐助たちはおどろく。

巨大な名護屋城をとりかこみ、百三十余にのぼる諸大名屋敷が棟をつらねている。普請、作事はさかんにつづけられており、暖春の陽射しが照りつける山野に、蟻のように人足がむらがり、巨材、石を曳くかけ声が、潮騒のように聞えていた。

「儂らが屋敷は、どの辺りずら」

真田家の屋敷は、先発した百人ほどの番匠、人足が建設しているはずである。

ルイス・フロイスは、大陸遠征軍の根拠地建設の事情につき、つぎのように記した。

「秀吉は、下（九州）には、軍勢を朝鮮へ渡航させるのに、いかなる港があるのかと問い、名護屋という良港があると知ると、辺鄙な海辺に諸大名が集結する命令を発した。

そして各人の負担により、京都の聚楽第と比べても劣らないほどの、大規模な濠や多数の居間をそなえた、豪壮な宮殿と城の建築を命じた。

名護屋は人の住めるような土地ではなく、山が多く、一方は沼で、手のほどこしようもない荒地であった。

そこでは食糧はもとより、工事に必要なすべての物が入手できなかったが、秀吉の厳命のもとで、四、五万人の人力が投入され、大勢の人々が疲労、苛酷な労働で命をおとしたが、壮大な宮殿と城の建築は、わずか数ヵ月で完成した」

佐助たちは、開発されたばかりの城下に、二十万人ちかい将兵、人足、商人が、忙しく立ちはたらき、物質をはこぶ牛馬の列が絶え間なくゆきかい、大小の船舶が旗差物をひるがえし海面を埋めているのを見た。

二

秀吉は名護屋在陣のあいだ、五層七階の本丸最上階に登り、はるか朝鮮の方角を眺めるのを好んだ。

「太閤秀吉公御出世よりこのかた、日本国々に金銀山野にわきいで」といわれるほどの大ゴールド・ラッシュがつづき、秀吉は自信過剰に陥り、常識を逸脱した奇妙な行動をとることがあった。

彼は京都近在で鷹狩りをしたところ、獲物がすくなかったので、九州の島津氏と出羽の秋田氏に命じた。

「日本じゅうの鳥を畿内に集めんがため、家来どもにさかんに鉄砲を放たせ、鳥を脅し追わせよ」

わが無上の権力を誇示する冗談にしても、無気味である。

本丸には、大坂城から海路運んだ黄金の座敷がそなえられ、秀吉はそこで大名衆に茶をふるまった。

座敷は平三畳で、柱、敷居、鴨居は黄金の延べ板で包まれている。壁は長さ六尺、幅五寸の黄金の延べ板を張りつめる。縁側の四枚の腰障子と骨と腰板も黄金で、紙のかわりに赤の紋紗が張られていた。

台子は黄金、台天目茶碗、四方盆、棗、風呂、釜、柄杓立て、水覆い、水指、蓋置、井戸茶碗、茶杓、炭斗など、すべて黄金であった。

黄金の座敷は、成りあがり者らしい秀吉の派手好みといわれるが、千利休の考案によるもので、招かれた者は黄金の沈んだ光彩と猩々緋の畳の醸しだす、ふしぎな静寂の境地に身を置くことができた。

漁港にのぞむ小集落にすぎなかった名護屋は、当時のパリに匹敵する大都市となり、登城する大名と家来、普請人足の群れ、湊へ資材を運ぶ中間たちで、祭礼のように雑踏していた。

付近にはまったく空地がなく、大小名の屋敷がつらなり、小旗、差物、幌、幟などを立てているので、春もたけなわの頃の、山々の花を見渡すような眺めである。

城の外郭は、小姓衆と、五、六百人から二千人ほどの家来をともなう大名の陣屋が取り巻いていた。真田昌幸父子の陣屋も、城の北方入江にのぞむ丘上にあった。

猿飛佐助、霧隠才蔵は幸村に従い、所用で外に出るたびに空前のにぎわいぶりに感心した。

「こりゃ、京、大坂と変りはねえら」

「金さえ持ってりゃ、何の苦労もいらぬだお」

谷あいの町人町には、京、大坂、堺の商人が店を構えており、望む物は何でも買える。

石工(いしく)の店先では、帷子(かたびら)の片肌をぬいだ主人と、褌(ふんどし)ひとつの小僧が、たがねと槌をふるって手水鉢(ちょうずばち)をこしらえている。

襖屋(ふすまや)、畳刺し、桶師。菅笠(すげがさ)、藺笠(いがさ)、編笠、市女笠(いちめがさ)、陣笠などをこしらえる笠縫い。副食物の菜(さい)をこしらえる調菜屋。豆腐売り、蛤売り、糸師、染屋、針磨(す)り、足駄づくりなど、さまざまの店屋が軒をならべていた。具足細工師、弓師の店頭は、侍たちで混みあい、道にまで群がっている。

道端には米、馬糧の大豆の俵が、山のように積みあげられていた。幸村が佐助たちにいった。

「ここでは、金銀さえ持ってりゃ、何でも買えるが、路用の乏しい者はみじめだに」

幸村のいう通り、路銀に不自由がなければ、名護屋に在陣のあいだは、世上の見聞をひろげる千載一遇の機会といえた。

昌幸に従い名護屋にきた家来たちは、信濃の山間からの長旅で、生涯見ることもなかったであろう天下の名所旧蹟を実見できた。

名護屋城下に集まった百三十の諸侯は、このようなときでなければ、姿を眼にする機会を得なかった人々である。

大名の家来たちは、屋敷うちの棟割り長屋に住み、脇差を腰にしただけで、袴をつけることもなくくつろぎ、家中の上下と交わる。国もとでは、年に一度か、あるいは一生に一度対面するほどの高位の人とも、朝夕膝をならべ雑談できた。

主君の傍に、姿を見せることのできなかった下役が、御座の間のうちに侍ることもある。

毎日、朝鮮渡海の船が、胡麻を撒いたように玄界灘へ出帆してゆき、水平線までつづいている。

真田主従のように、名護屋に在陣する諸隊の役目は、城、倉庫の普請作事と、諸物資の運搬であった。

湊に碇泊する大小の艦船は、金具を金箔、銀箔、赤銅で飾っているため、海面は光りかがやくようである。

十数万の駐屯軍は、はたらくかたわら能、囃子、踊り、茶湯、連歌、蹴鞠、舟遊び、瓜売りなどの仮装を楽しむ瓜畑遊びなどを、さかんにおこなう。

昌幸は、幸村にいった。

「名護屋の諸侍は、国もとにおるときとはちがい、金銀の雑用がいるため、懐が痛むずら。渡海する者は、生きて戻れぬ覚悟だらず。いずれにしても、大仕事だ。大明を手際よく平均できりゃよかろうが、長引きゃ、儂らも出ていかざあ、事がまとまらねえ。それに、大きな声ではいえぬが、佐助らが聞いてきたことには、殿下はどうにもお身の按配がよくねえようだらず。ご持病の寸白（腹痛）にくわえ、いろいろ障りがあるようだ。もしご遠行ともなりゃ、天下はどう納まるか分らぬど。着陣して間なしの水騒動を見ても分るだらず」

名護屋に着陣した諸大名のうち、二大有力者である徳川家康と前田利家の陣所は、真田陣所からあまり離れていない所に、隣接していた。

付近には湧水がすくなかった。井戸を掘っても、普請の用水はもとより、飲み水にもこと欠く有様である。

梅雨入りまえの、初夏の陽が照りつける野外で労働する軍兵たちは、滝のように汗をかく。彼らが飲む水は、水汲み人足が運んでくるが、桶のわずかな水は、たちまち飲みほされた。

前田家の同勢は一万人である。家康の軍兵は、わりあてられた一万五千人のうち、着陣しているのは、五千人であった。

陣所の隣りあう両家の水汲み人足は、おなじ井戸の水を汲む。

前田家の人足のあいだから、憤懣の声があがりはじめた。

「江戸の奴輩は、水を汲みすぎるっちゃ。人数は、こっちの半分というだによう」

数日後、前田家の水汲み人足が、列をつくって順番を待っていた徳川の水汲みのあいだへ、割りこんだ。

「無体なことをなされるでない。皆炎天の下で待っておるに、うしろへ並ばれい」

前田の小者は、鼻先でせせら笑った。彼は喧嘩を売るつもりでいた。周囲の男たちを見下す巨漢である。

徳川の小者のひとりが、彼を列から押しだそうとして、はね飛ばされ、騒ぎがおこった。たがいに助勢が駆けつけ、木刀をふるい打ちあい、石を投げる。やがて刀槍を手にしての乱闘になりかけた。

大名の喧嘩は、数百人の死傷者を出す、合戦のような規模になることが、めずらしくない。急を聞いて駆けつけた前田家夜廻り衆が、槍、鉄砲をたずさえあらわれた。彼らは百人ほどの隊を組んでおり、組子は武芸の練達者である。

「上さまご在城なるに、狼藉いたすな。控えよ」

彼らは騒ぎを制止しようとしたが、家康小姓衆が声を聞きつけ、陣所から走り出て、太刀を抜きつれ、威嚇した。

「前田殿が喧嘩を売らるるなら、買うてみせるだわ」

前田、徳川の水場の喧嘩は、いったんは在陣の大小名をまきこむ大騒動にひろがりかけた。

家康に味方したのは、関東諸大名である。利家には北国衆のほか、織田政権以来の朋輩である蒲生氏郷、浅野長政、毛利秀頼、堀秀治らが、合力の姿勢をみせた。

真田昌幸は、どちらにも合力せず、静観の態度をとったが、豊臣政権のうちで家康勢力が独自の存在として、強固な結束をかためているのを、眼のあたりにした。

昌幸は豊臣政権の兵站を運営している奉行筆頭の石田三成と、姻戚であった。彼の妻は、秀吉近臣の宇多頼忠の娘である。頼忠は、大和、河内に一万三千石を領している。

石田三成の妻も、頼忠の娘であったので、昌幸と三成は相婿であった。

昌幸は、名護屋に着陣してのち、しばしば三成の屋敷をおとずれ、密談をかさねていた。

猿飛佐助、霧隠才蔵は、そのあいだ余人が近寄らないよう、警固の役をつとめた。

三成は三十二歳、色白の華奢な体に、侵しがたい威をそなえていたが、佐助たちを見るとき、するどい眼差しをゆるめ、歯なみをあらわしほほえむ。

「そのほうども、役儀がすめば、台所にて麦湯なと参るがよい」

三成はかならず、いたわりの言葉をかけた。佐助たちは、涼風のかよう木陰で張り番をしているとき、話しあった。

「治部少殿は、心映えのすがすがしいお人だが、上さまのためにはたらきすぎ、大勢の怨みを買うておるら」

「ほんに、気の毒なことずら。軍師の家康を向うにまわして、難儀なことだっぺえ」

三

七年が過ぎた。慶長三年（一五九八）七月なかば、秀吉は伏見城で重病の床に就いていた。

七月朔日に、秀吉夫人北政所は朝廷に奏請し、禁裏内侍所で御神楽を奏し、平癒祈願をした。醍醐三宝院、尾張津島神社などでも、秀吉恢復を祈願する祈禱がおこなわれた。

真田昌幸父子は、伏見城下の屋敷にいて、秀吉のもとに勤仕している。真田父子は文禄三年（一五九四）に伏見城造営を命ぜられ、肥前名護屋から上田へ戻り、木曽の材木を運搬して、普請助役として年月を過ごしてきた。

信幸は伊豆守、幸村は文禄三年（一五九四）以来、左衛門佐を名乗るようになり、従五位に任ぜられていた。

真田屋敷の長屋では、猿飛佐助が妻の千代、六歳になる長男の小猿、四歳の娘の銀とともに朝餉の膳にむかっていた。

「今日もお城へあがるのかえ」

「うむ、旦那のお供さ。殿下のご按配は悪いだによう」

「もう保ちなさらねえかえ」

「そうだなあ、あとひと月ほどだっぺえ」

「それじゃ、えらいことだなあ」

銀が、黒米の粥をすすりながら、佐助にいう。

「お父、飯食べたら、おかめっこせざあ」

おかめっことは、目かくし遊びである。

佐助は銀の口もとについた飯粒をとってやりながら、首をふる。

「そいつはできねえ。もうじき才蔵がくるから、いっしょに旦那のお供をせざあ」

「なんだ、遊んでくれねえのか。ヤーラッポめ」

「こりゃ、悪態つくと、許さねえど」

佐助は銀の下ぶくれの頰を、かるくつまんで、大きな眼をむいてみせる。ヤーラッポとは目高のことで、小猿と銀は、眼の大きな佐助に、そのような渾名をつけている。

秀吉はもはや食物が喉を通らず、わずかに重湯で命を保っているのみである。

「今日も暑いのう。陽もあがらぬうちから蟬が気ぜわしく、啼きおるら。殿下も、この暑さじゃ、長えことはねえら」

佐助は縁先にさしてきた、陽ざしのなかで舞う蝿を、手で払う。

佐助が払うと、蝿は空中に静止しているかのように打たれて落ちる。

「お父、おもしれえな」

小猿がちいさなてのひらをひらき、蝿を打とうとするが、空を切るばかりである。前の日、佐助と才蔵は幸村の供をして登城し、廐中間の部屋で終日控えていた。

幸村が秀吉の寝所から退出してくると、佐助たちにいった。

「殿下は、一日のうちおおかた寝ておられるようだ。おそらくお気を失われておられるに違いねえら。儂がお次の間で控えておりゃあ、殿下はたまに、われにかえったように身動きなされる。そのときにお薬湯をおすすめいたしておるが、おおかたはこぼされるど。石田殿、増田殿、前田玄以殿らご奉行衆が、政事のお裁きを願うておるだが、何を仰せられておられるか、儂らのところまでは、さっぱり聞えねえさ」

「殿下がおかくれにおなりなさりゃ、天下は大事にごわすなあ」

佐助がいうと、幸村は辺りに眼をくばりつつ、声を落していう。

「そのことよ。治部少（三成）、刑部少輔（大谷吉継）は、ともに清正らに嫌われておるゆえ、朝鮮より戻りし大名衆とのあいだに、かならず悶着がおこるに違いねえ。そうすりゃ、内府（家康）が頭をもたげてくらあ。あの仁は、氷のようなる心根だ。おのれが力をふやせる機は見逃さねえら」

文禄元年（一五九二）四月、朝鮮の釜山浦に上陸した日本軍勢は、破竹のいきおいで西上し、五月には漢城（ソウル）を陥れ、平壌から明国との国境に迫るいきおいを見せたが、朝鮮水軍の名将李舜臣の猛反撃により、海上補給路を断たれ、陸上では朝鮮義軍に街道を寸断され、冬期の酷寒にも災いされ、挫折した。

いまは釜山浦を中心拠点とする、朝鮮南部の拠点を、朝鮮在陣の諸軍が、かろうじて確保し、明、朝鮮軍と対峙していた。

秀吉が薨じたのちは、朝鮮在陣の諸大名は帰国してくる。戦線を縮小しているとはいえ、六、七万の大軍が踏みとどまっており、指揮官の大名は、三成と犬猿の間柄の者が多かった。

文禄二年（一五九三）八月に、秀吉側室の淀殿がお拾（秀頼）を産んでのち、豊臣政権内部の、秀吉を中心にすべての権力を統合しようとする中央集権派と、諸大名の合議制を存続しようとする分権派とのあいだの亀裂が、さらに深まった。

秀吉は甥の秀次を関白として、政治の大権を与え、自らは太閤と称し、軍事の実権を掌握して、無謀といわれる唐入りの大作戦をはじめた。

秀吉は名護屋在陣中に大政所が亡くなり、落胆したが、お拾が誕生すると狂喜して大坂へ戻り、そのまま九州へ西下しなかった。

佐助、才蔵は幸村に従い、伏見の用材を切りだし、木曽から近江へ運送する作業をおこなっていたが、初秋の夕方、膳所の町なかで、淀殿が男児出産の噂を聞いた。

「何故にごわすか」

「奉行衆と、関白さまのあいだが、いまよりも険しゅうなるに違いねえら」

佐助と才蔵は、幸村のいうところを即座に理解した。

秀次は秀吉によって関白の座についたが、豊臣政権の全権を掌握することはない。秀吉が薨じたのちに、政権を継承するのである。秀次に従う家来たちは関白衆と呼ばれ、豊臣政権の別派に過ぎない。

政権の中枢を掌握する前田玄以、増田長盛、長束正家、石田三成、大谷吉継ら奉行衆は、関白衆の行動を、制限する方針をとっていた。

秀次は、秀吉のおかげで天下の「一の人」となった恩義を忘れ、かえってわが権力が制限されていることを逆恨みして、乱行をはたらき、彼への世評はかんばしくなかった。

世人は、秀次をひそかに「殺生関白」と呼んだ。秀次は武芸稽古に熱心であるが、殺伐な行いを好む。

文禄二年（一五九三）正月五日、正親町上皇が崩御されたとき、関白の座にある秀次は喪に服し、精進潔斎をしなければならなかった。

だが、秀次はわざと暴慢のふるまいをした。二月十七日に京都北郊の大原、三月二十五日には南郊の醍醐山で鉄砲を放ち、遊猟をおこなったのである。

秀次の乱行は、奉行衆の圧迫に対抗するためのものであったが、洛中にはつぎのような落首があらわれた。

「いんの御所たむけのための狩りなれば、これをせっしょうくわんぱくという」

秀次の乱行はこれにとどまらなかった。

「相撲興行をいたすゆえ、力士どもを集めよ」

六月八日、聚楽第山里の茶屋に、公家衆を招き、検校に平家琵琶五、六段を語らせる不謹慎をしたのち、七月七日、十八日には第中で、相撲を観覧する、人も無げなふるまいをみせた。

秀吉は、秀次の乱行をときには意見するが、政権の後継者とする方針は変えなかった。だが、お拾が誕生してのちは、情勢は一変した。秀次は自分がいつ関白の座から追い落されるかも知れないという、妄想に苦しめられるようになった。

伏見の真田屋敷では、昌幸と信幸、幸村父子のあいだで、情勢の変化についての話が交された。信幸がいう。

「関白殿には、もはやご乱心と申さねばならぬ有様にごわすが、父上は、こののちいかがあいなると思し召されてごわすかや」

昌幸は腕を組み、沈思したのち口をひらいた。

「殿下が、お拾さまご成人召さるるまでご長命なされば、何事もおこらず、豊家は安泰に続くに違いねえら。関白殿も、従うばかりだに。もし叛けば命はねえら。それだけのことだ」

幸村が聞いた。

「もし殿下がこの幾年かのうちにご遠行なされたなら、世上はいかがあいなるでごわすか」

昌幸は溜息をついた。

「そのときよ、天下が乱れるのは。かならず内府（家康）が画策いたし、奉行連を追いおとすだ。加賀大納言が長命すりゃ、内府のおさえとなるが、これも身按配がよくねえようだから、先のことは分らねえど。内府が天下をふたつに分けるときがきっとくるど」

信幸がいった。

「そのときは、真田はいずれに就きまする」

「うむ、内府に就くか、就かねえか、むずかしいところだ。内府は治部少を潰そうとはかり、戦をおこすずら。そのときは、真田のような身代のちいさき者が、家門を伝えてゆく手だては、ただひとつよ」

「いかなる手だてにごんすか」

「二股膏薬よ。さしずめ信幸は上州沼田にいて本多忠勝の縁により、家康に就くことだ。儂と幸村は豊家に就く」

父子のあいだに、沈黙が流れた。

四

真田昌幸の懸念は、まもなく的中した。

文禄四年（一五九五）七月八日、関白秀次は謀叛のくわだてをしたとして、秀吉から豊臣家追放、従二位関白左大臣の位階剝奪、聚楽第没収、尾張、伊勢五郡の所領百万石召しあげのうえ、紀州高野山入りの処分をうけた。

秀次謀叛の証拠は、石田三成が探知した。秀次が朝鮮から帰還した大名たちの、軍費をつかいはたし、困窮しているのを見て、聚楽第の金蔵から多額の金銀を貸し与えた事実を、つかんだのである。

秀次は筒井定次、細川忠興、毛利輝元ら四十人ほどの大名に金子を用立て、自らに忠誠をつくすとの誓書をうけとった。

金子の用立ては、隠密のうちにおこなわれた。秀吉に聞えては、謀叛の準備行動と見られるからである。

秀次は、謀叛をくわだてるほどの気概も才覚もないが、いまにも関白の座から蹴落されるのではないかと怯え、わが立場をいくらかでも固めようと、策動していた。

だが、秘密は石田三成の知るところとなった。秀次は、さらにおろかな策動をかさねた。妻の一の台局の父、菊亭晴季のつぎのような進言をいれたのである。

「太閤との疎遠をもとに戻すには、禁裏のおとりなしを頼まれるがよかろうと存じまするが、いかがにや」

秀次は同意して、朝廷へ白銀五千枚を献上した。現代の価値にして、三百億円の大金である。

三成はそれをもたちまち偵知し、秀吉に注進した。秀吉はこれらの事実を聞くと、ただちに使者として石田三成、増田長盛を聚楽第へつかわし、詰問させた。

その結果、秀次は謀叛の行状を暴露され、処断をうけることになった。

秀吉が万一にそなえ、永年たくわえた軍用金を無断で濫用し、叛逆の準備をした罪状は、動かしがたいところであるとされた。

秀次はただちに高野青巌寺に入り、剃髪謹慎したが、七月十五日、福島正則、池田伊予守が、千余の兵を率いおとずれ、切腹せよとの秀吉の命を伝えた。

秀次は二十八歳を一期（いちご）として、詰め腹を切らされ、その妻妾三十余人と子供たちは、京都三条河原で処刑された。

石田三成は、反対勢力の大名たちを取りつぶす好機であるとして、秀次と交流のあった諸大名を執拗に追及した。

伊達政宗は、石田三成の追及をうけ、破滅の危機にさらされた。彼は秀次の鷹狩りの際、しばしば同行して山中で密談をかさね、奥州へ帰国の際、秀次から餞別をうけていた。

秀吉は、三成に命じた。

「政宗は流罪といたし、息子の兵五郎にあとを継がせよ」

政宗が破滅を免れたのは、伏見の徳川屋敷の門前にあらわれた、立札のおかげであった。

立札には、政宗と出羽山形城主最上義光（もがみよしあき）謀叛の文言（もんごん）が、記されていた。

秀吉はそれを知ると、処分を撤回した。

「これまでの噂は、すべて政宗が威勢を憎む者のつくりあげしことにてあらあず」

秀吉は、政宗が窮鼠猫を食むいきおいで謀叛をおこせば、秀次遺臣もそれに追随し、政宗と同じ分権派の家康も同調しかねないと予測して、穏便に事を済ませようとした。

真田昌幸は、立札を立てさせたのが家康であることを知っていた。

政宗は慶長元年（一五九六）には伏見城修築普請の加役をつとめ、六歳の嫡男兵五郎は秀吉の一字を与えられ、秀宗と名乗り、従五位下侍従に叙任された。

長岡忠興は、秀次からの借財金百枚（千両）を使いはたしていたが、家康に融通を仰いで返済し、ようやく命をつないだ。

浅野長政の嫡男幸長も、秀次と親交があったので、三成によって偽書まで設けられ、罪に陥れられようとした。

幸長は、父長政と親交のある前田利家の弁護により、能登津向（七尾市）に流罪となり、かろうじて死を免れることができた。

秀次事件のあと、家康を中心とする分権派の大名たちのひそかな結束は、さらに緊密となった。

彼らの三成に対する憎悪は表面にあらわさないが、身内に沈潜している。秀吉恩顧の大名たちのうちにも、三成に怨恨を抱いている者がいる。

加藤清正は、慶長元年四月、小西行長らに、明国との和議交渉をさまたげると讒言され、帰国命令をうけた。清正は秀吉に謁し、心中をうちあけようとしたが、三成にさまたげられた。

彼は、閏七月十三日の丑の刻(午前二時)頃におこった大地震で伏見城が倒壊し、多数の圧死者が出たとき、いちはやく登城し忠誠をみとめられ、ようやく謹慎を許された。清正はその後小西、石田を仇敵のように憎んでいた。彼のほかにも、石田三成ら奉行衆が朝鮮へ渡海し軍監としてはたらくあいだに、不公平な賞罰をおこなったとして、遺恨をふくむ大名は多かった。

慶長三年正月の、朝鮮蔚山城での、明、朝鮮連合軍約六万人と、一万五千人の日本軍との会戦の際、戦功をたてた吉川広家が、軍法にそむいたとして、かえって譴責されたのは、三成の讒言によるものといわれた。

真田昌幸は、機会あるたびに三成に忠告した。

「御辺は、太閤さまと秀頼さまのお為をはかるばかりにて、諸人の恨みを買っておられる。豊家の後々のことを思わば、ちと策をめぐらし、諸家に恩を売っておかれるよう心がけられい。さもなくば、太閤亡きのちには、これまでの恨みをすべてわが身に負わねばならぬことに、あいなろうが」

三成は笑って答えた。

「儂は殿下ご存命のうちに、ご威光を借りて、秀頼さまのお歩みなされる道の地ならしをなしとげておかねばならぬのじゃ。わが命は、もとより捨ててあれば、誰の恨みを買おうと恐ろしゅうはない」

昌幸は、そういわれてみれば返す言葉もなかった。三成は、秀吉没後に自分の立場が危険にさらされるのを覚悟のうえで、あくまでも中央集権の路線を変えようとしなかった。

いま、重病の床に臥している秀吉は、七月十三日に遺言を述べた。

「内府（家康）殿はかねて律義なることを存じおるゆえ、秀頼をその孫千姫の婿といたした。こののちも、よろしくとりたて給わり候え。また、大納言（前田利家）は、年も寄り、わずらいがちなれども、あいかわらず秀頼の傅役をいたしてくれい」

また秀吉は、利家、家康と宇喜多秀家、上杉景勝、毛利輝元を五大老として、秀頼の輔佐を依頼し、浅野長政、前田玄以、石田三成、増田長盛、長束正家を五奉行として、政権運営の実務をおこなわせることに定めた。

昌幸は、伏見の屋敷で信幸、幸村と話しあった。

「五大老といったところで、内府は図抜けて大物ずら。なにしろ二百五十六万石の大身代だど。毛利と上杉はいずれも百二十万石、前田は八十三万石、宇喜多は五十七万石さ。五奉行のうちじゃ、いっち身代の大きいのが浅野の二十二万石だっぺえ。これからのちは、やっぱり内府が頭となるに違いねえら。好かねえ男だが、真田の家を潰さねえためには、内府についていかざあ」

次の間にひかえる佐助、才蔵も、同感であった。

二人は家康屋敷の動静をうかがおうとしたが、服部半蔵ら伊賀二百人組が厳しく内外を見張っているので、つけいる隙がなかった。

彼らは、かえって真田屋敷へ潜入しかねない。

「徳川の奴輩は、真田に辛き目を見せられたで、憎んでおるら。気をゆるめりゃ、こっちが仕物（謀殺）にかけられかねぬわい」

「うむ、そうずら。うちの旦那のいいなさることは、もっともだが、いつかは敵にまわすに違いねえずら」

佐助と才蔵は、秀吉が薨じたのち、真田家は波瀾にまきこまれるであろうと、予想していた。

昌幸の所領はわずかに三万八千石である。所詮は大勢力に従わねば、生きのびてゆけない。佐助は才蔵にいう。

「儂は、豊家に就きたいさ」

「儂もそうさ。しかし、加賀大納言の身按配が悪いというから、天下の形勢は危ねえら。内府が、そのうちにあばれだすさあ」

佐助たちは、七月十六日の朝、昌幸に命ぜられた。

「お前らに、頼みたいことがあるが」

「何でごわすか。何でもいたしやすよ」

昌幸は息を吐いたのち、かすかな声音でいう。

「内府の屋敷へ、忍びいれようかのう」

佐助がうなずく。

「いきっつら。伊賀の忍びは大勢おりやすが、はかりごとを考えりゃ、何とかなりやすよ」

昌幸はうなずく。

「そんなら、内府が家老(おとな)どもと、何事を相談しているか、聞いてきてくれ」

「そうかっちゃ。いくでごわすよ」

佐助と才蔵は、日没を待った。

午後遅く雷が鳴りわたり、雨がつよくしぶいたが、やがてやんだ。

五

曇り空の西方が晴れ、遠雷が間遠に鳴る日暮れどき、佐助と才蔵は黒地の忍び装束をつけた。

空中に水蒸気が満ち、息もつまるような暑熱がたちこめる宵闇のなかで、蚊柱が立っている。

坐っていても、こめかみを汗がつたうほどの蒸し暑さであるが、修行をつんだ忍びである佐助と才蔵は、汗をかかない。二人は背負い袋に、手回りの諸道具をいれる。

「鳥の子持ってかにゃ、いけねえど」

才蔵は、てのひらに握れる大きさの、卵のような楕円の紙張り子球を十個ほど、腰に吊るす胴乱にいれた。

鳥の子とは、火薬を用いた投げ物である。楕円の木型に鳥の子紙を幾枚も貼りかさね、乾かしたのち二つに切り、木型をのぞいた空洞に爆薬を充塡し、半球をあわせた切りくちを紙で貼る。

敵と遭遇したとき、口火に点火した鳥の子を投げつければ、爆発の轟音と閃光で相手を立ちすくませ、湧きあがる黒煙により、身をかくすことができる。

「儂はこれだ」

佐助は胴乱に目潰しを五、六個、真綿に包んでいれた。

鶏卵の中身をぬいた殻に、よく煎って湿気を去った砂と唐芥子粉をまぜている。穴は和紙で貼っておき、敵と対するとき、間近に迫ったところを狙い、殻を手のうちで握りつぶし、投げつけるのである。

「さて、いかざあ」

「ああ、いくだお」

二人はしだいに濃くなってきた戸外の闇へ、まぎれ出た。

伏見城下は、日が暮れたのちも騎馬侍、足軽衆が提灯を手に、せわしげに往来している。

大名屋敷の前庭には篝火が焚かれ、具足をつけ、槍、鉄砲を持つ軍兵が、汗と皮革のにおいをはなち群がっていた。

数日まえから、町人町の老若の避難騒ぎがはじまっている。

「太閤はんがおかくれにならはったら、合戦がおこるんやと」

「早う逃げな、あかん。家財道具はもとより、命まで取られるのどっせ」

流言は流言を呼び、街道を警備する番所の軍兵たちが、声をからして取りしずめようとすれば、なお眼のいろを変え、家財をかつぎ、簞笥車を押し山中をめざしてゆく。

秀吉が世を去れば、豊臣政権をくつがえす謀叛がおこるとの噂が、ひろまっていた。

前日の七月十五日には、諸大名が前田利家の屋敷へ出向き、秀吉の遺言を守り、豊臣家に忠誠を誓う起請文を、さしだしていた。

諸大名は、そのあと奉行増田長盛の屋敷に移り、秀吉の遺物、金銀の配分をうけた。

彼らは秀吉没後の情勢を憶測し、不安にかられている。まもなく天下を二分する政変か、あるいは運命を賭けて立ちむかわねばならない、大動乱がはじまるかも知れないと、懸念は増すばかりであった。

「ここらで待っているっちゃ」

佐助は低い声で告げ、道端の闇に吸いこまれるように消えた。

間近に宇治川の瀬音が聞える。徳川家康の屋敷の塀が、半町ほど先にある。才蔵はひとりになると足をはやめた。

その夜、家康ら五大老は、伏見城内で秀吉の病床に侍している。家康の身辺を護衛する伊賀組の頭領たちは、服部半蔵に率いられ、城内に詰めている。

佐助はその機を狙い、徳川屋敷へ潜入するのである。いったん忍びいった場所は千里眼によって透視できる。家康の座所へ入りさえすれば、その後は天眼通力、天耳通力によって、彼の動作、会話を見聞きできる。

それは、服部半蔵が察知するまでのことである。半蔵は、佐助が天眼、天耳の通力によって家康の動静をうかがっていると気づけば、ただちに座所を変えさせるであろう。忍者には、どこからか向けられてくる神通力を察知する、感覚がある。

才蔵は、道端の町屋の軒下を、木の間隠れの技で、伝い歩いてゆく。彼の姿は、闇に塗りつぶされていた。

宇治川の堤を、徳川家の提灯をさげた三十人ほどの軍兵がやってくる。才蔵は足をとめ、背を丸くしてうずくまった。

四、五人の騎馬侍を先頭に、素槍の穂先を星明かりに鈍く光らせる軍兵たちは、才蔵のうずくまる一間（約一・八二メートル）ほどうえを、黙って通りすぎてゆく。

才蔵は静かに立ちあがる。また行手から、一団の夜廻り衆がやってくる。

「こんどは、治部少（石田三成）殿のご人数かや」

才蔵は、傍の柳の幹に身を寄せ、動かなくなった。

諸大名は不時の動乱にそなえ、即応できる態勢をとっていた。秀吉が世を去れば、豊臣政権が瓦解するかもしれないという、彼らの危惧（きぐ）には、根拠がある。

豊臣家には、家臣の根幹となるべき血族の一門衆が、寥々（りょうりょう）たるものであった。秀吉の弟秀長と甥秀次の亡きあと、北政所の実家の杉原、木下両家の者のほかに、彼女の義兄妹の浅野長政、養子であった宇喜多秀家らが、わずかにいるばかりである。

一門衆についで、戦国大名家臣団を鉄の団結によって支えるのは、譜代（ふだい）衆である。彼らは親または祖父、さらにそのうえにさかのぼる祖先から代々仕えてきた家来で、主人と生死をともにする忠誠心は、破滅の淵にのぞんでもゆるがない。

秀吉は一代で成りあがったので、信長の那古野衆、家康の松平衆のような譜代衆はいない。

秀吉が秀頼の成人するまで、政権を秀次に預けておけなかったことは、大きな弱点となっている。

秀吉が形成した家臣団の中核となるのは、子飼（こがい）衆、直参（じきさん）衆である。彼が抬頭（たいとう）する初期から従ってきた子飼衆は、堀秀政、加藤清正、福島正則、加藤嘉明（よしあき）らである。

秀吉に征服されたのではなく、自ら望んで麾下（きか）に加わった家来である直参衆は、小西行長、黒田孝高、黒田長政、浅野幸長、浅野長晟（ながあきら）、蜂須賀家政、脇坂安治、大谷吉継らである。

他の大名は新参衆、外様衆と呼ばれ、かつて秀吉に敵対し、のちに服属した大名たちであった。

小早川隆景、立花宗茂、上杉景勝、毛利輝元、長宗我部元親、島津義久、有馬晴信、徳川家康、伊達政宗、佐竹義重、最上義光ら、地方の大勢力がそろっている。

彼らの強大な戦力は、徳川家康を最右翼として、今後に波瀾をおこしかねない、無気味な存在であった。

五大老のうち、秀吉の旧友である前田利家は、近頃では健康をそこね、出仕もままならない有様である。家康はしきりに鷹野に出向き、体調に不足はない。

利家が亡くなったのち、五大老のうちで秀頼を輔佐する態度を変えないであろうと思えるのは、宇喜多秀家のみである。

――考えてみりゃ、危ねえことずら。うちの旦那が、豊臣と徳川のいずれに就くか、迷うのも無理はねえら――

才蔵は、石田の見廻り衆が遠ざかるのをたしかめ、歩きだした。

彼は大手通りの勧進相撲の催し場へ近づいてゆく。翌日の興行をひかえ、幟をたてつらねている小屋の前の馬つなぎ場に、駄馬が二頭つながれている。

才蔵は辺りに人影がないのを見さだめ、歩み寄った。馬が警戒して鼻を鳴らす。

「気にすることあ、ねえずら。おとなしくしていろ」

才蔵は帯のあいだから小刀をとりだし、馬をつなぐ緒を切った。

「ブルル」と馬が鼻を鳴らす。

才蔵は四、五間はなれ、胴乱から鳥の子をとりだすと、馬をめがけ投げつけた。耳朶をうつ落雷のような轟音と蒼白の閃光が闇をつんざく。

馬はおどろき竿立ちになり、町なかへ駆けだした。

たちまち往来で悲鳴があがった。

「ひやあ、馬や。あばれ馬やあっ」

「助けてくれえっ」

道筋の町屋から男女が出てきて、胸をとどろかせ喚きあう。

「合戦や、合戦がおこったんや」

「それ、逃げよ」

悲鳴があがり、犬が啼きさわぐ物音を聞いた、大名屋敷の軍兵たちは、刀槍、鉄砲を手にして、門前に駆けだした。

「何奴の謀叛じゃ」

「こなたへむかってくるぞ。油断いたすな」

伏見城下は、半刻（一時間）ほどのあいだ、火事場のように走りまわる侍、町人で混雑した。

佐助は騒動にまぎれ、徳川屋敷の塀を乗りこえ、庭に入った。夜目の見える彼は、ためらうこともなく主殿の奥庭にむかい、数寄屋の縁先から、書院へ忍びいった。

足音を消して動く彼の十間(約十八・二メートル)ほどさきの畳に灯台(とうだい)が置かれ、微光をはさみ、壮年の男が二人、坐っていた。ひとりがいう。

「合戦ではあるまい。人馬の地響きがせぬだわ」

ひとりがうなずいた。

六

佐助はむかいあって坐っている二人の男の間近に立った。男たちは、佐助の心力に圧倒され、彼の姿が見えない。気づかぬうちに、隠形変身(おんぎょう)の術のとりことなっているのである。

縁先の地面に、警固の者がひとり、うずくまっていたが、彼も佐助があらわれたのに気づかない。大きな鉄鍔(つば)をはめた忍び刀を帯びたいでたちは、伊賀者であろうが、佐助よりははるかに技前(わざまえ)が劣っている。

――ほう、こやつらか――

灯台に半顔を照らされ、むかいあっているのは、家康の謀臣本多正信と秀吉直参衆の藤堂高虎であった。

正信は六十歳であるが、痘痕のある馬面には皺もすくなく、十歳は若く見える。高虎は四十二歳、近江犬上郡藤堂村の土豪から身をおこし浅井長政、織田信長の甥信澄、羽柴秀長、豊臣秀吉と、転々と主人を替え、いまでは伊予国宇和島八万石の城主である。

色白のおだやかな丸顔であるが、時流を乗りはずさない、鋭敏な感覚をそなえ、伊賀者の細作（忍者）を使い、諜報活動を得手とするのは、家康と同様であった。

――やっぱり高虎は、風向きをよく見ておったずら。はやばやと家康の内懐へ入りこんでおるでねえか。食えねえ奴だ――

高虎は秀吉の寵遇をうけ、賤ケ岳合戦の頃は三千石であったが、十四、五年のうちに八万石の大名にひきたててもらった恩があるのに、今後の頼るべき大樹は家康であると、見込みをつけたのであろう。

高虎はいう。

「治部少輔が屋敷には、物の具をつけし家人が、あまた集いおるとか。さきほどより空が晴れ、月の明るき晩なれば、何ぞ仕懸けて参らば、じきに分るであろうゆえ、大事にはなるまいが」

藤堂高虎は、朝鮮に在陣しているはずであったが、いつのまに帰国していたのであろうかと、佐助は不審に思った。

戦線の状況を病床の秀吉に報告するため、呼び戻されたのかもしれない。

「大納言（前田利家）も、お城のうちにて、何事がおこるやも知れぬと見て、小姓に傘袋へいれた刀を持たせ、供をさせておると聞くがのん」

伏見城外曲輪をかこむ大名屋敷には、それぞれ鉄砲をたずさえた軍兵たちがおびただしく集結しており、流言によっては、いつ乱闘がおこるかも知れない、緊迫した形勢である。

伏見城本丸の門内には、利家、家康のような政権の重鎮でさえ、小姓一人、草履取り一人を供にして入るのを、許されるばかりである。

小姓といえども刀を佩ることを禁じられ、脇差を身につけていたが、利家は小姓の村井勘十郎に、傘袋へいれた大刀を持たせ、命じていた。

「儂が坊主どもの部屋に入りてのち、奥にてどやどやと物音のおこりしときは、この刀を抜きはなち、あたるをさいわい撫で斬りといたし、斬りこんで参れ。ただ、騒ぎたつる者どものうちにも、善き者と悪しき者のあるゆえ、それを見分けてやれい」

利家は城内で、不審の騒動がおこるかも知れないと予測しており、そのときは主従ともに必死のはたらきをする覚悟をきめていた。

本多正信がつぶやくようにいう。

「われらが大殿のお供は服部半蔵ゆえ、いざとなればいかにもしてお扶けいたして参るだわ」

「治部少の家中にては、島左近が用心せねばならぬ男じゃ。あれには甲賀の忍びどもがついておるゆえにのう」

高虎がくぐもるような声音でいった。

「もっとも、内府（家康）殿や大納言殿を仕物（謀殺）にかけようといたさば、おのれが主人も相討ちにやられようほどに、たやすくは手が出せまいが、ご帰館までは気が許せぬのう」

島左近は、はじめ大和国の筒井順慶、定次父子に仕えたが、天正十三年（一五八五）以降豊臣秀長、秀保父子に仕えた。

秀保の没後は石田三成に一万五千石の高禄で迎えられた。左近は筒井順慶麾下の猛将として広く名を知られ、しばしば戦功をかさねた人物である。

本多正信は、ふくみ笑いをもらした。

「島左近が何事か仕懸けて参らば、こなたよりもつけいって、治部少が素っ首を捻じ切るばかりだで。上さまがご遠行遊ばされなば、こののち朝鮮より引き揚げて参る衆と、治部少との悶着がおこるはずだでなん。そのときまで治部少を生かしおかば、いちだんとおもしろき絵が書けようゆえ、こなたより仕懸けずにおるのだわ」

正信は高虎にたずねる。

「御辺は、朝鮮順天城へ、いつお戻りかや。戻られしとて、じきにご凱陣とはあいなろうが。上さまご薨去となれば、総引き揚げとなろうほどにのん」

「さよう、秋のうちには帰国となるであろうが、引き揚ぐるとなれば敵に追い討ちをかけられようゆえ、大将のそれがしが何かと指図いたさねばならず、いったんは戻るといたす。明日のうちには大坂表より船で出立するつもりじゃ」

佐助は二人の対話を、このうえ聞くこともあるまいと思い、踵を返した。正信と高虎は、ともに秀吉他界ののちは、家康が石田三成に反撥すべく立ちあがることを、当然と見ているようであった。

――これはいけねえぞ。治部少殿は、いまに家康と同心の大名どもに、槍玉にあげられるに違えねえだ――

佐助は、影のように書院から数寄屋のほうへ立ち去ってゆく。

徳川屋敷の塀を越え、往来へ出ると、塀に身を貼りつかせるように立っていた才蔵が、声をかけた。

「佐助やん、首尾はいかがじゃ」

「うむ、よかったさ。才蔵のおこした騒動も、静まったようだなあ」

二人は蟹走りで、真田屋敷へ戻った。

佐助は昌幸に、徳川屋敷での首尾を注進した。

「そうか、高虎はおおかた治部少に呼ばれて朝鮮から帰国したのであろうが、あれも内府になびいているとは、仕方もねえ。儂は治部少を扶けてやりたいが、表向きは内府との縁を切れねえだ。そうだらず」

「さようでごわす。お家が潰れちゃ、どうにもならぬゆえ、日和見をしなけりゃいけねえでごわすよ」

「お前は明日から内府の様子を見張っていてくれ」

「合点でごわす」

翌日の夜更け、佐助は真田屋敷主殿の一室に籠り、千里眼の練行をつづけていた。彼の視野には、灯台の蠟燭の微光のみが、かすかな光明の輪をうかべる、家康書院の全景が映っている。

——いつまで千里眼を使えるか、分らねえだ。服部半蔵に感づかれたら、おしまいずら——

子の刻（午前零時）まえ、家康が視野のうちにあらわれた。小姓と本多正信のほかに、見知らぬ四十がらみの男が従っている。

正信はいつもの通り、表情を動かさないまま、家康にたずねた。

「今宵も遅くまでお詰めなされ、おくたびれなされてござりましょう」

家康はみじかい笑声をたてた。

「いや、さほどでもない。行水の支度はできておるかや」

「湯は沸かしておりまする。何ぞ、ござりましたかのん」

家康は灯台の傍に、あぐらを組んだ。

「うむ、今宵は大老、奉行のあいだにて、方広寺に置きし信濃善光寺如来をば、甲斐へ送り返すとの相談をいたせしだわ」

「それはまた、何事にござりまするかや」

「上さまの病いが、重くなるばかりであるのは、如来の祟りにてはなきかと申すのだわ」

「これはまた、婦女子のごときいいぐさにござりまするだわ」

暗い座敷うちに、乾いた笑い声が聞こえた。何事にも冷静な正信が、笑声をひびかせている。

「これ、笑うでない。上さまの病いがあまりに悪しくなりまさるばかりなるゆえ、戦場往来に心胆を鍛えぬきし大老どもが、つい祟りではあるまいかと迷うたのだでなん」

「大殿さまも、お迷いなされてござりまするかや」

「うむ、さようだわ」

主従は声をそろえ、笑った。

佐助は、家康主従が秀吉危篤のさまを目前にして、徳川家抬頭の好機到来とよろこぶ姿を眺めている。

善光寺如来には、ふしぎな因縁があった。永禄七年（一五六四）、信濃を席捲した武田信玄が、善光寺から如来を甲斐山梨郡板垣に新築した甲斐善光寺へ移した。

天正十年（一五八二）三月、武田勝頼が織田勢に攻められ天目山で自刃し、武田氏が滅亡すると、織田信長は善光寺如来を、甲斐から美濃へ移した。

同年六月、信長が本能寺で死んだのち、如来は甲斐へ戻った。

秀吉は、慶長元年（一五九六）閏七月十三日の大地震で、方広寺大仏殿の丈六（じょうろく）の本尊が破壊されたあと、三夜にわたり信濃善光寺如来の霊夢を見た。夢のなかで、如来は方広寺へ移ることを望んだので、秀吉は大仏殿如来堂へ仏体を移した。

大老たちは、秀吉の病いを祟りと見て、如来を本国信濃へ返そうと相談したのである。

七

慶長三年（一五九八）八月十八日丑の刻（午前二時）、太政大臣従一位豊臣秀吉は、世を去った。

五大老、五奉行は、朝鮮在陣の約七万の日本軍を、秀吉の死を秘したまま引き揚げさせることとした。

大老の連署した朱印をたずさえた使者が、ただちに朝鮮へ出立した。在朝諸軍への命令は、つぎの通りである。

「敵との和議を早急にととのえよ。交渉については太閤の許可を待つことなく、条件を選ぶ必要はない。兵馬送還の船三百艘は、朝鮮の釜山ほかの港へ集結させる」

伏見城から釜山までの旅程は、一ヵ月余である。明軍が南下してきているので、朝鮮在陣諸軍は厳戒態勢をとっており、順調に引き揚げがおこなわれるか否か、前途が危ぶまれていた。

五奉行のうち、石田三成、浅野長政は、朝鮮から引き揚げる諸軍を出迎えるため、肥前名護屋へ下った。

真田昌幸は、騒然と浮き足立った諸大名の動向を注視している。信幸は病気療養のため、上州沼田城へ帰っていたので、彼は幸村とともに伏見屋敷で起居していた。

真田昌幸は幸村に内心を告げる。

「太閤在世の時分は、いかなる宿将功臣といえども、治部少に憎まれしならば、替地、知行を減らされるなど、覚悟しておらねばならなんだ。風向きのぐあいでは、腹を切らされかねまじき破目に追いこまれしが、太閤ご他界で、後楯がなくなりゃ、危ねえごとだっぺえ。治部少も目から鼻へ抜ける男だから、たやすくは内府（家康）の手にゃあ乗らねえだろうが、いずれは大乱がおこるど」

「治部少殿には、前田大納言との間柄は、かねて悪しきように聞いておりまするが、いかがでごわしょう」

「そうだな、大納言は内府を嫌っておるずら。しかし息の通っているうちは、内府に思うこたあ、させねえさ。それに、上杉、宇喜多、毛利は、内府が天下をわが手に納めるのを、黙って見過ごすつもりはねえさ。治部少は、この三人と何事につけ、相談してらあ」

「そうかっちゃ。佐助と才蔵もさようなことを申してごわしたが、そうすりゃ、内府はしばらくは動かねえでごわすか」

昌幸は笑声をたてた。

「内府はしたたか者だっぺえ。もう動いているっちゃ。佐助がこないだまで、千里眼で内府の様子を探っておったずら。あやつは太閤ご遠行(えんこう)のあと、大老としての起請文(きしょうもん)に、早速(さっそく)に背きおったぞ」

幸村はうなずく。

「勝手なる縁組の儀をすすめおるとは、佐助より聞いてごわす」

家康は三成が浅野長政とともに、九州へ下った隙に、早くも秀吉への起請文の誓約にそむき、堺の茶人今井宗薫に命じ、豊臣政権の許可を受けず、諸大名との縁組をとりまとめようとしていた。

伊達政宗の娘を家康六男の上総介忠輝に、また家康の腹ちがいの弟、松平康元の娘をわが養女として、福島正則の嫡男忠勝に、家康の外曽孫小笠原秀政の娘を、蜂須賀家政嫡男の至鎮(よししげ)に、家康の従弟水野忠重の娘を養女として、加藤清正の嫡男忠弘に、それぞれ縁づかせる。

この縁談を成立させれば、伊達、福島、蜂須賀、加藤の四人の有力大名が、家康の味方に就くことになりかねない。

「伊達は外様ゆえ、家康になびいておるが、ほかの三人は子飼いゆえ、たやすくは就くまいが、治部少と張りあうつもりで、内府と手を組みかねぬずら。今年の冬にゃ、朝鮮から大名衆が帰陣するが、いずれも金穀をつかいはたし、人を死なせておるに、加増はされまい。不足たらたらで、日本国のうちで、またぞろ、大戦をおっぱじめてえと、胸中に望んでおるに違えねえら。そうなりゃ、われらも安穏としちゃおれねえど。そうだらず」

昌幸は、こののち豊臣方と家康以下の関東大名衆とのあいだに、抗争がかならずおこると見ていた。

野戦の名将として高名な家康と、加藤清正、加藤嘉明、福島正則、黒田長政、浅野幸長、細川忠興、池田輝政ら、実戦部隊の指揮官たちは、親交がある。

彼らは、豊臣政権の参謀総長というべき立場にいた石田三成に、それぞれ怨恨を抱いている。

三成が、秀吉の一身に権力を集中させ、豊臣家の安泰をはかってきたことは、武将たちには、彼が虎の威をかり威権をほしいままに用いたように誤解されていた。

「父上は、こののちはいかがなされるおつもりでごわすか」

「儂は内府が嫌いだ。先方も儂を憎しと思うておるに違えねえら」

「ならば、治部少殿に味方なされるのでごわすか」

「味方してもよいが、治部少はまだ覚悟のほどが分らねえら。それに、内府のほうが戦巧者だ。あやつには、信幸が従うておるゆえ、しばらくはおとなしくしておらざあ」

石田三成は、豊臣政権の大機構を動かす才腕をそなえているが、野戦の経験がなかった。小兵、非力であるため、奉行としての立身の道をえらんだのである。

昌幸は、ひとりごとのように洩らした。

「いっそ、内府を仕物（謀殺）にかけられりゃ、いいのだが」

幸村が、おちついた口調で応じた。

「そうでごわす。それがいっち手っとり早うごわす」

昌幸が、苦笑いをみせた。

「しかし、なかなかに服部半蔵組が手ごわいのさ。佐助の千里眼を、半蔵は二日めに見破りおった。半蔵は、伊賀、甲賀の主な忍家をすべてわが家人につけて、その数は三百人とも、四百人とも申しおるずら。四、五年まえより、大和柳生の兵法者、柳生石舟斎が内府になびき、息子の又十郎を小姓にさしだしたが。石舟斎は伊賀の忍家から嫁をとり、大和の忍びの元締めなりし筒井順慶のもとではたらいた者だ。家康の身のまわりは、とても近寄れぬほど、警固がきびしいだ」

昌幸は渋い顔つきであったが、思いなおしたようにいう。

「佐助と才蔵には、内府を殺せる隙あらば殺せと申しつけておる。それに、治部少が家老の島左近だが、あれは筒井順慶のもとではたらきしゅえ、大和の忍びどもを召し使っている。

主人の治部少は乗り気ではないが、左近は内府を仕物にかける機を、うかがっておるら。そのときは、佐助と才蔵に助勢をさせるつもりだ」

昌幸は、天下に大乱のおこったときは、上州へ進出し、発展の機をつかもうと考えていた。

三成が、政権内部の反家康勢力を動かし、決起するときがくれば、もちろん彼に協力する。自らも素破（すっぱ）の系譜に属する昌幸は、奇略を用いるのを好む。家康暗殺の機会があれば、それを逸してはならないと、形勢を絶えずうかがっていた。

伏見城下では、諸大名が戦でもおこしかねないほどの軍兵を、国元から呼び寄せたまま、慶長三年の年末を迎えた。

毛利屋敷に集結した軍兵は二万人、鉄砲は五千挺である。宇喜多秀家は八千人を集めていた。

朝鮮在陣の日本軍は泗川、順天の会戦で明軍に大打撃を与えたのち、十一月下旬から引き揚げを開始した。

十二月上旬には加藤清正、黒田長政、鍋島勝茂、毛利吉成、伊東祐兵（すけたか）。中旬には島津惟新、立花統虎（むねとら）が帰国した。

名護屋城で彼らを出迎えた石田三成と加藤清正とのあいだで、ただならない応酬（おうしゅう）があったという噂が、歳末の伏見城下にひろまった。

三成は凱旋の諸将の労をねぎらい、つぎのように指示した。

「おのおの方には、これより伏見へのぼり、秀頼公に帰陣のご挨拶をなされしのち、お国元へ下向召されよ。軍旅の疲れをゆるりと癒されしのち、明年秋の頃には上洛なされたい。茶湯、能興行など、さまざまな遊楽の宴を催すなれば、お楽しみにお待ちあれ」

清正は、政権の実力者である三成の、自信に満ちた口調が、気にさわった。

「われらは、凱陣ののちは伏見に馳せ参じ、上さまのお褒めのお言葉を頂戴いたすを楽しみに帰りしが、もはやみまかられしとは情なきばかりだわ。にわかに陽が沈み、世が暗闇となりし心地がいたしおる。

されども治部少には明年われらに茶を給わるとかや。いつのまにやら偉うなりしだで。能も見せてくれるかや。儂などは朝鮮、おらんかい（現在の中国東北部）に七年在陣いたし、食うや食わずにて、見るかげもなくやつれ、陽灼けいたしおる。いまは兵粮一粒だに持ちあわせざる貧乏者にて、茶、酒をふるまうどころにてはなし。御辺が儂の屋敷へおわせられしときは、稗粥などをさしあぐるだわ」

朝鮮から帰陣した大名のうちには、清正のように三成へ敵意をあらわす大名が数多い。

三成を憎む声が、伏見城下に急速に高まっていた。その裏面には、家康の工作があった。

彼は市中に人を放ち、三成に不利な流言をひろめさせている。

政権の実務を遂行すべき五奉行の足なみも乱れていた。長束正家は忠義一途ではない商人肌であった。浅野長政、前田玄以、増田長盛は、ひそかに家康に通じていた。

八

慶長四年（一五九九）正月朔日、七歳の秀頼は伏見城で諸大名の年賀をうけた。

後見役の前田利家は体調がことのほか悪かった。彼は伏見城内台所口へ装束長持を運ばせておき、そこで着替えをした。装束の重みに長時間を耐えられなくなっていたのである。

利家は大広間上段の間で、秀頼を抱き、諸大名の年賀の礼をうける。

彼はそのあと、日を移すことなく大坂城へ秀頼を入れようとして、秀頼生母の淀殿、大老、奉行にその旨を伝えた。

「亡き上さまがご遺言には、わが遠行いたせしのち、五十日のうちに、秀頼さまにお供して大坂城に入り、十五の齢になられるまで、ご在城あるようはからえとのことにてありしなれば、お移徙は正月七日に取りおこなうと、あい決め申すだで」

家康は、利家が予想した通り反対した。

「それはまたお早きお手まわしだわ。いまは淀の川風も、とりわけつめたき時候なれば、秀頼さまには寒気にあてられては大事にござるだで。四月か五月の好日をえらび、お移徙なさるるがようござろうがなん」

淀殿も家康の意見に同調した。

彼女は、大坂城へゆけば北政所に気兼ねしなければならないので、伏見城にとどまりたい。

秀頼が大坂城へ移れば、諸大名の屋敷も大坂へ移転することになる。家康は秀吉の遺言で伏見在藩を命ぜられているので大坂へ移れず、孤立せざるをえなくなるため、秀頼移徙をできるだけ延期させたい。

利家の衰弱は日を追って進んでいる。家康は豊臣政権が結束を保っておられるのは、利家がいるためであると見ていた。あと数ヵ月のうちに利家が世を去れば、奉行派と武将派の対立により政権を分裂させ、自らが主導権を握る好機が到来すると読んでいる。

利家は、そのような家康の心中を知っているので、秀頼移徙を強く主張した。

「これは異なることを承るだわ。はや上さまがご遺言をお忘れ召されしか。大坂は名城なれば、はやばやとご入城なされ、お離れなきようと仰せ置かれしだで。いまはご遠行ののち五十日もはるかに過ぎたれば、七日には是非にもお供いたすゆえ、さよう心得られよ」

家康は、利家のするどい眼光に威圧された。

――これは、大納言（利家）の申し条を聞かねば危うきことになりかぬるだわ。いまは事を急ぎてはならず――

家康は秀吉遺言に背いたとして、処断されかねない危険を回避した。

秀頼の大坂城移徙は支度に手間どり、正月十日におこなわれた。その日は夜明けまえから風雨が荒れ、寒気がきびしかったが、利家は秀頼を奉じ、御座船六十艘で淀川を下った。

　家康は秀頼に従い大坂に至り、片桐且元屋敷に二泊した。大坂市中では十日の昼間から町人百姓がさわがしく避難をはじめた。

「伏見から内府がくるさかい、いつ斬りあいがおこるか分らん。お城の内も外も、槍鉄砲ひっさげた足軽衆でいっぱいや。いつ合戦がおこったとて、ふしぎでないわえ」

「戦になったら、迷惑するのは儂らや。焼打ちかけられたら、元も子もないわ。いまのうちに、金目の物かついで逃げとかな、あかんわえ」

　真田昌幸、幸村は御座船を守る警固船に乗りこみ、大坂へ従ったが、猿飛佐助、霧隠才蔵は、供の人数に加わっていなかった。

　佐助たちは船場の町人町の旅籠に泊っていた。昌幸父子が供の士卒とともに宿をとっている寺院とは、一町ほど離れているが、連絡はとらなかった。

　二人は昌幸に命ぜられていた。

「秀頼さまのお移徙では、諸侍がすべて供をいたす。大坂表は、幾万とも知れぬ人馬で、火事場のように混みあうずら。それにこの雨風だ。明日も日和は悪そうだから、忍びがはたらくには都合がええら。治部少がもとの島左近が、内府を狙うに違えねえ。おのしどもは、左近の手の忍びたちがはたらきを見届けろ」

「見届けるのでごわすか。それっぱかのことでようごわすかえ」

「そうだ。治部少は何事も策略ばかりを好み、なりゆきしだいの博打は打たねえ男だから、左近がすすめても思いきったことはできねえだんべ。だからおのしどもが合力(こうりょく)したとて、事はうまく運ぶとは限らねえ。おのしどもには、このゝちもはたらいてもらわざあ。犬死にしちゃならねえ。そうだらず。だから、見届けるだけさ。万一、うまく事が運びそうになりゃ、合力してやれ」

佐助たちは十日の朝、昌幸より早く、伏見屋敷を出た。蓑笠をかたむけ、豪雨のなかを淀川堤へ出て、西へ下ってゆく。

「こりゃ、とても土手はいけねえずら」

二人は、枚方(ひらかた)の手前で足をとめた。堤の至るところに徳川家の士卒が立ち、往来する通行人を誰何(すいか)している。

「治部少殿の忍びは、大和者か知らねえが、あんなにしゃがしゃがしていりゃあ、見破られるっちゃ」

佐助は、先をゆく簑をかぶった百姓姿の男五人を、眼で示した。

「そうだなあ。背負い袋にも道具がはいっておるずら。人躰(にんてい)改めをされりゃ、すぐに見つからあ」

才蔵も応じる。

二人は、百姓たちが島左近の放った刺客であることを知っている。

「あやつらは、隠形（おんぎょう）もできねえようだ。土手のうえに立ち並んでいるのは、井伊直政の人数だから、とても通れねえだ。ここで様子を見らっちゃねえか」

二人は足をとめた。

左近の刺客たちは、堤から川岸へ下りてゆく。

「やっぱり船を盗むずら」

百姓姿の五人は、川岸にもやっていた小舟に乗りこみ、竹竿を使いつつ流れに乗ってゆく。

「船改めの川関所を、越えられるかのう」

「分らねえ。まあ、あとをつけるしかねえっちゃ」

佐助たちは、隠形の術をつかい、わが姿を消して、雨合羽をつけた井伊の軍兵が立ちならぶまえを、悠々と通りすぎる。

「やっぱり、うちの旦那の見込みは、たしかだ」

才蔵がいうと、佐助が笑った。

「そうだずら。島左近は、もっと大勢の忍びを繰りだしたかったが、治部少殿にとめられたんだ。思いきってやりゃええだに。しかし、人数を出したところで、服部半蔵組にゃ敵（かな）わねえか。俺たちだって、危ねえものさ」

家康は仕物（しもの）（謀殺）を警戒し、船上では身辺に鉄楯をめぐらし、三千人ほどの軍兵に、堤上を警戒させている。

彼に従い大坂へむかった服部半蔵麾下の忍者は、三百人をこえていた。島左近が五人の暗殺者を派したところで、家康の傍へ近寄ることさえ無理であろう。

十日の夜ふけ、川船で大坂へ着いた五人の刺客が、八軒家の旅籠を出て、片桐且元屋敷へむかった。佐助たちはあとをつけた。

「あやつらは、どうするつもりかのう。忍び入れば、捕えられるだけだに」

五つの人影は、片桐屋敷の築地塀の際に身を寄せた。付近には警衛の士卒が篝火を焚き、寝ずの番をしているが、さすがにそこまではくらがりを伝い、見咎められもせずにきた。

五人は身軽に塀にとりつき、よじのぼって内側へ姿を消した。

「俺たちもいくべえ。ここまではいいが、屋敷のうちにゃ、半蔵がいるだ」

佐助と才蔵は塀を越え、植込みのなかに身をひそめ、様子をうかがう。

「あやつらは、あそこにいたぞ」

「うむ、助けてやらざあ」

佐助たちのひそむ場所から十間（約十八・二メートル）ほど離れた主殿の壁に、左近の刺客たちは身を寄せていた。

彼らの左右から、大勢の男たちが足音もなく迫ってくる。服部半蔵組の組士たちが、早くも闖入者を発見したのである。

佐助と才蔵は風のように走り寄って叫んだ。

「俺たちは味方だ。すぐ逃げろ。左右から敵がくるど。徳川の忍びだ」

突然、懐ガンドウの火光が幾筋も闇をつんざき、鳴子笛が鳴った。

「ほれ、逃げざあ。つかまるぜ」

佐助と才蔵は、ガンドウ提灯の光芒を巧みに避け、駆け寄ってくる敵影に、つづけさまに目潰しを投げた。

鶏卵の殻に鉄粉と金剛砂、馬銭（硝酸ストリキニーネ）をまぜた目潰しは威力を発揮し、それを身に受けた敵は悶絶した。

「いまのうちだ。逃げろ」

佐助たちは植込みのあいだを走り、築地塀を乗りこえる。あとについてきた刺客は三人であった。

「お前ら、人のいねえところへ逃げるなよ。篝の傍へ走り寄らざあ」

片桐屋敷では、鳴子笛が鳴り、叫び声が湧き立っている。

付近で寝ずの番をしていた軍兵たちに、佐助は大声で呼びかけた。

「曲者が入りこんだぞ。すぐ詰めかけよ」

九

家康は十二日早朝に大坂をはなれた。

伏見へ帰る行列では、彼の輿に近臣村越茂助が乗った。刺客の狙撃をうけたとき、身替りになるためである。

家康は、大勢の騎馬侍のあいだにまじり、めだたない服装で塗笠に顔をかくし、馬を進めていた。彼の両脇には、服部半蔵父子がつきそっていた。

佐助と才蔵は、島左近の放った刺客三人と、行列を尾けている。二人の仲間を失った忍びたちは、顔色蒼ざめ、決死の表情であった。

「御辺がた、気をおちつけられい。相手は、われらばかりではとても手におえるものではない。無理をして命を捨てずとも、よき潮時を待たれよ」

佐助が、低い声音でなだめた。

彼らは家康が行列のどこにいるか、ひと眼で見分けていた。家康の周囲は南蛮鉄具足に身をかためた騎馬武者が、隙間もなく取りかこみ、護衛していた。

才蔵が刺客のひとりに聞く。

「服部半蔵がどれか、分るかえ」

大和者の忍びは、すぐ答えた。

「あれや、片羽揚羽の紋つけた自分差物をさしてる男や」

才蔵がうなずく。

「そうだらず。よく当てたっつら」

五人は、淀川の土手にさしかかった行列と、一町ほどの間隔をひらき、並行して田圃のなかを進む。

常人の視力の八倍といわれる忍者であれば、人の表情を読みとるのがむずかしい距離ではない。

大勢の人数のうちから、顔を笠に隠した家康と服部半蔵を見分けるのは、なみの者にできることではなかった。

服部半蔵によらず、忍者を見分けるには、姿、顔立ちを見知っていても、記憶には頼れない。忍者には、七方出（しちほうで）と呼ばれる特技がある。彼らは時に応じ、七種の変装をおこない、姿勢を変える。

肌の色を白くし、あるいは黒ずんだものとする。鼻を高くし、偏平にするのも自在である。

膏薬（こうやく）を巧みに使い、瘡毒（そうどく）を病むように見せかけることもできる。親きょうだいと行き会っても、見破られないほどの変装が自在にできなければならない。

家康は森口（守口市）の宿場まできて、川船に乗った。島左近の刺客たちは、顔を見あわす。

「内府が船に乗ったぞ。さあ、走れ」

「どこへ参られる」

佐助が聞くと、ひとりが答えた。

「三島江のあたりにて、大鉄砲を使うなれば、これにてご免」

三人は蟹走りで、田の畦を飛ぶように去っていった。

「俺たちも、いかっちゃねえか」

佐助たちはうなずきあい、一町ほどの間をおき、後を追う。

「あやつらは、死ぬつもりだ。やらせてやらざあ」

「そうだらず」

二人は、刺客たちの死にもの狂いのはたらきを見とどけるつもりである。

家康の乗る船には、二十人ほどの人影が見えた。護衛の船数は十艘ほどで、数千人の供衆のおおかたは両岸の堤を辿っていた。

刺客たちは疾走して家康警固の軍勢を追い越し、人目につかない辺りで堤を横切り、川辺の芦原にまぎれこんだ。

背丈をこえる高さの芦原のうちには、徳川家の哨兵が四、五人ずつたたずんでいたが、刺客たちは彼らのあいだを巧みに縫い、三島江と呼ばれる屈曲点へきて、芦のあいだへまぎれこんだ。

彼らは芦の茂みのなかに隠していた三十匁玉筒で、家康を狙撃するのである。輪火縄の焦げるかすかなにおいを嗅いだ佐助は、才蔵とともに、石のように気配を消した。

二人は、刺客たちがたぶん仕損じるであろうと思いつつも、なんとか事を成し遂げさせてやりたかった。

彼らが、家康の船の接近を待ち、狙撃をすれば、仕物(しもの)（誅殺）の成否にかかわらず、生きて芦原を出ることはできない。まもなく数百人に及ぶ半蔵配下の組士が、やってくる。

地面に耳をあてていた佐助たちは、かすかな草のそよぎのような足音をとらえた。早くも半蔵組がやってきた。

「ちと、転合(てんごう)をやろうじゃねえか」

「やるっちゃ」

二人は力帯のあいだから、長さ七寸の棒手裏剣を抜きとり、身構える。

静かに呼吸をくりかえすうち、足音が近づいてきた。佐助が息を吐ききったあとで才蔵にささやく。

「逃げ道は分ってるかっちゃ。この先の森だ」

「分ってらあ」

待つうちに、芦の切れめに腹巻をつけた徳川の忍びが五人、あらわれた。

彼らは犬のように、辺りの大気を嗅ぎ、ひとりがゆっくりとこちらを向いた。佐助の手が、その動きに誘われるようにあがった。

棒手裏剣が糸を引くように飛び、男の眉間に石を砕くような音とともに突き立った。脳漿をまきちらし倒れかかる朋輩を見たひとりが、こちらに向きなおりつつ地に伏せようとした。だが、彼の額には、才蔵の投げた手裏剣がめりこんだ。

佐助たちは、太い芦のあいだを、体をまるめ、かきわけ飛ぶように逃げる。うしろから追ってくる足音が、たちまちふえた。

半弓の矢が頭上を飛ぶ。佐助たちは嘲笑いつつ走った。

刺客たちが狙撃に成功するよう、半蔵組の注意をひきつける試みは、図にあたった。

二人は二匹の狐のように堤を飛び越え、成田社につづく森のなかへ駆けていった。森は切れぎれに私市の山手へつらなっており、退路に窮することはない。

追手の足音が絶えた辺りで足をとめた二人は、耳を澄ませた。家康の船はまもなくやってくる。芦間に待ちうける三人は、大鉄砲を放ったあと、斬死にを遂げるだろう。

空を見あげていた佐助たちは、流星花火を打ちあげたような、余韻のない筒音を一度だけ聞いた。

家康は、枚方で上陸するとき、用心して北側の岸へ船をつけた。三島江の辺りで芦間からの狙撃をうけたためである。狙いは正確で、舷につらねていた鉄楯のひとつが吹きとばされ、小姓が深手を負った。家康の身辺は鉄板で囲われていたので、弾丸が命中しても身に痛手を負うことはなかったが、供衆は色めきたった。

服部半蔵は、手をついて詫びた。

「私が、ご警固の手配り寛怠なりしゆえ、不様なる仕儀とあいなり、申しわけの仕様もござりませぬ」

家康は笑ってなだめた。

「十里の川筋なれば、数万の人数をつらねるならばともかく、鼠輩の出没いたすをとめることもなるまい。そのために囲い船に乗っておるのだわ。いずれは治部少が手の物の小細工ならば、捨ておけ」

枚方では、火のついた輪火縄を肩にかけた鉄砲衆が紺地に黒の大筋のはいった揃いの羽織姿で、およそ二千人ほども待ちうけていた。

騎馬で浅瀬を駆け渡り、近寄ってきたのは井伊直政であった。彼は下馬して、緊張した面持ちで告げた。

「先ほどは狼藉者が不埒をはたらきますれども、お障りもなく、安堵いたしてござりまするに。大鉄砲を撃ったる者両三人は、いずれもその場にて斬り伏せしなれば、お心やすく思し召されませ」

「さようか、早速のはたらき、重畳だで」

家康は笑いつつ、曳かれてきた馬に乗る。彼は常の衣服のうえに猩々緋の陣羽織をつけていたが、内には具足を着込んでいた。

彼は多数の騎馬武者に囲まれ、堤のうえを一散に伏見城へむかい駆け去ってゆく。直政は軍勢の隊伍をととのえ、そのあとをゆるやかに追った。

朝鮮から凱陣した諸大名のうち、加藤清正が、蜂須賀家政、黒田長政、福島正則、細川忠興、池田照政、加藤嘉明を誘い、朝鮮在陣のあいだに不公平な賞罰をおこなった目付四人の処罰を、石田三成に要求したのは、正月上旬であった。

三成が朝鮮へ派遣した目付は、彼の妹婿である豊後府内十三万石城主、福原直高、おなじく娘婿の豊後安岐二万石城主、熊谷直盛、豊後豊来二万石城主、垣見一直、豊後臼杵六万五千石城主、太田政信の四人であった。

清正は、六人の大名たちに相談した。

「われらは治部少(石田)、行長(小西)らに讒言され、命をかけてのはたらきをなせしに、かえって上さまのお咎めをこうむり、腹を切らされかねぬ破目に追いやられし目にもあいしだわ。このままには打ちすてておけぬ。まずは治部少の息のかかりし目付どもが非違をなしり、詰め腹いたさせてやらあず」

六人の大名は、いずれも同じ思いであった。清正らは三成のもとへ押しかけ、四人の目付の処分を要求したが、一蹴された。

「賞賜、仕置のお沙汰ば、すべて上さまがご存念にありしものなれば、目付が口出しできようはずはない」

十

正月二十一日、大坂五奉行の使者、西笑承兌、生駒正成、中村一氏、堀尾吉晴が、家康の伏見屋敷をおとずれた。秀吉の葬儀もおこなわれないうちに、伊達政宗、福島正則、蜂須賀家政、加藤清正とのあいだに、勝手に縁組をすすめた件につき、詰問するためである。

真田屋敷では、昌幸と幸村が佐助、才蔵を呼び、様子を聞いた。

「このたびは、奉行も至って腰が強えが、こないだの、七人衆が治部少に強談いたせし一件の、意趣返しかや。内府に真向から喧嘩を売るには、よほど度胸がいるだらず。後盾は加賀（利家）殿かや」

佐助たちは、うなずいた。

「仰せの通りにごわす。加賀大納言殿は、もはや余命いくばくもなしと観念なされた様子でごわす。そのため、生前に内府と一戦して、勝敗を決する心を決めたに違えねえと見てごわす」

昌幸は、幸村とうなずきあう。

「そうだらず。さもなくば、虎にちょっかいをしかけるわけもねえら」

西笑承兌らが家康屋敷をおとなうまえ、伊達政宗、福島正則、蜂須賀家政のもとへ、詰問におもむいたことは、いちはやく佐助、才蔵が偵知して、昌幸のもとへ注進していた。

政宗は、娘の五郎八姫を家康六男忠輝に嫁がせる婚約をむすんだことにつき、追及されたが、動揺の色もなく、そらうそぶいて答えた。

「われらが御奉行中におことわりもいたさず、内府公と縁組いたせしと仰せらるるが、そのことにつきては、かつて存ぜざれば、取りもちをいたせし堺の町人、今井宗薫におたずねあれ」

政宗は、すべて知るところではないととぼけ、問いに答えようとしないので、使者はやむなく、福島正則のもとへおもむく。

正則も、政宗と申しあわせていたのであろう、同様の返事をした。

「縁組は内府公が思召しにてはなく、宗薫が取りはこびしことにござるだわ。われらは太閤さまが親戚にてあれば、内府公が縁者にならば、秀頼さまが御為になろうと存じたるまでにて、他意はありませぬ」

蜂須賀家政もまた、政宗、正則と口裏をあわせていた。

承兌らはやむなく、堺から今井宗薫を召し寄せ、難詰した。宗薫も覚悟していたのであろう。ひらきなおった。

「手前は、かくのごとく事理をもわきまえざる無智、正体もなき老いぼれ坊主にて、ご法度の趣もわきまうることなく、縁組の取り持ちをいたしてござりまする。このことはすべて私一人にて取りはこび、相談をいたせしお方は一人もこれなく。罪過をお問いなさるるならば、この宗薫が坊主頭をお割り下されませい」

宗薫を罪におとしても、何のかいもないので、使者たちは家康に会い、違約を難詰するしかなかった。

家康の屋敷には武装した軍兵がひしめきあい、いまにも合戦取りあいがはじまるかと思えるほど、殺気が満ちていた。

家康は違約をなじられると顔色を変え、激怒した。

「この家康に異心ありとは、誰が申せしぞ。このたびの縁組は私婚なりと仰せらるるか。いっときの遺忘（いぼう）、手抜かりなるに、ことごとしく申したつるは何事ぞや」

承兌らは、予想もしなかった家康の剣幕に胆（きも）を奪われた。

「違約と申さば、こなたよりも問いきたことがあるだわ。このたび秀頼さまお移徙（わたまし）によって、大坂表にて諸大名が私に普請、作事をいたせしは、太閤殿下ご遺言に背かざることか。この家康は、天下の大小事につきてすべて承り、成敗いたすようとのご遺言を頂戴いたしおるが、一言も届けを受けし覚えはないぞ。誰が指図にての普請かや。それを聞きたきものだで」

承兌たちは威圧され、反論のすべもなく引きあげていった。

真田昌幸は、五奉行の使者が倉皇として大坂へ戻ったと聞き、いよいよ家康が合戦の決意をかためたのであろうと推測した。

翌朝、徳川屋敷の外には、加藤清正、浅野幸長、福島正則、黒田孝高、同長政、蜂須賀家政、細川忠興、池田輝政、加藤嘉明、藤堂高虎ほかの大名が軍兵を率い、大坂方の攻撃に備え布陣した。

その人数は三万を下らない。売られた喧嘩は買おうという気構えである。

佐助はいう。

「大坂方の相談は、内府に筒抜けになってごわす。前田はもとより、上杉、毛利、宇喜多の屋敷には、五、六万の人数が詰めかけ、万という鉄砲を支度いたしおりまするだ」

「それほどの支度かや」

「毛利大坂屋敷ばかりにて、侍二万人、鉄砲五千挺でごわす」

昌幸が呻くようにいった。

「儂にそれだけの人数があれば、ただちに内府が屋敷のまわりに宇治川の水をなだれこませ、お前どもを忍びこませて火を放ち、一気に夜討ちを仕懸けっつら」

昌幸は佐助たちに命じた。

「お前らは、内府と大納言(利家)の動静を探って見らずわ」

佐助と才蔵は、伏見と大坂の間を早歩きで一日に二往復できる。

彼らは前田利家が一戦も辞さない強気であり、反対に家康が激突を避けたがっている事情を、昌幸に注進した。

「大坂には、服部半蔵組配下の忍びが、おびただしくひそみおり、そのうえ藤堂高虎が大坂城での相談の様子を、細大洩らさず伏見へ知らせてごわす。大納言は、あの通りの武辺者（ぶへんじゃ）ゆえ、わが手のうちが内府に漏れ聞えるなどは承知のうえにて、ひた押しに我責め（がぜめ）を仕懸け、伏見へ押し寄せんといたしてごわす。内府が伏見向島（むこうじま）の屋敷を守るおおかたは、烏合の衆ゆえ、死に狂いに戦う者もなしと、大納言は読んでごわす」

歴戦の武将である利家は、いま一気に事を決し、家康に腹を切らせねば、秀頼の将来は安泰ではないと判断したのである。

「大納言の申される通りずら。いまなら大坂方の勝ちは、八分通り決まったようなるものだんべ。そうなりゃ、治部少も強気になれるだ」

昌幸は、いまにも決戦がはじまるかと期待していたが、大坂方の足並みがそろわなかったため、いたずらに日がたった。

「合戦にゃ潮時があるずら。それを逃がしちゃ、どうにもならねえだ」

「そうだんべ。どうやら越中守（細川忠興）が、仲裁にはたらいておる様子でごわすよ」

細川忠興は利家と多年好誼をかさねていた。利家の娘は忠興の息子忠隆に嫁いでいる。

「越中守は治部少殿が大嫌いでごわしょう。内府とは仲がいいでやす。それで仲裁をやらざあと、乗りだしたんでごわすよ」

「あやつは、大納言にいかなる口舌(こうぜつ)を使ったのかや」

「いま大納言が内府を攻めりゃ、勝つにきまってるが、そうすりゃ、難儀なことが後世におこってくるといったんでごわすよ」

いま家康を責め亡ぼせば、利家亡きのちは石田三成、小西行長が天下の政をする。嫡男利長の世になって、内府に従うがよいか、石田に従うがよいか、よく考えよと利家に迫ったのである。

利家は、石田三成を信頼していなかった。三成は、豊臣家には忠実であるが、主家のためには諸大名を破滅に追いこむことをためらわない。

秀吉は、秀次成敗の事件が落着(らくちゃく)してのち、利家を家康に対抗する大勢力とするため、加賀から東海道へ国替えしようとしたことがあった。

そのとき反対したのが、三成であった。

「大納言は至って短気なる武辺者にござりますれば、さように重用遊ばされなば、後世に災を残しまする」

このため、利家は大幅な加増を与えられなかった。

利家はその事情を知っていたので、三成を信用していない。忠興は利家にいった。

「治部少が計略は、一挙に大納言さまと内府殿を亡ぼし、わが身を立てんとのことなれば、うかと内府殿を攻め滅ぼされしなれば、後日の御為とはなりませぬ」

利家は、わが亡きあとを思えば、不人情な三成、行長に天下の政をおこなわせるより、野戦の苦労をかさね、清濁あわせ呑む度量のある家康に、息子の利長を従わせたほうがいいのではないかと迷った。

大坂方の足並みが揃わないうちに戦機は過ぎてしまった。

利家は忠興と息子の利長にすすめられ、家康の伏見屋敷へ出向き、仲直りをすることにした。

わが余命がいくばくもないと知っている利家は、家康に会い、利長の今後について頼もうと思いなおした。

だが彼は内心で、家康が自分を仕物（謀殺）にかけるかもしれないと見ており、そのときは、大坂方の全力をこぞって、弔い合戦をするよう、利長にいいふくめていた。

十一

利家は正月二十九日に大坂を出立した。

青年客気の頃、「又左が槍」と天下に武勇を知られた利家は、なお身内にバサラ者の気概を残している。

「儂はなん。太閤さまがいまわの際に儂が手をおとりなされ、秀頼を立つるも退くるも大納言しだいだで。頼み申すぞ大納言、頼み申すぞ大納言とくりかえされしお声を、はっきりと覚えおるだわ。それよりいくらも日のたたぬに、内府が起請に背き、天下騒がしきために下げ鞘にて意見に参るのだわ」

利家は輿に乗り、屋敷を出ようとするとき、嫡男利長、加藤清正、浅野幸長、細川忠興らのまえで、激しい口調で告げた。

「下げ鞘の意見をいたさば、相手がこなたの申し条を聞きいれざるときは、斬って棄てることになるのだわ。内府に会うて、事あらばこの一刀にて斬ってやるばかりだで。刀のあたりしところは、何にてもまっぷたつにしてやらあず」

佐助と才蔵は、隠身の術で前田屋敷に忍び入り、庭木のかげに身を隠しつつ、利家が刃渡り三尺ちかい大業物を抱えこんでいるのを見た。

「こりゃ、危ねえ爺さまずら。家康と手を結ぶのか、喧嘩するのか、分らねえだ」

才蔵がささやく。

「どっちの了簡も持ってるに違えねえら。出た所勝負さ。家康の出様しだいで、どんな絵でも描くっつら」

利家の輿の前後には、清正、幸長、忠興が馬をつらねている。

彼らはいずれも織田政権以来の大先達である利家の、恩顧をうけている。利家が家康と戦う事態になれば、彼に従わねばならず、反目しあっている石田三成、小西行長と協同しなければならない。

このため、彼らは利家、家康の会見の場につきそい、両者の衝突を避けさせようとした。

利家はわずか二十人ほどの近臣を率いたのみで、家康の伏見屋敷をおとずれた。

家康と利家の対面は、何事もなく終った。家康は戦場往来をかさね、命の遣り取りの場数を踏んだ利家を、警戒している。戦国の世を生きのびてきた古つわものは、自らの本心を隠すのが巧みで、相手に隙（すき）があると見れば、飢えた猛獣のように襲いかかってくる。

威嚇も懐柔も、通じる相手ではない。家康は細川忠興らのすすめるままに、利家に秀吉遺言の違約を詫（わ）び、ひたすら意を迎えようとしたのである。

――利家は、もはや余命いくばくもなき様子だわ。いましばらく待てば、年ふりし狼は世を去るにちがいなし――

家康は、衰弱した利家が、このさき一年も存命しないであろうと見ていた。

真田昌幸は、幸村に語った。

「内府は、このたびも窮地を抜けいでしだわ。いま大坂にては、大納言の采配に従い、いかようにも動く大名が大勢おるら。内府は大納言にやられりゃ負けるにきまっておるっちゃ。それゆえ、ただ詫びるばかりであったっつら。あやつの運気は、いまだ落ちねえら」

三月十三日、こんどは家康が大坂へ下り、利家の病床を見舞った。

利家の病状は、重篤となっていた。家康が大坂へおもむくのは、利家が伏見をおとずれた時と同様に、危険を覚悟しなければならないことであった。

だが、利家が二月末に病いをおして家康に会いにきたのに、危篤と聞いて見舞わずにおれば、もし病いがもちなおしたときにふたたび戦いを挑まれるかもしれない。

昌幸は、家康がおびただしい数の軍兵を率い、利家を見舞うため大坂へむかったとき、嘆息していった。

「大坂には、秀頼公をいただく大名はあまたおるが、そのすべてに下知して手足に動かせよう器量を持つのは、大納言ひとりずら。このたび見舞いに出向く内府を仕物（謀殺）にかけず、生きて戻さば、大坂方はこののち古傘の骨のごとくばらばらとなりはて、もはや落ち目となりゆくばかりに、違えねえら」

家康は厳重な警戒のもとに大坂へ下った。伏見から船に乗ったが、大坂八軒家の河岸で下船するとき、待ちうけていた藤堂高虎が、自分の乗ってきた古輿に家康を乗せ、自分が家康の輿に乗り、わが屋敷へとみちびいた。石田方の忍びどもが、奇襲をしかけるとの情報を得たからである。

前田屋敷には、前夜のうちから大勢の侍が詰めかけていた。

佐助と才蔵は、屋敷のうちへ忍びいろうとして、足をとめた。塀の外には、忍者らしい見張りの姿が数多く見える。

「あれが、加賀の軒猿かや。これは、うかとは忍びいれねえぞ。千里眼をつかわざあ」

佐助たちは、幾度か潜入した前田屋敷の内部を、天眼通、天耳通の術力をもってうかがう。

屋敷の表門際の櫓には、四十人を超える弓衆が登っていた。屋敷うちでの戦闘になれば、鉄砲よりも迅速に連射のできる半弓が威力を発揮する。

灯火をつつしんでいるので、遠見には分らないが、屋敷内には鹿柴がつらなり、落し穴が掘られ、具足に身をかためた軍兵が忙しく行き交っている。

「こりゃ、内府を仕物にかけるにちげえねえら」

「そうずらい」

物頭たちが、ときどき配下の者どもを低い声でせきたてる。

「夜明けは近えに、ぐずついてちゃならねえぞ」

夜明けまえ、様子が変った。

利家嫡男の利長、次男利政、家老の村井豊後、奥村伊予が、奥書院にはいった。書院入口の戸の際に、村井豊後の息子勘十郎が張り番をして、余人を寄せつけなかった。

佐助は舌うちした。

「しまった。あの書院はふだん使わねえところだ。釘づけにしていたから入らなかったが、しくじっただんべえ」

利家も奥書院にはいっているのであろう。半刻ほどのあいだ、談合していたらしい利長以下が書院のそとに出てくると、屋敷のうちの侍の人数がたちまち減った。

「仕物をやめたずら。危ねえ橋を渡るのを、思いとどまったか」

「うむ、そうだずら」

家康が危険を承知で利家の見舞いにくるからには、強力な軍勢を率い、不測の事態にそなえているにちがいない。また家康に心を寄せている大名衆も、椿事がおこれば援護に駆けつけてくるであろう。

利家は、大坂城下を焼け野原にするのも覚悟のうえでの家康謀殺を、いったんは思いたったが、家康到着の直前にとりやめたのは、嫡男利長が優柔であったためである。

利家次男の利政は、最後の好機をはずさず、家康を襲うつもりであったが、利長は家康との共存を望んでいた。

夜明けまえの相談のとき、利家はまず利長に聞いた。

「家康ご入来(じゅらい)の儀につき、こころえたるや」

利長は、手をつき答えた。

「今朝より馳走の儀を、申しつけておりまするに」

利家は苦い、表情をうかべた。

「馳走とは何のことかや。矢玉のことかのん」

「雑煮、吸物などの膳部にござりまする」

利家は眼をいからせ、かすれ声をふりしぼり一喝した。

「何を申す。おのしゃあこの期に及んで、家康と一戦いたす覚悟はないのかや。昨日よりの、屋敷うちの支度を見ておるに、いまだ膳部などの支度をいたしおるか。この腑抜け者が。孫四郎（利政）の合戦支度いたすをよそに見て、家康に雑煮をくらわせるまわりをいたすかや。当家の主となるべき者が、かようの不覚悟なるままに仕懸けては、勝つべき戦も負けるだわ」

利政が膝をすすめ、父に申し述べた。

「もはや戦支度はすべてととのいおりまするに。家康は生きてこの屋敷を出させはいたしませぬ。兄上は脇にてご覧下さればようございまする」

利家はうなずくが、二人の家老に眼を移した。

「おのしどもは何とこころえるかや。孫四郎は血気さかんなれども、兄と疎遠になれば前田の家はふたつに割れるにちがいなし。そうなりゃ、家康を殺せしとて、天下に立つほどの器量ある者は、ほかにひとりもなきゆえ、わが家もまた滅亡するやも知れぬかのん」

村井豊後、奥村伊予は、ともに利家が信長麾下の馬廻り衆として、生死のはざまを切りぬけるはたらきを重ねていた頃からの家来である。

二人はしばらく沈思していたが、やがて村井豊後が重い口をひらいた。

「世の流れより見れば、旦那さまがながらえなされしならば、家康を討ちとるもよしと勘考つかまつりまするが、ご遠行なされしのちは、家康おらざれば、世は大乱とあいなるやと存じまする。されば、家康との縁をつなぐが当家存続の道でござりましょう」

利家たちの相談の結果、家康謀殺はとりやめることとなった。

十二

前田利家が世を去ったのは、慶長四年（一五九九）閏三月三日の朝八つ（午前二時）頃であった。

前日には利家の機嫌がよく、昼過ぎに粥を口にしたのち、秀頼に挨拶のため登城した。

「かように腰も立たざる姿にて、御前に這いいずるは遠慮すべし」

利家は半刻（一時間）ほど山里丸の曲輪うちを見廻ったのち、屋敷へ戻ると道具番を呼び、土蔵、物置の道具について点検をしてやった。

自分が点検しておかねば、死後の保管のうえで嫌疑をうけるかもしれないと、配慮してのことである。

利家臨終の様子は、次のように記録されている。

「側に置かれし新藤吾国行の脇差をとりて、鞘ながら胸に押しあて、二声三声うめきてことされたり」

利家逝去の報が諸大名に伝えられると、大坂市中は、いまにも合戦がおこりかねない緊迫した情勢となった。

石田三成に怨恨を抱く加藤清正、細川忠興、福島正則、池田輝政、浅野幸長、黒田長政、加藤嘉明の七将が、その夜のうちにも石田屋敷を襲撃するとの、噂が流れたためである。

母衣武者が土煙をあげ街路を馳せちがい、鉄砲を担いだ足軽衆の大部隊が、三成に敵対する七大名の屋敷前に集結し、合戦支度をさわがしくはじめた。

「こりゃ、あかんわえ。今夜にも戦がはじまったら、焼き討ちしにきよるぞ」

「早う逃げよ。山中へ走りこまな、あかん。女子は顔に煤塗って、隠れるんや」

町人の老若は、大坂から郊外へむかう街道を埋め、延々と行列をつらねて逃げてゆく。

清正らが三成を急襲するとの噂は、虚説ではなかった。

佐助と才蔵は俊足を利して淀川堤を疾走し、伏見へ戻ると真田昌幸に注進した。

「今朝八つ頃、加賀大納言がお亡くなりになってごわす。それで大坂の町は火事場のような騒ぎでごわすよ。加藤、細川、福島ら、治部少さまと仲のわるい七人衆が、今日、明日のうちに人数を繰りだして、石田屋敷に焼き討ちを仕懸け、治部少さまを退治しようと、人数をかきあつめておりやすよ」

「それほど忙しい様子かっちゃ」

「清正らは、本気でやるつもりでごわすよ。煙硝樽の鏡板をぶち抜いて、足軽どもに分けてやっておりやす」

「刀、槍の寝刃あわせも、せわしくやってごいす。こりゃ、治部少さまが危ねえら。いまのうちに伏見へお連れせにゃ、一大事になるら」

佐助と才蔵が口ぐちにいうのを聞いていた昌幸は、立ちあがった。

「馬曳け、これから佐竹殿へ合力を頼みにいくっちゃ。うちじゃ人数が揃わねえから、佐竹殿の人数を借らざあ。相婿の危難を見捨てちゃおられねえ」

昌幸は信繁とともに馬を飛ばし、佐竹屋敷へ駆けこんだ。

常陸五十二万石の太守佐竹義宣は、かねて三成と親交があり、真田昌幸から事情を聞くと、顔色をかえた。

「いまよりただちに迎えに出向かねば、間にあうまい。石田屋敷を焼かれるまえに、救いださねばならず」

義宣は自ら軍装して、三千の弓、鉄砲衆と五百余の騎馬侍衆を率い、急遽淀川堤を馳せ下った。

加藤、細川、福島らが、合戦支度をととのえたあとであれば、白兵戦を展開しなければならないかも知れない。

「一刻も早く、いかざあ。ぐずついてりゃ、相手が筒口をそろえるっちゃ」

佐助たちは、韋駄天走りで淀川堤を大坂へむかい、石田屋敷へ着くと、三成に目通りをした。

「やあ、佐助に才蔵か。世話をかけるのう」

三成は、二人とは顔なじみである。

「殿さま、あと二刻半（五時間）ほどで、佐竹さまのお人数が三、四千で、お迎えに参られるでごわす。それまでは、手前どもがちと別のところへご案内いたしやすので、お支度をお頼み申しやす」

「うむ、あいわかった。身なりはどのようにすればよいか」

「町方の隠居のように、カルサン袴に十徳などおつけなされ、ご面躰は編笠でお隠し下されませ」

三成は佐助たちを信用している。近臣たちも、三成が単身で屋敷を抜け出るのを妨げなかった。

石田屋敷の外には、早くも四、五千を超える福島、加藤の軍兵が、ひしめきあっており、佐竹義宣が大兵を率いてきても、彼らの面前で三成を連れだそうとすれば、何事もなく納まるわけはない。

そのため、佐助と才蔵が一計を案じ、あらかじめ三成を淀川の河原まで連れだしておくことにしたのである。

「よろしゅうごわすか。では、参りまするゆえ、眼隠しをお願い申しまする」

三成は手拭いで眼隠しをした。

佐助と才蔵は、屋敷を包囲する敵兵のただなかを、荼吉尼天の修法によって通り抜けようとするのである。そのためには、三成が精神を動揺させてはいけない。

「さて、参りまするぞ」

佐助が先頭に立ち、才蔵が三成の手を引き従う。

佐助は、はやくも修法の三昧境にはいり、無意識の状態となっている。彼は石田屋敷の不浄門をあけ外に出る。

抜身の素槍を立てた加藤の軍兵たちが、およそ千人ほど、草原に群れていた。彼らは門外に出た三人を眺めるが、表情を変えず、咎める者もいない。

佐助は陣列のなかへ、ふだんの足取りで歩みいる。彼の修法の力は、三人を見るすべての者の心を支配し、敵対しようとする気持ちを奪っていた。

加藤家の将兵は、眼前を通りすぎてゆく三人を不審に思わず、無縁の通行人を見送るように視線をむけるばかりである。

佐助たちは、石田屋敷を包囲する男たちのなかを横切り、淀川の河原へきた。

彼らは、人影のない芦原に踏みいって足をとめた。

「どうやら、うまくいったずら」

「そうずらい。敵方に忍びがおらなんだで、よかったっつら」

三成は眼隠しをはずされた。

「ここはいずれじゃ」

「淀の川辺でごわす。この半町ほど先に苫屋がごわす。そこでしばらくお休み下されませい」

「かたじけない。そのほうどもがはたらきのおかげにて、窮地を逃れたようじゃ」

三成は立ち腐れになった舟番小屋に導かれ、ふるびた縁台に腰を下した。

「あと二刻(四時間)ほど、お待ち下されませ」

小屋の外は、葦の葉音のあいまに、鳥の声が聞えるばかりである。

佐助たちは、常人の十四倍といわれる聴覚をはたらかせ、周囲を警戒した。

夜あけまえに伏見を出立した佐竹義宣が、大坂の石田屋敷へ到着したのは午の刻(正午)であった。

先手物頭が、表門前にむらがっている加藤勢を押し分けようとして、押し問答をはじめた。

「これは、いずれのご人数でござろうや。ただいま佐竹の殿が治部少さまお屋敷におはいりなされるゆえ、道をあけられよ」

加藤家の侍大将が、面頰を震わせ大喝した。

「われらは加藤主計が家来にて、主命によりこの場を固めておるなれば、佐竹さまがお通りなるとも、一歩も引きさがれませぬ」

「これは異なることを聞くぞ。秀頼公がご城下にて、ひとしく秀頼公のご臣下なるに、なにゆえ主計頭（かずえのかみ）殿のご人数が、治部少殿お屋敷を取り巻かれるや。見れば合戦支度にてはなきか。城下をお騒がせ召されるご所存か」

「何とでも申されい。われらは主命にてかようにいたしおるばかりじゃ。たとえ佐竹さまなりとも、押してお通り召さるるなら、お手あわせも辞さぬわい」

「しかとさようか。覚悟はいたしおるのかや」

突然、先手へ佐竹義宣が馬をすすめ、あらわれたので、加藤家の侍大将は、さすがに口ごもり、地に膝をついた。

義宣はいった。

「別段、そのほうどもと腕ずくにて争おうといたすのではない。治部少殿がご機嫌をうかがいに参ったばかりじゃ。ちと道を明けよ」

加藤家の軍兵たちは、やむなく引きさがった。

「ご開門、頼み申す」

佐竹の物頭が声をかけると、鉄板を張った重い門がひらき、石田の家臣が顔を見せる。

義宣が声をかけた。

「治部少殿ご在宅ならば、この佐竹がお目にかかりたし」

家臣が答えた。

「あいにくわれらが主人は他出いたしておりまする」

静まりかえって聞き耳をたてていた加藤の将兵は、意外の返事におどろくばかりであった。

「お留守ならば、いたしかたもなし」

義宣は馬首をめぐらし、悠々と引きあげていった。

十三

佐助たちが、淀川堤を近づいてくる多数の人馬の物音を聞いたのは、八つ（午後二時）頃であった。

様子を見にいった霧隠才蔵が、佐助に告げた。

「佐竹さまに違えねえら。治部少さまをお連れせざあ」

二人は三成を護衛して堤にあがった。

「近くに徳川方の人数がおるやも知れぬでごわす。地に膝をついておらざあ。どこに敵がおるか、わからねえでごわすよ」

はるか遠方から、土埃を煙のように湧きあがらせ近づいてくる軍勢は、佐竹の旌旗を春風にひるがえしている。

義宣は、先頭に馬を進めていた。彼は佐助、才蔵を左右に従え、道端に立っている三成を認めると、下馬し歩み寄った。

「治部少殿、ご無事でなによりじゃ。さあ、先を急がねば、うしろより七大名の手の者どもが追うてくるぞ」

「ご合力のほど、かたじけない。それがしはかくなるうえは伏見城中のわが曲輪にたてこもり、一戦いたすほかはない」

「そういたされい。天下の大名衆は、すべて内府（家康）に味方はいたさぬ。内府の二百五十五万石をもってして、一千八百万石の豊臣大名衆を、ことごとく従えるのは無理な相談であろう。御辺が伏見治部少曲輪にたてこもられしならば、助勢におもむく者は数多きことにちがいなし」

三成は輿に乗り、佐竹の行列に加わった。

まもなく後方から人馬が押しあい追いついてきた。旗を巻き、急追してくるのは加藤勢であった。先頭に立つ物頭が馬を飛ばし、挨拶にきた。

「われらは伏見表に急用がござれば、佐竹殿にご無礼つかまつり、先に参りとうござりまする」

義宣は大喝した。

「たとえ主計頭殿なりとも、われらを追い越されるならば容赦はいたさぬ。非礼をご承知にてさようになされるなら、腕ずくにてもお留めいたすと、申し伝えられい」

義宣は三千人の弓、鉄砲衆に、戦支度を命じた。

加藤家の物頭は鉄砲の筒口をむけられ、顔色を変え、引きさがった。荒武者の清正も、関東の大勢力である佐竹義宣と衝突するのを避けた。

枚方を通り過ぎる辺りから、堤上には徳川家の人馬が立らならび、通行人の査検をおこなっていたが、佐竹の軍勢が輪火縄に火を点じ、槍の鞘をはずした殺気立ったいでたちで通りかかると、前途をひらいた。

義宣はむらがる徳川勢をおしのけるように進み、伏見城に到着すると、城門を守っている前田玄以の士卒にむかい、命じた。

「石田治部少輔殿がただいまお戻りじゃ。開門いたせ。ぐずつくならば、蹴破って通るぞ」

前田の家来は、うろたえて答える。

「しばらくお待ち下されませ。留守居の家老を呼んでまいりますほどに」

「うるさい。待つ暇はないわ」

佐助がいった。

「手前どもが開門いたしやす」

二人はかたわらの塀を飛び越え、門内にはいった。

門際には十人ほどの徒侍がいた。

「何だ貴様は。曲者じゃな」

彼らは槍を構えようとしたが、耳をつんざく轟音とともに、火柱が眼前に立ったのを見て肝をつぶした。

落雷のようなみぞおちにひびく轟音はつづけさまに顔を打ち、足元の地面に火焔が燃えひろがった。

「これはたまらぬ。焼けて死ぬぞ、逃げろ」

城内の守兵たちは槍を投げすて、逃れ去った。

火術をもちいた佐助たちは門の閂をあけ、佐竹勢を入れた。

三成は窮地を脱し、義宣と佐助たちに礼をいう。

「いま頃は、大坂にて攻め殺されておったであろうに、おかげで助かった。儂はさきほど申せしごとくわが曲輪で、佐和山よりの後巻き（援軍）がくるまでたてこもるといたす」

義宣が応じた。

「よかろう、七大名がおだやかならぬふるまいに出ずるなら、儂もそのままにては捨ておけぬゆえ、御辺に加勢して城内にとどまろう」

三成は、治部少曲輪にいた二百人ほどの手兵とともに斬り死にの覚悟をきめていたが、義宣の加勢が得られると知り、生気をとりもどした。

石田三成が伏見へ逃れたと知った、加藤清正、蜂須賀家政、福島正則、藤堂高虎、黒田長政、浅野幸長の軍勢はあとを追い、おびただしい軍兵、馬匹が城下に溢れた。

彼らは治部少曲輪にたてこもった三成が、佐竹義宣の協力を得て、屋敷の守備を固めているのを見ると、家康に攻撃の許可を求めた。

「奸物（かんぶつ）は、おのれが屋敷へ取り籠ってござりまする。佐竹の人数も合力に出ておる様子なれば、合戦取りあいをいたさねばならず。伏見のお城に鉄砲を撃ちかけることになるやも知れざるゆえ、まずもってお城を預かる内府殿のお許しを、頂戴いたしとうござる」

家康は七将の申し出を抑（おさ）えた。

「貴殿がたが、治部少輔を取り巻き攻めたてるならば、私闘とあいなろう。私闘ならば、治部少輔を討ちとりしとて、貴殿がたも仕置をうけ、腹を切らねばならぬことにあいなるだわ。しばらくは辛抱いたすがよし。いまにあやつを討ち滅ぼす天機がめぐって参るだわ」

家康は、七大名の暴発を許しては、わが身が不利になると判断した。三成を攻め滅ぼしてしまえば、五大老、五奉行のなかで、専横であるとして爪はじきされ、孤立にむかいつつある自分の立場が、いっそう悪化する。

五大老のうち、ただひとり家康に接近していた前田利長も離れてゆくかも知れない。家康は、秀吉恩顧の大名たちを操縦し、巧みに離間させ、対立、抗争させつつ、その力を弱めてゆき、政権を掌中にするには、過激な行動をつつしまねばならないと考えていた。

真田昌幸は、もし七将が治部少曲輪を攻撃すれば、大坂の毛利、宇喜多の二大老を説いて、仲裁をおこなわせるつもりでいた。

毛利らが乗り出してくるまでは、得意のゲリラ戦術で七将の軍勢に後方から夜討ちをしかけ、駆け悩ますつもりでいた。

昌幸は侍大将の穴山小助に命じた。

「おのしは、いま屋敷にいる人数を残らず繰りだし、佐助、才蔵の手引きで、治部少曲輪を取り抱えた奴輩に、火攻めをしかけてやるがええら。内府の向島屋敷は水攻めにしてやれ。五百人で、十層倍ほどのはたらきをしてみせてやるがいいら」

一触即発の事態は、五日になるとやや鎮静した。

七将の軍兵たちの大半が、大坂へ引き揚げていったのである。

昌幸は、家康の情勢判断のたしかさを評価した。

「内府はさすがに、先を読むのが巧者だ。いま七将に加担したっちゃ、諸国への聞えが悪くなるばかりだっぺえ。あやつを信じて従う者が、おらぬようになるら。それよりゃ、いま手を出さねえで、治部少を生かしておいたままで、奉行をやめさせるほうが得(とく)になるら。そうずらい」

佐助は昌幸の意見に同感であった。

家康は諸大名の反感を買うことなく、三成から政治の実権を奪うのを、当面の目標と考えているようであった。

やがて昌幸が推測した通り、家康は三成と七将との激突を回避させるよう、仲裁をおこなった。

三成は家康の説得に応じ、奉行職を引退し、近江佐和山の居城に蟄居することとなった。

三成の子息重家は、八日の夜に人質として家康屋敷に入り、三成は十日に佐和山城へむかうこととなった。

彼は、家康が護衛の人数を出すと申し出たのを、ことわった。

「佐和山より迎えが参ってござるゆえ、せっかくの馳走なれどもご遠慮つかまつる」

家康の軍兵に護送されては、途中で闇討ちにあいかねない。昌幸は笑っていった。

「内府も、見えすいたことをするっちゃ。誰だって送り狼はことわらあ。危ねえことをいうもんだっぺえ」

三成が佐和山へ向った十日朝、行列のなかに佐助と才蔵、穴山小助がいた。小助は真田勢で撰りぬきの精兵百人を連れている。もし、途中で敵の伏兵に遭遇したときは、機先を制して攻めかける任務を授けられていた。

佐助と才蔵は、三成の行列に先立ち、遅れつつ従ってゆく。森陰、山峡の切所へくると、耳目をはたらかせ周囲を警戒した。

二人は木隠れの術をつかい、余人に姿を見られないよう樹間を伝い、兎のように走る。

佐和山に着くまで、埋伏する敵はあらわれなかったが、絶えず何者かに見張られているような気配があった。

佐助は才蔵にいった。

「こりゃ、服部半蔵だらず。違えねえっぺや」

上田合戦

一

石田三成が近江佐和山城に蟄居して三日ののち、家康は伏見城に移った。

四奉行のうち、増田長盛、長束正家は異議をとなえた。

「内府（家康）殿が伏見の城に入らるるとは、太閤遺命にそむくことははなはだしきものなれば、同意いたせぬ」

だが、黒田長政、堀尾吉晴が裏面ではたらき、家康の身辺不穏を理由に伏見城本丸の鍵を得て、家康を入城させた。

家康の威望は、伏見城移居によりさらにたかまり、諸大名はひそかにささやきあった。

「内府はもはや天下殿になりしよ」

家康の天下取りの策謀は、矢継ぎ早にすすめられた。

慶長四年（一五九九）七月、家康は奉行浅野長政、増田長盛、長束正家を伏見へ呼び、命じた。

「こののちしばらくは、儂が秀頼公にかわり政事の仕置をいたすゆえ、備前（宇喜多秀家）、安芸（毛利輝元）両所以下、朝鮮より帰陣の諸将は、七、八月のうちに帰国いたされるがよし。明年秋、冬の候に大坂へ来会されよ」

家康のすすめに従い、宇喜多秀家、毛利輝元、上杉景勝、前田利長の四大老はそれぞれ国元へ帰った。

黒田如水、加藤清正、細川忠興ら諸将も帰国する。奉行たちも帰国を許された。

家康は諸将が大坂を留守にしているあいだに、自らの策謀をすすめようとした。

真田昌幸父子は帰国せず、伏見屋敷にいる。昌幸は家康の動向を注視していた。

「内府は、どうにも油断がならねえだ。うるさき大老どものおらざるうちに、なんぞしでかすに違えねえら」

九月七日、家康は重陽の節句の祝儀を秀頼に述べるため、大坂へ入った。その夜、増田長盛が、家康の宿所を訪れ、ひそかに告げた。

「肥前守（前田利長）が内府殿に異心あり。弾正少弼（浅野長政）らをして、ご登城の中途を扼し、害せんとのたくらみをいたしおりまする」

家康は、ただちに急使を伏見へ走らせ、三千八百の軍兵を呼び寄せた。

九日朝、登城のときは六千余の兵に身辺を護らせていた。

家康が秀頼母子に謁し、賀儀を申しのべたのち、下城しかけると増田、長束の両奉行にひきとめられた。

「ご幼君が大坂に在(おわ)され、内府殿が伏見に在さば、東西にはなれて、讒者(ざんしゃ)、奸物の入りやすうござりますれば、こののちは西の丸におとどまり下されませ」

大坂城西の丸には、北政所がいたが、家康を迎えたいとの増田らの懇請をうけると、ただちに京都三本木へ居を移した。

家康は増田らの願いをいれ、十月朔日に大坂城西の丸に入り、天守閣造営作事にとりかかった。

西の丸に入った家康は十月二日、長盛、正家と協議のうえで、家康襲撃をはかったという浅野長政を武蔵府中へ流し、翌三日には大坂在府の諸将を西の丸に集めた。

「このたび、肥前守（前田利長）謀叛をたくらむとて、このままに打ちすてがたければ、征伐いたすべし」

家康は丹羽長重に先鋒(せんぽう)を命じた。大老家康を襲撃すれば豊臣政権への叛逆になる。

さらに細川忠興にも異心を抱くとの疑いをかける。

このため十一月に、忠興は異心なしとの誓書を家康にさしだし、三男光千代を江戸へ人質につかわすことを約した。つづいて利長も謀叛の意がないことを陳弁し、生母高畠氏を人質として江戸へ送ることとした。

真田父子は、家康が大坂城西の丸に入ったのちは大坂へ屋敷を移し、徳川勢力に依存の姿勢をあきらかにしていた。

「いまは内府に就いていなけりゃならねえだんべ。内府のうった手は、みんな図に当ったたっつら。とてもあやつに、王手（おうて）をかけられる器量の者は、いねえっつら。そうだらず」

昌幸の言葉に、信幸、幸村は同感であった。

家康が、政治の裏面でおこなっている駆けひきは、見えすいているが、誰も彼の打つ手を妨げることはできなかった。

「内府はおそろしい手際だ。伏見城の本丸へはいるのに、黒田や堀尾を使った手のうちもこすっからいものだったが、大坂城西の丸に入るのに、増田、長束に芸をさせたのには、胆をつぶしたっつら。あの二人は、治部少とは仲がいいように見えて、実はよくなかったが、まさか家康に抱きこまれるとは思わなかったずら。それからは、とんとん拍子さ」

下座にひかえている猿飛佐助、霧隠才蔵も、昌幸の考えに同感であった。

家康が大坂城に入るまでの策略は、敵ながら見事というほかはなかった。四大老以下、有力な諸大名を帰国させてのちに、迅速に勢力拡大の布石をおこなった。

浅野長政、細川忠興、前田利長に謀叛の疑いをかけ、屈服させた手段もあざやかである。

忠興は家康の策略を扶け、裏面で通じあって、謀叛の茶番を演じたのにちがいなかった。

家康は、北政所と淀殿の不和をも巧みに利用した。北政所は家康からあらかじめ相談をもちかけられていたため、西の丸明け渡しにたやすく応じたのである。

「この分なら、とても治部少の手におえる相手ではねえら。内府は、このあとにゃ上杉を征伐するといいだすに、きまっておるっちゃ」

昌幸は、九月に家康にすすめられ帰国した上杉景勝が、会津百二十万石の総力をあげ、領内の城普請（しろぶしん）、道普請を急いでいるのを知っていた。

景勝は上杉謙信の養子で、気位が高かった。謙信は戦場においては、織田信長でさえ眼中になかった。上杉家の当主が、家康ごときに追随することはないと、考えているのである。

景勝は、石田三成と昔から親交をかさねている。かつて伊達政宗、北条氏直の経略に際し、三成と景勝は協力しあった。

景勝は帰国のまえ、三成と密約を交していた。こののち万一、家康が景勝征伐の戦を催すことがあれば、東西あい呼応して決起し、徳川勢力を打倒するとの、攻守同盟であった。

昌幸は、佐助、才蔵にその事実を偵知させたが、三成には知らぬふりをしていた。昌幸は三成と景勝が協力しあったところで、家康に対し勝味がないと見ていた。

事態は、昌幸の推測通りに変化していった。

慶長五年（一六〇〇）正月、諸大名は大坂城に伺候し、秀頼と西の丸の家康に年賀を申し述べた。大老筆頭として、権勢ならびない家康のもとをおとずれる大名は、辰の刻（午前八時）から申の刻（午後四時）まで、陸続と絶えなかった。

真田昌幸は五十六歳、家康は三歳年上の五十九歳である。昌幸は賀儀を述べるため登城したあとで、信幸、幸村にいった。

「内府は大世帯を張っており、儂は小さき真田の家を背負うておるが、年頃も近ければ、あやつの打つ手がおおよそは読めるっちゃ。こんどは、やっぱり上杉に手を出すにきまったずら」

昌幸は、上杉景勝の名代として秀頼、家康に賀儀を言上した上杉家老臣藤田信吉が、家康に懇切に引見されている様子を眺め、すべてを察した。

家康は藤田信吉を懐柔したのである。かつて秀吉が賤ケ岳合戦のまえに、柴田勝家の使者としておとずれた、前田利家らを懐柔したのとおなじ手口をつかっていることは、昌幸にはたやすく分った。

信吉は短刀、銀子、時服など多くの引出物をうけ、景勝へのつぎの伝言をうけた。

「ともに国政を議せんと望むなれば、豊国廟に謁するを兼ねて、上洛いたされたし」

だが景勝は上洛せず、領内の戦備を急いだ。二月になると、伊達領に隣接する白河、岩瀬、安積など仙道七郡の諸城の修築をはじめ、同月十日には会津若松城の西方に、人夫八万人を使役し、新城建設を急いだ。また諸国からの牢人を多数召抱え、旧領越後の地侍を煽動蜂起させる。

越後春日山城主堀直治は、会津の領内が上下をこぞって戦備に狂奔している様子を知ると、逐一家康のもとへ注進した。

景勝は、三月十三日の謙信二十三回忌に際し、法要を催すため諸将を会津若松城に会同させ、戦評定（いくさひょうじょう）をひらいた。まもなく家康討滅の挙兵をするための、作戦会議である。

藤田信吉は、この会議に出席せず、脱走して江戸へむかった。信吉は追手をうけ誅殺の危難をようやく逃れ、二十三日に江戸城に到着し、秀忠に実状を報じた。

信吉はさらに大坂城へおもむき、家康に景勝の近状を告げる。

昌幸は、信吉が会津を脱走し、家康のもとへ到着したと聞くと、嘆息した。

「やっぱりきたか。こりゃ、内府の思う通りに動いてきたっつら。上杉は、秀頼公の指図に背いた逆賊として、潰されらあ。上杉が潰れりゃ、もはや内府に楯つく者はねえら。毛利輝元は腰抜けだし、宇喜多じゃ役が重すぎらあ。治部少は浮きあがって、そのうちにゃ干あがっちまうさ。仕方がねえ、儂らは時勢の動きにあわせるしかねえら」

二

家康は藤田信吉の注進を聞くと、宇喜多秀家、毛利輝元と奉行衆に事態を告げ、ただちに会津へ征伐軍をさしむけるよう、主張した。秀家、輝元は、慎重な行動をとるようすすめた。

「太閤のご遠行なされていまだ日浅く、秀頼公も幼弱なれば、みだりに干戈を動かすはいかがと存ずる。内府殿には秀頼公の左右より、みだりに離れざるようなされたい。また景勝謀叛というも、いまだにわかに信ずべきにあらず。まずは使者をつかわし、大坂への入覲をうながし、会津中納言殿が真意をただされよ。すべては、そのうえのことにてござろうよ」

家康は近臣伊奈昭綱と、増田長盛の家来河村長門を会津へつかわすことにした。

伊奈、河村は四月朔日に大坂を発し、十三日、会津若松城に到着した。

二人は景勝の家老直江山城守に会い、用件を申し述べた。

「近頃新城を普請なされ、道をひらき、隣境を騒がされるは、いかなる儀によるものなりや。すみやかに誓書をさしだされ、上洛をなされたい」

昭綱は、直江山城守と親交のある京都豊光寺長老、西笑承兌が記した家康の詰問状をさしだした。

直江は詰問の内容を聞くと、一笑に付した。

「伏見城下にてさえ雑説やまざるときに、遠国の会津につき雑説のいずるは当然と存じまする。内府殿には、いちいち風聞に耳をかされず、尊意を安んぜらるるよう、お聞きわけいただきたし」

上洛延引について、直江は答える。

「当家は去年国替えいたし、仕置を申しつくる暇もなく打ちすぎて参った。太閤殿下よりも、国替えののちはしばらく上洛せず、諸政をはかるべしとのお許しを頂いておりし次第。また会津は雪国なれば、十月より三月までは往来も不自由ゆえ、上洛延引にて景勝逆心とは笑止千万なる流言と存じまする」

誓紙を出せといわれると、直江はあざ笑った。

「去々年以来さしあげし、数通の起請文（きしょうもん）は反古（ほご）とおわきまえなさるるや。このうえ誓紙を出すは、いらざることと存ずるが」

領内に新城普請をおこなうのは、別に謀叛の意志があってのことではない。新領土統治の本拠をつくるのみである。道路、橋梁を設けるのは、領主の当然の義務である。合戦となれば、野も山も分ちなく押し通らねばならず、道路を整備するのは戦支度とむすびつくこととはいえないと、直江山城守は詰問の事項を一蹴した。

彼はかえって伊奈昭綱らを威嚇した。

「さようのとるに足らざる儀を、ことごとしくお取りあげなされ、上洛いたすべしなどと、景勝を乳呑子をあしらうようになさるるは、納得参らざる儀にござりまする。近頃、当地まで聞えし風聞によれば、中納言（秀忠）さまか内府さまが、ご下向の由に承りおりますれば、そのうえにて万端お下知しだいにつかまつるべく、存じおりまする」

宣戦布告とうけとれる言葉である。

家康は、伊奈昭綱らが会津へ向ったのち、福島正則、細川忠興、加藤嘉明に、会津攻めの先手となるようひそかに指示していた。

五月三日、伊奈が伏見へ帰着し復命すると、家康はただちに会津征伐を公表した。

長束正家、増田長盛ら奉行衆は、幼君秀頼の立場を重んじ、天下静謐（せいひつ）をこころがけるべきで、いまは様子をうかがい、上杉の出様（でよう）を見たうえで明春出馬すればよかろうと、自重をすすめたが、もちろん聞きいれない。

六月二日、家康は全国の諸将に会津攻めの陣触（じんぶ）れを発した。六日には在坂の諸大名を大坂城へ集め、戦評定（いくさひょうじょう）をひらく。

真田昌幸は、信幸、幸村とともに評定の座につらなった。諸将の進路、部署はつぎのようにさだまった。

白川口　徳川家康
　　　　秀忠
東海、関西の諸将はこれに属する。
仙道口（中仙道）　佐竹義宣
伊達、信夫口　伊達政宗
米沢口　最上義光
仙北（最上川以北の羽後諸郡）の諸将はこれに属する。

津川口　　前田利長
　　　　　堀　秀治

堀直政、同直寄、村上義明、溝口秀勝はこれに属する。

昌幸は信幸、幸村とともに家康、秀忠の麾下に就くこととなった。佐和山城に蟄居している石田三成からは、会津攻めが決ったのちも何の連絡もなかった。

家康が東下すれば、その隙をついて三成が策動するのは当然であるが、動きをひそめたままである。

昌幸父子は戦評定が果ててのち、屋敷で夜のふけるまで話しあった。

「このたびは、会津攻めについてゆくより仕方がねえら。なにしろ信濃から関東一帯の大名は、残らず内府に就いているから、どうにもならねえっちゃ。治部少は、どうやら近頃では、毛利、宇喜多を味方にひきいれた様子だが、たしかにゃ分らねえずら。まずは、会津へついていかざあ」

家康の命令に応じ、会津征伐に同行するのは、浅野幸長、黒田長政、細川忠興、福島正則ら約五万六千人である。

徳川家の戦闘部隊は、三万七千五百余人。ほかに家康の身辺を護衛する旗本勢三万人がいた。

今後、家康の陣触れに応じ、畿内、山陽道、四国、九州の大小名が続々と東下してくる。

昌幸はいう。

「遅ればせに東下いたす人数は、およそ十万を超すだんべ。いったん大坂へ立ち寄るだらず。そのとき、治部少が毛利、宇喜多を動かせば、内府に勝負を仕懸けることもできるっちゃ。その機をはずせば、二度と勝負はできねえ。治部少にゃ、それだけの博打根性がねえずら。まあ、俺たちゃ会津へいくべえか」

昌幸は、家康が老臣鳥居元忠を伏見城留守居頭に置き、伏見城の守備をかためさせているのを知っていた。

猿飛佐助、霧隠才蔵は、家康の行動を常時探索している。二人は、家康が伏見城防備に手厚い配慮をしている様子を偵知し、昌幸に報告した。

「内府は、この城の天守には、金銀を多く納めおるゆえ、もし事おこりて攻められたときは、鉄砲玉が足らにゃ、遠慮なく鋳(ふ)いて使えと、元忠にいいおいてごわす」

家康は自分が会津へおもむいているあいだに、伏見城に非常の大事がおこると予想していたにちがいなかった。

「何事にも手ぬかりのねえ内府のことだ。いろいろと考えておるっちゃ。ここで治部少がもっと器量者なら、内府の仕懸けた罠(わな)にわざとかかって、罠を引きやぶるだらず。惜しいことだ」

家康は、留守のあいだに、佐和山城の三成がおそらく決起するであろうと予測していた。

会津攻めにむかう畿内、西国衆のうち、どれほどの人数が三成に味方するか分らないが、主な大名のうちで同調するのは宇喜多秀家であろうと、家康は見ている。毛利輝元とは、かねがね親交をかさねており、彼に乾坤一擲の大博打をうつ決断力はないと推測していた。三成が三成が挙兵すれば、家康はただちに反転して畿内に戻り、討滅するつもりである。三成が滅亡すれば、家康の勢力は現在よりもはるかに強大になる。

昌幸は出立の日まで、佐助たちに三成のもとへの人の出入りを見張らせていたが、目につくほどの動きはない。

「やはり、治部少には内府を踏みつぶすほどの力はなきか。是非もない」

昌幸は信幸、幸村をともない、六月十五日に大坂を離れ、上田へ帰国した。

その日、家康は秀頼に謁し、会津出陣の挨拶を述べ、宝刀、茶器、黄金二万両、米二万石を、出陣祝いに贈られた。

佐助と才蔵は昌幸から江戸へ戻る家康同勢のあとを追い、動静を探るよう命ぜられ、家中の侍衆が昌幸に従い帰っていったあと、大坂に残った。

家康は、六月十六日に大坂城を出て十七日は伏見城に一泊し、十八日には大津城に立ち寄り、その夜石部宿に宿陣した。供をする者は、井伊直政、本多忠勝、榊原康政以下三千余人である。

佐助たちは、宿場に近い辻堂にひそんでいた。家康の身辺は服部半蔵が忍びの者を指揮し今夜にも何ぞおこりかねぬずら」

「うむ、ただごとじゃねえだんべ」

宵のうちに、宿場へ数百人の行列があらわれた。

「あの提灯の紋は長束だ。奉行がじきじきに迎えにきたか」

家康宿所のまえで輿の扉があき、長身の侍が降り立つ。

「やっぱり長束正家だ。なにをしにきたのかや」

「宿へ運びこんでいるのは、鉄砲ずら。二百挺はあるぞ」

石部に近い水口城主長束正家は、半刻（一時間）ほどのちに帰っていった。まもなく宿場のなかを徳川旗本衆が騒がしく行き来しはじめた。

三

石部から水口までは、三里弱である。

佐助たちは篝火のまわりに集まる家康旗本衆の傍に忍び寄り、様子をうかがう。井伊直政の足軽鉄砲衆が数十人、むらがって話しあうのを盗み聞き、事情が分った。小頭が組子に教えている。

「さっきは水口から長束親子がきたでや。鉄砲二百挺をみやげに呉れたがのん。いましがた水口城中へ忍ばせし細作（諜者）から知らせがきて、長束と治部少の家来島左近が、待ち伏せいたしおるようだわ。明日は水口城でゆるりと馳走をうけることなりしが、仕方もねえだわなん。今夜のうちに土山まで走り抜くだで、はやばや支度いたせ」

家康は麾下三千余人を率い、深夜に水口城下を通過し、鈴鹿峠下の土山まで一気にむかうのである。

丑の八つ（午前二時）過ぎ、陣形をととのえた供の軍勢は、馬上の家康を護衛して石部宿を出立した。

すずろな虫の声のなかを進み、水口に近づくと、本多忠勝は家康を中心に騎馬武者を左右三町ほどに散開させ、喊声をあげ横田城外の横田川を渡り、そのまま城下を疾駆しつつ通過した。

服部半蔵、成瀬小吉、渡辺半蔵らは、鉄砲衆に命じた。

「筒にゃ早合せ（弾丸硝薬のはいった薬筒）をこめよ。肩にかけた輪火縄にゃ、火をつけよ」

鉄砲衆は騎馬隊につづき、戦闘態勢をととのえ、森閑とした城下町を、地を踏みとどろかせ駆けぬける。

佐助たちは、彼らの後につづきながら、家康の隙のない行動を褒めた。

「やっぱり内府の逃げ足は速えっつら。これじゃ、島左近も手が出せねえら」

長束正家はおどろいてただちに家康のあとを追い、土山で謁見し、たくらみなどのなかったことを弁明した。家康は笑って正家をなぐさめる。

「儂を仕物（謀殺）にかけようとて、埋伏の人数のあるやに聞きしゆえ、御辺がもとへ立ち寄らざりしが、他意はないのだわ」

家康は、来国光の刀を正家に与え、饗宴の支度を無駄にしたのを詫びた。

十九日には鈴鹿峠を越え、関に到着した。二十日に四日市に着くと、桑名城主氏家行広が翌日城内で饗応する旨を知らせてきた。

「内府は、桑名でもてなしを受けにいかずか」

「いかねえにきまってるだ。いけば、きっと仕物にかけられらあ」

佐助、才蔵が四日市の湊口で見張るうち、予想の通り、湊へ大小の便船が集まってきた。

「ここから先は船で三河へ渡るっつら。これで、ただごとじゃねえのは分ったさ。やっぱり内府と治部少は、けりをつけにゃならねえずら」

佐助と才蔵は、家康一行が便船で四日市をはなれ、東へむかったあと、佐和山へむかい、石田三成の挙動をうかがうことにした。

七月下旬、真田父子は下野国宇都宮に本陣を置く徳川秀忠の麾下に属し、犬伏という在所に宿陣していた。

秀忠は徳川勢の戦闘部隊の主力、三万七千余人を統率している。結城秀康、松平忠吉、蒲生秀行、榊原康政らに伍して、真田昌幸、信幸、幸村の小部隊も、会津乱入の機を待っていた。

秀忠が江戸を出陣したのは七月十九日、家康は二日遅れて二十一日に江戸を出陣し、二十二日に下野古河（こが）に着いた。家康は本陣旗本衆、三万二千人を率いている。

この日、陣中の金森長近のもとへ、石田三成からの密書が到来した。長近はそれを開封せず、家康に届けた。

同日、昌幸のもとへ、大坂から奉行連署の『内府違いの条々』という、家康弾劾文とつぎの密書が到着した。

急度（きっと）申し入れ候。

今度景勝発向の儀、内府公上巻の誓詞ならびに、太閤御置目（おきめ）にそむかれ、秀頼様見捨てられ出馬候あいだ、おのおの申し談じ、鉾楯（むじゅん）に及び候。

内府公御違いの条々別紙にあい見え候、この旨もっともと思召し、太閤様御恩賞あい忘れられず候わば、秀頼様へ御忠節これあるべく候。恐々謹言。

七月十七日　　長大正家（長束正家）
増右長盛（増田長盛）
徳善玄以（前田玄以）

こんど家康が会津征伐に出向いたのは、彼が豊臣家へさしだした誓詞、亡き秀吉ののこした規則にそむいてのことで、幼君秀頼を見捨てたのであるから、大坂方の諸大名が相談し、家康と戦端をひらくこととした。

『内府違いの条々』をご覧のうえ、もっともと思われ、太閤様のご恩を忘れていないのなら、秀頼さまへ忠節をつくしてもらいたいとの文面である。

家康が太閤遺令に背いた『違いの条々』は十三ヵ条にわたり、記されていた。

家康は、秀吉の定めた五奉行のうち、浅野長政、石田三成を失脚させ、大老前田利長を攻めようとした。利長が誓紙をいれ服従すると、こんどは何の罪もない上杉景勝の征伐にむかった。

また勝手に諸大名に知行を与え、伏見城に入ったのち、大坂城西の丸に入り天守を築いた。

諸大名には勝手にひいきをし、徒党を立てさせ、大名のあいだの縁組を、法度にかまわずおこなうなど、政権の首長であるかのような、秀頼をないがしろにしたふるまいをかさねたと列挙した内容である。

昌幸は、佐助、才蔵を上方へ往復させ、めまぐるしく変ってゆく大坂の情勢を探索させていたので、おどろかなかった。

石田三成は、盟友の大谷吉継が会津攻めに出陣のため敦賀城を出て、七月二日に美濃垂井宿に到着すると、ただちに佐和山城へ迎え、挙兵の策をうちあけた。謀将として知られた吉継は、家康を相手の一戦に成算なしとして、容易に同意しなかったが、十一日ついに決心して、増田長盛、長束正家、前田玄以らと協議し、毛利輝元を総大将に迎えることとした。

事態は急速に進展した。

毛利輝元は奉行たちの七月十二日付の書状をうけると、十五日に海路をとり、十六日夜に大坂城に入った。大坂方の西軍総大将となった輝元は、家康のいた西の丸を座所とした。

このとき、家康の会津攻めに参軍のため、近畿、山陽、四国、九州の諸大名が大坂に結集しており、兵数総計は十万人に近かった。

佐助と才蔵は、一日四十里を踏破する脚力を利して、上方（かみがた）と昌幸陣営のあいだを往復し、切迫した情勢を主人に伝えた。

三成の策謀に応じた大名の数は、昌幸の予想をはるかにうわまわっている。

初秋の雨が降ってはやむ、うっとうしい天候のもと、真田父子は犬伏陣所の離れ家（や）で、今後の方針を相談した。判断を誤れば、真田家滅亡はまちがいない。昌幸はいう。

「内府は、治部少（三成）が留守中に事をあげるは、読んでいたさ。しかし、これほどの大勢が敵にまわるとは、思ってもいなかったにちげえねえら。治部少は、やっぱり上杉のほかに毛利、宇喜多と通じていたんだ。儂はあやつを軽く見ていたようだ。なかなかの策師だっぺえ。こりゃ、天下の形勢がどうなるか、分らねえっちゃ」

昌幸は考えこむ。

佐助、才蔵も、先の判断はむずかしいと見ていた。戦力においては、大坂方が家康徒党をはるかにうわまわっていた。

大坂に結集した大軍勢は、輝元、秀家の指令のもとに、会津従軍をとりやめ、家康との決戦をおこなおうとしていた。

中国、四国、九州の大名は、石田、毛利、宇喜多に誼みを通じている者が多い。彼らは秀吉恩顧を忘れず幼君秀頼の立場に同情して三成に協力する。

だが、成りゆきにひきずられ、大坂城下に充満する諸軍勢の威容に追随し、あるいは城下屋敷に置いた人質の妻子の身上を案じて、同調した者もすくなくなかった。

「大坂方の諸侍が、身を粉にして秀頼公のためにはたらくというならよかろうが、まわりのいきおいにまきこまれてしまった者も多かろうさ。どっちが勝つか、読みづらくてあたりめえさ。おのしゃあ、どうするずら」

昌幸は、嫡男信幸に聞いた。

上州沼田二万七千石の城主信幸は、答えた。

「私は大坂方に与してはならずと、勘考つかまつりまする。治部少さま、奉行衆は、秀頼さまがお為ばかりを案じ召されて、挙兵なさるるにてはなしと見るゆえにごわす。ただ内府さまを押しのけんがための謀叛にちがいありませぬ。内府さまは、決して秀頼公を押しのけて、天下を取らるるごとき不義の大将にてはありませぬ」

昌幸はうなずいていう。

「おのしの考えにも一理はある。ただ、これまでの上方の様子を見りゃあ、家康が思うておったよりも、容易ならねえ形勢だらず。下野まではるばるきている大名衆も、人質を大坂に置いておるら。こりゃあ、天下分け目の大戦となるら。おのしは内府に就け。儂は治部少を扶けてやるっちゃ。左衛門佐（幸村）はどうだ」

「私は父上に従うでごわす」

「よし、これで真田の家門は滅びることはねえら。どちらかが残らあ」

昌幸は髭面をしわばませた。

四

昌幸は幸村をともない、犬伏を立って上田へ戻ることにした。

三成に加勢するときめたうえは、ぐずついてはいられない。彼は霧隠才蔵に命じた。

「おのしは、儂の返書を治部少輔へ届けにゆけ。早んでいくんだぞ」

「合点でごわす」

昌幸の三成への書状には、挙兵の相談を一度もうけなかったことをなじり、大坂に置いてきた妻と嫁の安否をたずねる内容が記されていた。信幸が徳川方に就いた事情は伏せている。

たやすく内情は明かさないまま、相手の事情をさきに知ろうとする習慣が、身についている。

相談が終ろうとするとき、侍大将の河原綱家が様子を見にきた。大坂からの密使が霧雨のなか、泥にまみれ駆けこんできてから、長時間の相談がつづいたので、気がかりのあまり、離れ家をのぞいたのである。

縁先に腰をかけていた昌幸は、立ちあがると叱咤した。

「誰もきちゃいけねえといっておいただに、何しにきた」

彼は、はいていた足駄をぬぐなり、力まかせに投げつける。足駄は綱家の口にあたり、前歯が一本欠けた。

おちついて話をしていた昌幸が、いきなり激昂していたかのようなふるまいをみせたのは、綱家が信幸の属将であったためである。

父子三人が、家康と三成のいずれに味方するかをあらそい、殺気立って議論をたたかわせていたという噂がたてば、あとに残る信幸の面目がたつ。

「さあ、いかざあ。佐助は儂について参れ。侍どもは、あとから追ってくりゃいいだ。四、五人で人目につかぬようにいかっちゃねえか」

昌幸は幸村と春原若狭、佐藤軍兵衛という二人の侍大将をともない、佐助の先導で犬伏を離れた。

秋雨が降りつづき、河川は水嵩を増しはじめていた。

「こりゃ、いけねえずら。あと四、五日も降れば、川が溢れらあ。大勢の人数が通れば、道は壁土をこねたようになるら」

昌幸は塗り笠、合羽を濡らせつつ、雨に煙る前途を見渡す。

一行は犬伏から足尾の嶮しい山道に入る。

徳川家の領分である上野の野道を、武装して通行すれば咎められる。

唐沢山から行動山を経て、足利、桐生の家影を眼下に、赤城山の東麓へまわりこみ、沼田城をめざす。

二十余里の道程を、山の温泉で二泊しただけで踏破できたのは、つぎつぎとどこからともなくあらわれ、かわりあって間道を先導する、修験者たちの協力があったためである。

足尾から赤城へかけての山中では、佐助でさえしばしば道に迷った。雑木が生い茂ったなかに、わずかにかたちをとどめる獣道でゆき悩むとき、佐助は頭上に右手をあげ、人さし指と中指をまっすぐたて、真言をくちずさむ。

そのうち、彼は意味のとれない符帳のような言葉を発し、しばらく姿のない相手と話しあう。

やがて彼は、藪蚊をはらいつつ待っている昌幸たちにいった。

「このなたでごわすよ。この辺りは蛭が多いから気をつけざあと、山伏が申してごわず」

樹木が生い茂った暗い林中へ、佐助はためらうことなく踏みいる。

佐助は道筋の木に目印の布片を巻いてゆく。あとからくる真田勢の目印にするためであった。半刻（一時間）ほど進むと、兜巾をつけ、金剛杖を手にした白衣の修験者が、一本歯の高足駄で待っていた。

沼田領へ入ったときは、日が暮れていた。百姓家の戸をたたき、沼田城へ昌幸の到着を知らせに走らせる。

一行は、馬に乗って沼田へむかった。沼田城で、信幸の留守をつとめている内儀は、昌幸がきたとの急報をうけ、おどろいて寝所から起き出た。

本多忠勝の娘である彼女は、家臣たちに厳命した。

「大殿さまが不時のご帰城は不審の至りじゃ。伊豆守（信幸）さまは、東におむかいなされ、お帰りなきに、なにゆえじゃ。大御所さまも今日、明日には下野にご出勢あると聞くに、胡乱なることよ。大手、搦手の諸門は閉め、大殿さまのお下知あるとも開けるでないぞ。主人の留守にくる者は、舅なりとも曲者ゆえ、無理に押しいるなれば討ちとれや」

内儀は甲冑をつけ、薙刀を手にして大手曲輪へ出て、家来たちに合戦の態勢をとらせた。

昌幸は苦笑いをもらし、佐助に命じ、城方へ呼びかけさせた。

佐助は、ささやき筒というメガホンのような道具を用い、城方へ大音声で申しいれた。

「大殿様には、無理にも押しいろうとはなされませぬ。子細あって、これより上田へ返す道すがらなれば、孫殿がたのお顔を見たしとお望みなされておられまする。ついては、土居（どい）のうえになりとも、お顔をのぞかせて下されませ。当方は主従五人なれば、お城へ斬りいるなどのご懸念は、いっさい無用」

小半刻（三十分）ほど待つうち、信幸の子女があらわれた。

昌幸は声をやわらげ、話しかける。

「これは、あいかわらず息災にてなによりじゃ。祖父（じい）は上田に戻り、その後はちと長きあいだ逢えぬやも知れぬが、はやり病いなどに罹らぬよう気をつけ、達者でくらせ」

「祖父さまも、お達者で」

「じい、じい」

末の幼児が甲高い声でくりかえすと、昌幸は鼻をつまらせ、手洟（てばな）をかんで呼びかける。

「おう、儂はまたじきにくるら。さらばじゃ、病いをするじゃねえど」

昌幸主従は、沼田城下の正覚寺という浄土宗寺院へ立ち寄り、湯をつかい、雨と泥に汚れた衣服を着替えた。

石庵という村年寄が、昌幸の機嫌うかがいに参上し、たずねた。

「伊豆守（信幸）さまは、いかがなされておわせられまするや」

幸村が父にかわって答えた。

「兄者は、浮木に乗って風を待っておらるるだ」

石庵は、問いをかさねることなく、不審の面持ちでひきさがった。

佐助は、昌幸父子が休息しているあいだ、城下の町人、百姓が諸所に群れ集り、話しあう声を聞きまわった。

町人たちは、はやくも不穏の動きをあらわしていた。

「真田の殿さまは、俺たちにゃ悪い事ぁやらなかったが、徳川の敵になったのなら、見逃すわけにゃいけねえっぺや。やっちまってよう、首をさしだしゃ、恩賞がもらえるじゃねえか」

どれほど善政を敷いていた主人でも、敵ときまれば、百姓、町人、地侍のすべてが、餓狼のように襲いかかってくると見なければならない。

――こやつらは、脅しつけておかにゃいけねえずら――

佐助は、ささやき筒を口にあて、異様な声音を闇中にひびかせる。

「俺は三ツ峯の大行者、月輪さまの弟子だ。関東修験者は、皆安房守（昌幸）さまのお味方だ。昨日までの主人を殺して、恩賞にありつこうなどと、不埒なことをぬかす野郎は、たちまち悶絶してあの世へゆかねばならぬだ。見ろ」

佐助は腹中で気合を発し、隠形の術をつかい、群衆の囲む焚火の傍へ歩み寄る。

彼は大勢のなかで、弁舌をふるい煽動していた男の首筋を、鉄のような指先でつかみ、捻った。

骨の折れる鈍い響きとともに、しゃべりたてていた男は立ったまま不意にうなだれ、口から血反吐(へど)をはいた。佐助が手をはなすと、男はそのまま倒れ伏す。

群衆は悲鳴とともに、われがちに逃げだす。

「ひゃあ、三ツ峯の大行者の手先がきているぞ。逃げにゃ法力でくびり殺されらあ」

「修験者だ。魔物がきたぞ。逃げろい」

昌幸一行は、夜明けまえに沼田を離れた。上田までは、間道伝いに二十余里の道程である。

沼田から吾妻郡へ出て、郡代の出浦対馬の屋敷に一泊する。対馬は昌幸に心服しており、謀殺される懸念(けねん)はない。

「このさき、横谷左近のもとに一夜をお明かしなされなば、あとは鳥居峠を越えるばかりでござりまする。横谷のもとへは、今宵のうちに人をつかわし、迎えを参らせまするに」

翌朝、地侍横谷左近の同勢五十人が迎えにきた。

佐助は彼らの様子をうかがい、叛意のないのをたしかめた。

「横谷が人数は、大殿さまに忠義の者どもに疑いなしと見てごわす。早々にお立ちなされませ」

横谷左近は、家来たちに弓、鉄砲の支度をさせ、油断なく道の左右をたしかめてゆく。

昌幸が家康に離反した噂が、はやくもひろまり、野伏り、百姓が首級をあげようと狙いはじめていた。一行は、遠近に野伏りの吹き鳴らす竹法螺の声を聞きつつ鳥居峠を越えた。

五

上田城に戻った真田昌幸、幸村父子は、ただちに合戦の支度にとりかかった。

下野犬伏の陣所から、二千余人の麾下の士卒が小荷駄を従え、続々と戻ってきた。

猿飛佐助は、上田へ戻ると、女房の千代と子供たちを、上州長野原の里方へ避難させた。

「あたいたちゃ、いつでも別れ別れでいるのに、また長野原へいかにゃならねえのかえ」

千代は不満を口にした。

「なにをいってるだ。うちの旦那は、上田の城へたかだか三千の人数で、たてこもるだに。じきに徳川が、幾万とも知れねえ数で押し寄せてくるずら。そうだらず。俺は身を粉にしてはたらかにゃなんねえ。お前たちがいりゃ、足手まといだ。そうだらず。敵がくりゃ、お城のまわりの町は焼かれらあ。田畠薙ぎもはじまるずら。お城下にうろついていりゃ、どんな巻ぞえをくらうか分らねえっぺや。そうだらず」

忍者である千代は、合戦がはじまればどのような焼討ちがおこなわれるかを、承知している。

彼女は身のまわりの品を包んだ袋を背負い、八歳の小猿と六歳の銀を連れ、実家へ戻っていった。

佐助は俊足を利して、犬伏まで片道四十里の山坂を幾度となく往復し、味方の士卒が徳川領内を潜行し、引きあげてくるのを助けた。

下野小山に着陣した家康は、石田三成の挙兵を知って、ただちに軍議をひらき、上杉征伐のために同行した大小名三十余人を集め、大坂方に就くか否かをたずねた。

彼らは、豊臣家の軍勢であって、家康の部下ではない。会津を討つのは、上杉景勝が豊臣秀頼の名においての上洛の命を受けなかったためで、家康は征伐軍の総帥にすぎない。

大坂からの通報によれば、三成は当初家康が予想していたような小規模な叛乱をおこしたのではなかった。大老毛利輝元が西軍総大将として、大坂城に入り、宇喜多秀家と奉行衆が十万に及ぶ大軍を率い、秀頼を擁立したのである。

だが、軍議の席では、美濃岩村四万石の城主、田丸忠昌が家康に訣別を告げたのみであった。彼はいった。

「治部少が事を構え、毛利、宇喜多らが合力（こうりょく）いたせしとて、内府殿にあらがうは、蟷螂（とうろう）に斧をふるうに似たるものにござりましょう。敵しがたきは火を見るよりもあきらかなれども、治部少がいやしくも幼君秀頼さまをおしたて奉るかぎり、いかにして関東に味方いたせましょうや」

忠昌のいうところは正論であった。列座の諸将は、席を立つ忠昌を、顔を伏せて見送るばう。

「治部少は秀頼公君側の奸にして、われらは長年あやつに苦しめられて参りしなれば、この際一気に葬り去って、豊臣家を安泰なるものといたすべきでござろう」

「まことにさようじゃ。治部少にかわりて内府殿が、秀頼公ご成人の暁まで、天下のことをおこなわれるのがよい。そのための戦なれば、われらが大坂方を討ち滅ぼせしとて、忠義にかわりはない」

彼らはそれぞれ、家康に好餌で釣られていた。

大坂方の西軍を打倒すれば、一挙に大幅な加俸を与えるとの約束をうけたので、豊臣恩顧の大名であるにもかかわらず、節をまげて家康に従った。

佐助は小山で偵知した情報を、昌幸に注進した。

「大坂方は、伏見城を取り巻いておる様子にごわす。いま頃は合戦がはじまっておるやも知れぬでごわす」

「うむ。そうだらず。これから先の読みはむずかしいずら。お前の早耳で、聞きまわってもらわにゃ、ならねえら」

「かしこまってごわす」

犬伏から引きあげてきた軍兵たちは、雨に濡れ、泥濘を踏んできたので、泥人形のようになっていた。

二十九日の朝、真田勢の殿軍とともに上田へ戻ってきた佐助は、昌幸に知らせた。

「内府は、評定(ひょうじょう)をかさねておる様子でごわす。徳川の年寄衆は、いったん景勝を退治してのち、西へ攻めのぼるがよしと申しやしたが、内府はその意見を一議に及ばず蹴ったそうでごわす。会津攻めは、子供の磯せせりのようなもんだ。早速(さそく)に西へのぼってひと合戦すべえと、えれえ鼻息だったということでごわすよ」

「あやつらが動くのは、来月のうちだっぺえ。上田を取り抱えにくるのは、必定(ひつじょう)ずら。なにしろ天正の昔からの遺恨があるからなあ。きっと、取りかけてくるに違えねえずら。一泡ふかせて、侍どもを藁ボッチをひっくりかえすように、打ち伏せてやらざあ」

昌幸は、上田界隈の土豪たちを利をもって誘い、味方にひきいれていた。

「味方の人数は、うまくいきゃあ四千ほどにもならあ。それだけあれば、四万や五万の徳川方が取り抱えたところで、上田の城はこゆるぎもしねえだ」

昌幸が大坂方に就いたのは、豊臣家に恩義があるためではない。

動乱に乗じて風雲に乗る野望を抱いたためである。昌幸は、天正十三年（一五八五）に上田城を包囲した徳川勢、沼田城を攻めた北条勢をともに潰走させ、武名を天下にとどろかせ、家康の怨恨を買っている。

そのため、石田三成に加担(かたん)したのであったが、戦国動乱のなかを生きぬいてきた古つわものは、感情では動かない。したたかな打算をはたらかせている。

畿内の情況があきらかになるまでは、上田城の守備をかためるばかりで、行動をつつしんでおらねばならない。もし、大坂方が不利であるとの情報をつかめば、家康に詫び、東軍へ復帰することもありうる。

佐助は、小山の家康本陣の動きを探り、夜中に真田信幸の陣所へ忍びいって、上田城の昌幸父子の様子を伝える。

佐助が隠形(おんぎょう)の術をつかい、信幸の寝所へ入ると、信幸は用心しつつも父と弟の消息を聞き、よろこぶ。

「内府さまは、俺がお味方に残ったことを、ことのほかによろこんでおられるだ。これを見ろ」

信幸は佐助に二通の感状を見せる。

一通はつぎのような文面であった。

「今度、真田昌幸が上田へ帰ったが、そのほうは日頃の義にそむくことなく、父に従わなかったのは、奇特(きとく)千万である」

いま一通は、上田領を信幸に与えるとの沙汰書であった。

「今度、昌幸が大坂方に就いたが、そのほうは忠節をつらぬき、まことに神妙である。ついては、小県（上田）領は、父の跡目としてまちがいなく与えよう。ほかにも、身上をとりたてるよう、配慮をする」

信幸は佐助にいった。

「俺は内府さまに仕えて、どこまでもあいつとめるつもりだ。親父殿と左衛門佐（幸村）には、無理をせぬよう、申し伝えてくれい。もし、徳川の人数が上田へ押しかけ、危うい形勢と見りゃ、俺が内府さまにお願えして、とりなすだに。降参すりゃいいだ。決して無理するじゃねえど」

「そうかっちゃ。あい分ってごわす。大旦那と左衛門佐さまに、そう申しあげまするだ」

上田城の昌幸のもとへ、大坂方の諸将からしきりに書状が届いた。

霧隠才蔵は、しばらく大坂に滞在し、上方の情勢を探っているので、大坂城の急使がやってくる。

毛利輝元、宇喜多秀家からの書状が、八月五日に到着した。昌幸が披見すると、家康に従った大名たちの、大坂城下の屋敷にいた妻子をことごとく人質にとったと記されていた。

つづいて長束正家、増田長盛、前田玄以ら奉行衆からの書状が着いた。

「伏見にこれある留守居を、討ち果すべく堀際まで取り詰め、築山申しつけ、大筒石火矢にて攻め詰め候。きっと落居すべく候」

と記されているのを読んだ昌幸は、つぶやく。

「伏見の城は、彦右衛門（鳥居元忠）が老体ながら、二千に足らぬ人数で守っておるら。どうせ、徳川の捨て石だが、かわいそうなもんだ。俺が動きだすのは、もうちっとんべえ戦のぐあいが分ってからだ。まだ、これだけじゃあ、海のものとも山のものとも分んねえだ」

昌幸は、石田三成と密接な連絡をとりあっていた。三成は七月晦日（みそか）づけで昌幸に書状を送った。内容には、つぎの注目すべき事項が、記されていた。

「当方より、あなたへつかわした三人の使者のうち、一人にあなたの返書を預けられ、道案内をつけて大坂へ帰してやって下さい。

残る二人は、会津へ書状を届けにゆくため、あなたの家来のうちでたしかな人物を付けられ、沼田領を通って会津へ到着するようとりはからって下さい。

彼らが上杉景勝の返書をもらってくれば、あなたの家来の道案内で大坂へ送り返して下さい」

三成は、沼田がまだ昌幸の所領であると思っており、大坂と会津のあいだの連絡をとる重要な役割りを、昌幸に托したのであった。

六

石田三成、長束正家、増田長盛らの書状は、昌幸父子のもとへあいついで到着した。大坂から上田まで百里をこえる道程であるが、早飛脚は駅馬を乗り継ぎ駆け通し、三日間でやってくる。

八月五日付の三成の書状には、昌幸に信濃一国の支配を委ねるので、すみやかに行動に移ってもらいたいと、記されていた。

信濃四十五万石を与えるとの文面を見た昌幸は、口辺にかすかな笑みのかげをあらわす。

「治部少が、胆のちいさきことを申しおるずら。儂は甲州二十万石もよこさにゃ、動かねえど」

昌幸は三成に対し、協力して家康打倒に成功したときは、甲、信二国を申しうけたいとの書状を、すでに大坂へ送っていた。

大坂城西の丸における毛利輝元以下、西軍諸将の動向は、霧隠才蔵が偵知して神通力により佐助と交信するので、昌幸はすべての情況を把握していた。

「こんどは、あんまり法螺を吹いていねえぞ。およそはまことだっぺえ」

三成は、上杉景勝が常陸の太守佐竹義宣と呼応し、関東へ攻勢に出るので、協力してほしいと要請していた。

昌幸は、幸村に書状を指さして笑う。

「俺は、こんな取りあいの大博打が好きでならねえど。越後春日山の久太郎（堀秀治）も、加賀の肥前守（前田利長）も迷うておるずら。博打をうつには潮時が肝心だっぺえ。あやつらが迷うておるうちが、いい潮時だ」

三成は、八月朔日に伏見城を陥落させたと記していた。

守将鳥居元忠以下千八百余人の将兵が、大坂方への内応者の放った火焔のなかで全滅した様子は、すでに才蔵から知らせてきている。

「四万を超える人数で攻めたてて、十一日もかけて落したところで、手柄にもならねえずら。それよりも、越中守（細川忠興）の家内を死なせたのは、下手をうったものだらず」

三成が大坂に滞在している、東軍諸大名の妻子を人質にとろうとしたことは、家康に従いつつも秀頼への敵対をはばかっていた彼らの敵愾心をかきたてる結果となった。

細川ガラシヤ夫人が屋敷に火をかけ、家来に胸を刺しつらぬかせて死んだ事件は、東軍の団結をつよめた。幸村の脇にひかえ、三成の書状を見ていた佐助は、文末の一行を読んで、思わず口もとをゆるめる。

「夜中にあいしたため候あいだ、落字いかがと心もとなく候。以上」

佐助は八月五日の深夜に、ゆらめく短檠の明りを頼りに、かすむ眼をしばたたかせつつ筆をとっていた三成の姿を、天眼通力で眺めていた。

三成は、伊勢口、北国口へ出撃し、京都防衛にあたり、大坂城留守居をつとめる士卒の数をあわせ、総計十八万五千人と記した人数書を、書状に添付していた。

「これはちと多すぎるだ。佐助、そうだらず」

「さようにごわす。才蔵は大坂のお人数が、しめて十四万ほどと申してごわす」

「さほど大言を弄せしことでもないか」

昌幸は考えこむ。

「家康の指図に従う大名は、およそ五万人、宇都宮にいまだ踏みとどまっておるは、秀忠の徳川勢三万八千と結城秀康の二万だらず。江戸に戻りし家康は三万ほどの旗本を連れておるだ。数においては、双方見合いだっぺえ。秀忠が上田を取り抱えようとすりゃ、いくらでも延引させてやるだに、そうすりゃ徳川の足なみは乱れらあ。大坂方にゃ、上杉と佐竹があるが、これは伊達、結城と取りあいせにゃならぬ。儂がはたらきで、天下は東西どっちへでもころがりこむ寸法だ。こりゃ、儂を高く売らざあ」

七月二十六日以降、東軍諸将は小山、宇都宮の陣所をひきはらった。東海道を西上し、福島正則の居城清洲城付近に進出するため、尾張へむかうのである。

大名たちは、戦陣で用いるおびただしい小荷駄を引き連れている。小荷駄とは、戦場で使う小屋道具などの日用品で、駄馬の背に積むが、三千石ほどの身分の侍でも、十数頭の小荷駄馬を使う。

小荷駄のうちには、弁当箱から行水（ぎょうずい）桶まで用意されていた。

東軍が移動をはじめる前後は、毎日豪雨が降りつづき、道は壁土をこねたようになった。

宇都宮城の様子をしばしばうかがいにゆく佐助は、東軍の人馬が泥濘（でいねい）のなかに踏みこんだ足を、力をこめて抜き、一歩ずつよろめくように進むのを見て、あざ笑った。

「この雨つづきで、これじゃあ長旅は難儀だらず。合戦になれば、陣場は小荷駄でごったがえし、身動きもできなかっぺや」

足軽、中間たちは、槍、旗などを五、六本ずつ縄でたばね、二、三人で担いでゆく。馬上の侍は桐油合羽をつけているが、細雨がしみ通る。具足の下につけた鎧直垂から肌着まで濡れそぼち、塗り笠をかたむけ、顔をしかめ、意気あがらない様子であった。

小山の家康本陣には、伝令の騎馬武者が泥を蹴散らし、絶え間なく出入りしていた。

宇都宮に拠り、上杉景勝の攻撃にそなえている結城秀康は、西上して大坂方との決戦に参加することを望んだが、家康は許さなかった。

「景勝は侮りがたき力を持っておるだわ。儂が上方へのぼりしときは、虚をつきてかならず押しだして参るでやあらあず。そのとき、互角よりうえの取りあいをよくいたす者は、おのしのほかにはおらぬだわ。もし景勝が寄せきたらば、鬼怒川を渡るまでは手を出すでない。渡らせたうえにて後を取りきらば、当方の勝利は疑いなし。川を渡らぬときは、こなたより手を出すでないぞ」

秀康は蒲生秀行ら麾下諸将をともない、二万の兵を指揮して宇都宮城にとどまることになった。

諸大名の軍勢が続々と西へむかうなか、秀忠に従う徳川家の主力戦闘部隊三万八千人は、陣小屋を片づけることもせず、宿陣をつづけている。

榊原康政、大久保忠隣、大久保忠常、本多正信、酒井家次、本多忠政、奥平家昌ら、歴戦の将たちは、移動の気配をまったくあらわしていない。

佐助は秀忠勢が東海道を西上し、美濃で東海道を進んだ本軍と合流する作戦をたてていることを、偵知していた。

秀忠は陣中の戦評定で、上田城攻略の意図をあきらかにしていた。彼は徳川勢の主力をあげて、小城ひとつを陥れるのに手間はかからないと見ている。

昌幸は佐助から注進を聞くと、ただちに迎撃の支度をはじめた。

「秀忠ごときに、むざと負けてはおれねえど。やれ榊原だ、本多だと申しおるが、張子の虎ほどにも思っちゃいねえだ。四つに組めば、長え相撲にひきずりこんでやるだっぺえ」

家康は越後の堀、奥羽の最上、伊達に協力を要請したのち、八月四日の早朝、小山の陣所をひきはらい、古河から利根川を渡り、江戸へ帰還の途についた。

栗橋の渡し場には、舟橋がかけられていた。

佐助はその朝、ひとりで舟橋の間近にひそんでいた。旗本数百人が厳重に警戒しているなかを、舟橋が目前に眺められる疎林のくさむらに身を隠し、油紙に包んだ十六匁玉筒を抱いている。舟橋までは四十間（約七十二・八メートル）ほどであった。

「ここから狙ったなら、はずさねえど。一発で撃ちとめてやらざあ」

佐助は家康を狙撃するため、前夜から先廻りして待っていた。

付近を守る幕府小姓組は、槍、鉄砲をたずさえ、三十騎ずつで、絶えず巡回する。

佐助のひそむくさむらの辺りも、小姓組は幾度となく検めていたが、彼の姿を発見できなかった。佐助は変身の術で、わが五体を石に化していた。

——服部半蔵がひかえていやがるから、家康には近寄れねえが、舟橋を渡るときにゃ駕籠の左右にゃ、誰もおらねえ。きっと鉄楯を立てておるずら。そいつを撃ち抜かざあ——

佐助は十六匁玉筒に、遠町（遠距離射撃）に使うのと同量の強力な硝薬を装塡していた。弾丸は、鶏卵の白身を幾度も塗って乾燥させた、厚物撃ちと呼ばれる徹甲弾である。

——この弾丸を使ったなら、一分（約三ミリ）の鉄板でも撃ち抜いてやらあ——

佐助は雑木の枝葉から落ちてくる雨滴に身を濡らし、待っていた。

やがて、家康の行列があらわれた。先手の侍たちは、雨覆いをかけた鉄砲を持ち、雨天に用いるおはぐろ染めの輪火縄を肩にかけ、異変のあるときはただちに発砲できる態勢をととのえている。

駕籠の周囲は、佐助の予想していた通り、百騎ほどの侍が馬を進め、家康の輿が狙撃されないよう、厳重な警戒である。

服部半蔵の姿が、その中に見えた。彼は佐助のひそむ小高い辺りをしきりに眺めている。

——お前の術にゃ、負けねえら——

佐助は半蔵を睨みつけた。

家康の輿は、舟橋の前に着いた。

七

佐助はくさむらのなかに起きあがった。重い十六匁玉筒を抱えあげ、火皿に革の雨覆いをかけ、台尻を右頰にあて、目当（照準）をつける。

あぐらを組んだ姿勢から左膝を立て、銃身を支える左手の肱をそのうえに置く、膝台の構えをとる。

「おん、まり、しえい、そわか」

真言をとなえた佐助は、暗夜に霜の下りるように静かに引金をひく。雷のような発射音が野面を一撃し、遠方の山肌へ鞭のようにはねかえった。

「当った、当った」

佐助はこおどりして、大音声で叫びたてた。

「ただいま大御所を狙い奉りしは、真田安房守（昌幸）が家人、猿飛佐助なるぞ」

舟橋から引きおろした駕籠のまわりに群がる供侍たちは、佐助の声を聞くと馬首をたてなおし、彼のひそむ疎林へ殺到してきた。

――服部半蔵は、家康の傍から離れねえだらず。ほかの者が百人きても、佐助さまにゃ手も触れられねえだ。さて引き揚げざあ――

佐助は埋設した地雷火の導火をつけたのち、十六匁玉筒を担ぎ立ち去ってゆく。泥濘を踏んでゆく彼は足跡を残さない。濡れ紙一枚のうえを、破らずに渡れるほどに、体重を消す術を使っている。

突然、黒毛の巨大な犬が前途にあらわれ、吠えかかろうとした。佐助は見るなり、無形の神剣といわれるするどい気合いを、下腹の丹田から絞りだし放った。

犬はたちまち気絶し、横倒しになる。佐助はふりかえりもせず、去ってゆく。彼のひそんでいた高処にかけあがった騎馬武者たちは、足もとから突然噴きあがった地雷火の火柱に胆を奪われ、竿立ちになった馬から転げ落ちた。

服部半蔵組の数十人の忍びが、佐助のあとを追ったが、蟹走りで疾風のように遠ざかってゆく彼には、誰も追いつけなかった。

服部半蔵は家康の輿が銃撃されたとき、うしろに従っていた。佐助のひそむ小高い疎林の前には、小姓組の一団が馬を停め、警戒にあたっていたので、つい注意をそらせた。

輿のなかには佐助の予想通り、家康を狙撃から護るための鉄板が両脇に張られていたが、弾丸はその一方を打ち抜いていた。

「大殿さま、大殿さま」

半蔵は叫びつつ輿の戸をあける。周囲には徒侍が鉄楯をつらねている。血のにおいがしなかったので、半蔵は安堵した。家康は背板にもたれ気絶していた。ななめ右後から撃ちこまれた弾丸は、家康のこめかみを擦過し、左方の引戸にくいこんでいる。

家康は医師の手当をうけ、意識をとりもどしたが、こめかみから額にかけて脹れあがり、口をきくことさえ大儀な様子であった。

彼は気力を回復すると、半蔵に命じた。

「おのしは儂の横手へ付きて、橋を渡れ。渡りしのちは、舟橋をすべて切りはなせ」

「それにては、後に続く者どもが難渋いたしまするが」

「かまわぬ。かようの時には何事がおこるか分らぬものでやな。上杉が追いかけてくるやもしれぬだで。後よりくる者には、渡し船などをつかわすればよからあず」

至近弾をうけた家康は、怯えきっていた。

栗橋の舟橋が切られたので、家康本陣勢の旗本三万一千余人は、泥濘のうちに取り残された。

おびただしい数の人馬が、わずかな渡し舟で渡河の順番を待たねばならない。小身の旗本たちは雨中に夜営して、渡し舟を待たねばならなくなった。

家康が狙撃された事実は極秘とされたが、いつのまにか陣中に知れ渡った。

小山に在陣している秀忠は、真田昌幸、幸村を憎悪した。

「真田の奴輩がまたぞろ思いあがりし手向いをいたせしかや。いまに見よ。上田の旗は木っ端微塵といたしてやらあず」

秀忠は、文禄、慶長の朝鮮渡海の際には病床に就いており、出陣せず、当年二十二歳であるが、まだ初陣の経験がなかったので、はやりたっていた。

上田城の昌幸は、籠城の支度はととのえたが、西軍に属すると決めたのちも、甲信の地で動きをあらわそうとしていない。彼は天下の形勢がどのように変化するか、慎重にうかがっていた。

「こののち、上杉が佐竹とともに関東を攻めるかは、まだ分らねえだ。伊達、最上がどう出るか、堀と前田は家康に味方して動くか。小山出陣の大名衆が、妻子を大坂方へ人質にとられても、家康を裏切らぬか。また畿内、西国の人数が、毛利輝元と石田治部少の指図でいかにはたらくか。分らねえことばかりずら」

石田三成からは、美濃、伊勢、丹波へ出勢（しゅっせい）した西軍の優勢な戦況をつぎつぎと知らせてくる。

「私はしっかりと美濃を守っている。長束正家らは伊勢に在陣しており、この辺りへ家康ほどの者が十人攻め寄ってきても、討ち果すばかりである」

などと大言（たいげん）を記しているが、昌幸は、天下分け目の大戦の勝敗の行方がたやすく見きわめられるものではないと思っている。

東軍の勢力範囲は、東海道までは尾張清洲から東方は、西尾、岡崎、吉田、浜松、掛川、府中、沼津など、すべての地域に及んでいるが、美濃、伊勢では、東西の勢力がいりみだれていた。

東軍先鋒の福島正則、池田輝政らは、八月十四日に清洲に到着し、布陣した。美濃、伊勢では、諸所で小規模な戦闘がはじまっていた。

石田三成は大垣城で、西軍諸将の指揮にあたっている。

西軍の毛利秀元、長宗我部盛親、長束正家、鍋島勝茂らは、四万の大兵力で伊勢路の津、松坂などの敵城を攻め、九鬼嘉隆の水軍は、尾張、三河沿岸を焼討ちした。

清洲に集結していた福島正則ら東軍主力は、家康の来着を待っていたが、八月十九日に家康の使者村越茂助がきて、彼らに告げた。

「おのおのがたには、野陣(のじん)を張られ、ご苦労千万にござりまする。この地にて大殿（家康）さまがご出馬を、お待ちなされておられるところなれども、あい願わくばはやばやと合戦をはじめられ、徳川のお味方なることをあきらかになされたい。然らば、その戦いにたとえ利あらずとも、大殿さまはただちにご出馬あらんと存じまするが」

家康が江戸城を出馬しないのは、福島正則ら、秀吉恩顧の大名らが、豊臣政権の同僚である西軍諸将と対戦すれば、加俸、金品をもって誘われたときは、たやすく寝返るのではなかろうかと、疑っていたためである。

福島らは家康の要請に応じ、即座に行動をおこし、木曽川を渡河して岐阜城を攻めた。八月二十一日、福島正則のほか、加藤嘉明、細川忠興、黒田長政、藤堂高虎、田中吉政、蜂須賀家政らが岐阜城追手（おうて）へ押し寄せる。
搦手（からめて）からは池田輝政、浅野幸長、山内一豊、池田長吉らが攻めた。岐阜城には、織田信長の孫、織田秀信が六千五百の兵を率い、たてこもっていたが、二日間支えたのみでもろくも降伏した。

東軍は岐阜城を陥れたのち、西軍の前線基地である大垣城に迫った。

東軍に就いた真田信幸は、犬伏から退陣したのち、沼田城に帰って領内の警備を厳しくおこない、状況を江戸城の家康に報じた。家康は、八月二十一日、信幸に手落ちのない警備を褒める書状を送った。

つづいて八月二十三日、宇都宮在陣の秀忠から、つぎの書状が届いた。

「わざと啓せしめ候。よって二十四日この地罷り立ち候。小県（ちいさがた）（上田）あいはたらき候の条、その分心得られ候て、かの表へご出張あるべく候。なお大久保相模守、本多佐渡守申すべく候。恐々謹言。

八月廿三日　　秀忠（花押）」

秀忠は二十四日に宇都宮を発し、上田城攻略にむかうので、信幸も同地へ出陣せよという文面である。

信幸は八百人の手兵とともに、ただちに沼田城を出て、碓氷（うすい）峠で秀忠本隊を待った。

秀忠は、榊原康政、大久保忠隣、酒井家次、本多忠政、同正信、牧野康成、松平清匡ら三

万八千人を率い、二十四日朝、宇都宮を進発した。

兄の結城秀康は宇都宮の町はずれまで秀忠を見送った。二人は別れるとき草原のなかで、供も連れず馬を乗りむかわせ、しばらく何事か語りあっていた。

隊列を停めて待つ諸将は、兄弟が別れを惜しむ様を眺めていたが、二人が何事を話しあったのかは知らなかった。

秀康は年若い弟に、血気に逸るふるまいをいましめていた。

「おのしは小県の城を攻めるというが、あれには手をつけるでないぞ。攻めたればとて、労あって益なし。見捨てて参れ。美濃での合戦ではたらかねばならぬゆえ、小敵を相手にいたさぬが肝要だわ」

秀忠は兄の言葉に反発した。

「さようの仰せなれども、安房守（昌幸）には積年の面憎き所業のかさなりてござりますれば、このたびはあの小城をひと揉みに揉みつぶしてやりとうござりまする。先だっても、大殿さまを鉄砲で狙いしは真田の者とか。まずは一日、二日もあれば片づきましょう」

二人の言葉は、間近の野に伏せている猿飛佐助が、のこらず聞きとっていた。

八

九月朔日、真田信幸は碓氷峠で秀忠勢を迎え、二日、小諸に着いた。

江戸城の家康は、東軍が岐阜城を陥れたのち、石田三成が西軍本拠としている大垣城へ押し寄せるとの急報に接し、九月朔日、旗本三万一千余人を率い、美濃へむかった。彼は出陣の直前、信幸につぎの書状を送った。

「至急連絡をする。大垣城に治部少輔（石田三成）、島津惟新、宇喜多秀家、小西行長がたてこもっているので、取り巻き水攻めにするため、さっそく出馬する。坂戸へ敵が押し寄せてきたときは、油断なく加勢をしてもらいたい。飛脚にこの書状を持たせたのは、くれぐれもそのほうの力添えが必要なためであるので、こころえてもらいたい」

この書状が沼田城に届いたとき、信幸はすでに秀忠に従い、小諸に宿陣していた。家康は上杉勢が、越後の要衝坂戸城へ攻め寄せてきたとき、堀秀治の同勢と協力し、敵にあたってもらいたいと、彼に要請した。

秀忠が信幸を、上田城攻撃の先手に加え、昌幸、幸村を相手に骨肉あい食む白兵戦をおこなわせようとしているのを、家康は知らない。

昌幸、幸村は、小諸城に入った秀忠の動静を逐一偵知していた。猿飛佐助と、上方から戻った霧隠才蔵が、小諸城へ忍びいり、軍議の座にまぎれこみ、秀忠と幕僚たちの作戦方針を、ことごとく聞きとってくる。

秀忠はかねて家康から、上田城は小城ではあるが、真田昌幸は容易ならぬ敵であるので、手出しをしてはならないといましめられていたが、かえって功名心をつのらせた。

彼は宇都宮出陣の直前、尾張清洲付近に先着していた友軍の諸将への手紙に「信州真田表仕置のため、明二十四日出馬せしめ候」と明記した。

また、小諸着陣ののち、岐阜在陣の東軍浅野幸長、黒田長政、細川忠興、加藤嘉明、本多忠勝らに送った書状にも、同様の文言を記した。

「われらこと、真田表仕置として出陣せしめ候。この表、隙あきしだい上洛せしむべく候」

まず上田城を攻め、片づきしだい上洛するといっている。

佐助と才蔵は、二日の夜更けに、小諸の真田陣所へ忍びいり、信幸に会おうとした。信幸は城下はずれの寺に泊っていたが、座敷には妻の兄にあたる本多忠勝長男の忠政が、数人の幕僚たちといた。

彼らは燭台のゆらめく火明りをかこみ、協議していた。忠政は翌朝、信幸とともに秀忠の使者として、上田へおもむき、昌幸、幸村に降伏を勧告するのである。

「若旦那は、厄介な相手といるじゃねえか。酔わせてやらっちゃねえか」

「そうだらず」

佐助と才蔵は、真言をとなえ両手で印をむすぶ。

いままで信幸と話しあっていた忠政と幕僚たちの、様子が変ってきた。忠政がしきりにあくびをして、顔を手で撫でまわし、言葉の呂律が乱れてきた。

「これは面妖な、さきほどふるまわれし酒が、いま頃になって利いて参ったぞ。うむ、とても眼をあけてはおれぬ。ちとご無礼つかまつる」

忠政は畳に両手をつき、しばらく体を支えていたが、やがてたまりかねたようにくずれおれ、いびきをかきはじめた。

幕僚たちは、忠政より先に大の字に寝て熟睡していた。

「若旦那、また推参してごわす」

庭の闇から佐助と才蔵が姿をあらわす。

「これ、おのしどもが転合をいたしおったかや。この様を見れや。忠政殿は、ちと風邪をひいたか、鼻提灯を出しておるっちゃ。ところで、おのしどもは先刻承知であろうが、儂は明朝、秀忠さまのお使者として、忠政殿と連れだちて、父上と左衛門佐に降参をすすめにゆくのだが。父上は、ご一戦のお覚悟をおきめなされておられるずらい」

「そうでやす。寄せ手の御大将秀忠公には、降参せよと申し越され、うかと応じたなら、真田の一党を残らず殺すお積りだで、大旦那は十層倍の徳川の人数を相手に、有無の一戦を遂げなさるだ。若旦那には、それを承知のうえで、徳川方を化かして下されや」

「あい分ったぞ。父上に申しあげてくれい。寄せ手は、おのしどもも知ってのとおり、仲間割れいたしておるっちゃ。本多、大久保と榊原、牧野は、戦評定の座にても、刀を抜きあわさんばかりに口論いたしおるだ」

「あい分ってごわす」

「父上と左衛門佐ならば、これほどの大軍勢に取り抱えられようとも、粘り腰にてもちこたえられるだ。そうすりゃ、寄せ手は上田にいつまでも腰をおろしちゃいられねえ。きっと引き揚げていくだ」

信幸は、二人に秀忠勢の実状を打ちあけた。

秀忠の幕僚として参陣している本多正信は、美濃へ先発している信幸の義父、本多忠勝とちがって、戦場でのはたらきはすくない。大久保忠隣とともに、家康の股肱として敏腕をふるってきた行政官僚であった。

彼らは、野戦指揮官として武功を重ねてきた、榊原康政、牧野康成（やすなり）らと、作戦を立てるうえで常に意見が衝突した。

康政、康成らは、戦場での進退は果敢であるが、官僚派の正信、忠隣は実戦において決断力に欠けるきらいがあった。

信幸は霧隠才蔵にたずねた。

「上方勢はどうだ。治部少（石田三成）殿は、大勢の大名衆を、うまく差し繰りできる按配かや」

「そりゃ、うまくいかねえでごわす。大坂方の大名衆は、人数こそ多いが、内府のような戦（いくさ）巧者（ごうしゃ）はいねえから、皆首をすくめて様子をうかがうばかりでごわすよ。それに、内府はおっかねえほどの調略をしかけておりやすから、表向きは大坂方についていたっちゃ、本心の分らねえのが、いくらもおりやすよ。風向きしだいで、どっちにもなびくようなのがねえ。なんといっても、身代(しんだい)のかかった大博打だから、内府にゃ敵わねえでごわすよ」

大坂方の総大将毛利輝元は、大坂城西の丸に入り、豊臣秀頼を奉じていた。城を固める人数は、五万人に近い。

東軍の主力は、豊臣恩顧の大名であるので、家康にどれほど求められても、大坂城を攻めることはできない。彼らは秀頼を敵としているのではなく、秀吉のもとで威権をふるい、彼らを圧迫した石田三成ら官僚派を攻め滅ぼそうと西軍に戦いを挑むのである。

万一、西軍が野戦で敗北しても、毛利輝元が大坂城にたてこもっているかぎり、豊臣家が家康に屈服することはない。

それほどの利点があるにもかかわらず、西軍諸大名の足並みがそろわないのは、作戦の実権を握る三成を、信頼できないためであった。三成が野戦の経験を持たないことは、用兵指揮のうえで家康に埋めることのできない隔差をあけられている動かしがたい事実であった。

信幸はつぶやく。

「大坂方も、先のこと分らねえら。何事も、やってみざあ」

三日朝、信幸と本多忠政は、降伏勧告の使者として、上田へ出向いた。

昌幸は二人を城下の国分寺へ招き、二人の招降の口上を聞くと、恐縮の様子をあらわし、丁重に答えた。

「われらは、いまだ大坂方に加担したわけではござりませぬ。内府殿が会津ご征伐を、いわれなきことと存ぜしゆえ、当地へ引き籠りしばかりにて、秀忠公に敵対いたす所存はなし。さいわいご懇意なる忠政殿がおはからいにまかせ、城を明り渡すことにいたそうと存じまする」

本多忠政は、おおいによろこぶ。

信幸も、昌幸の口上を信じこむふりをして、ともに帰っていった。

翌朝、秀忠勢の軍使が一隊の軍兵を率い、上田城へ出向き、開城をうながした。ところが、前日とは様子がちがい、城の外曲輪に厳重に設けた鹿柴のなかには、鉄砲、弓をたずさえた軍兵が充満し、旗巻物がひるがえっている。

軍使が大声で開門を求めると、城中から侍大将が出てきて、昌幸の口上を伝えた。

「われらは亡き太閤さまがご厚恩の忘じがたく、この小城に籠り、秀忠公を相手に一戦いたし、討死にして名を後代にとどめたい。相手にとりて不足はなし。願わくば路次のついでに、当城をひと攻めなされたく存ずる」

昌幸が、前日に恭順の態度をあらわしたのは、城内の守備をなお固める必要があったためである。

秀忠は激怒した。

「いったんは降参するといいしに、たちまち変改いたすとは、表裏卑怯のふるまいもきわまったぞ。このうえは、ひと押しに押しやぶるべし」

彼は全軍を率い、山野を旗幟で埋め進撃して、上田城東方に十町ほどはなれた、染屋という高所に本陣を置いた。

徳川勢は、真田勢の奇襲に備え、篝火をさかんに焚き、夜を迎えた。

九

四日の夜、幸村は染屋の秀忠本陣に夜討ちを仕懸けるため、上田城の支城伊勢山城を出た。

「まずは誘いだしてやらにゃ、いけねえっぺや。今夜は、あやつらも待ちかまえておるら。まともに攻めはしねえさ。ちと驚かせてやらざあ」

幸村は五百余人の精兵を率い、裏道を辿って染屋の高所へ近づく。猿飛佐助と霧隠才蔵が斥候に出て、敵の哨兵のいる場所を巧みにはずしてゆく。

雑木の茂った崖縁に出た幸村は、あまりに間近に敵の将兵が野陣を張っているのを見て、おどろく。

徳川勢は、大兵力を恃み、気を許しているのであろう、天を焦がす篝火をかこみ、具足をはずし、酒を飲み笑いさざめいている。陣中であるため、さすがに大声を発する者はいないが、上田城にたてこもる小敵など、眼中にない様子である。

佐助と才蔵が闇中からあらわれた。

「敵は油断しておるだらず」

「そうでごわす。突きいって、引っ掻きまわしてやりやすか」

「いや、兄上の立場がある。はじめっから引っ掻きまわせば、手順の通りにゃいかねえだ」

「そうかっちゃ。それなら炮烙(ほうらく)火矢の二、三本もぶちこんで、引き揚げやすか」

「そうずらい。それもおもしれえ趣向だ」

佐助と才蔵は、爆薬と鉛玉のつまった銅球の柄をにぎり、口火を点じ、空中へ投げあげた。

炮烙火矢は敵勢の頭上へ落下し、地を震わす炸裂音とともに、蒼白の閃光を四方へひろげ、軍兵たちをなぎ倒した。

「これはなんだ。雷か」

驚き地に伏せる彼らをめがけ、三百挺の鉄砲が火を噴く。

狙いすました射撃は無駄玉もなく、轟音がおさまり硝煙がはれたあとには、死人、怪我人が折りかさなり、苦痛の呻きが湧いていた。幸村は馬をかえし、間道を伊勢山城へ戻ってゆく。

「信濃のお山んなかへ入ってくりゃ、四万の人数でこようと、なんにもならねえでごわすよ。ひと脅してやらざあ」

やがらもがらという、二間(約三・六四メートル)の樫の棒に鉄のとげを一面に植えつけた棒を担いだ、穴山小助があざ笑った。

幸村隊の殿をゆく佐助と才蔵は、敵勢が追撃してきた気配を察知すると、顔を見あわせる。

「この坂で、石を転がせてやれ」

「うむ、おまえが中間どもを指図して、やるがいいっちゃ」

才蔵は十人ほどの中間とともに、坂の横手の斜面へあがってゆく。そこには前日から支度した大石が積みあげてある。

「俺っちゃ、ちょっといたずらをしてみざあ」

佐助は道端に伏し、待っていた。彼には地に伝わる人馬の足音で、寄せてくるのがどれほどの数か、手にとるように分る。

――千ほどの人数だなあ。とっさによくまとまった数を出したもんだ。よっぽど用心しておるだっぺ――

佐助はやがて山道にあらわれた敵の先頭にたっているのが、秀忠旗本で武勇をうたわれた中山助六であると知って、いたずらをしかけた。

助六は磨ぎすました大身の槍を脇に抱え、馬を躍らせていたが、佐助が「えいっ」と気合いをかけると、槍が手から離れ、地面に転がった。

「これは不覚」

助六は、馬の脇を走る若党に槍を拾わせ、ふたたび先頭に出ようとしたが、またとり落した。

「はて、面妖じゃ。皆の者、用心いたせ。真田は忍びの者をはたらかせておるぞ」

佐助は助六の馬に飛び乗り、彼を羽交い絞めにした。

佐助の術力で抱きすくめられた助六は、骨が砕けるかと思える苦痛に、思わず悲鳴をあげた。

「これはたまらぬ。儂の背にとりつきおったる者を、退治いたせ」

助六はついに馬から転げ落ちる。彼の首筋には、佐助の鉄のような指先がくいこみ呼吸ができない。

「旦那さま、いかがなされたか」

若党たちは助六を扶けおこそうとするが、姿の見えない佐助がおさえつけているので、どうにもならない。

やがて佐助は手をはなし、姿をあらわす。

「おのしどもが主人は、儂が息を留めてやったのさ。活をいれてやりゃ、気がつくさ。命は取ってねえからな。これっぱかの猪武者なんぞは、生かそうと殺そうと、いつでも勝手にできらあ」

全身から燐光を放って立つ佐助は、瞬間に消えた。

「こりゃあ、肝をつぶしたぞ。あれが真田の飯綱（妖術）遣いか。なんとおそろしや。服部半蔵組を呼べ」

翌五日の早朝、秀忠は真田信幸に命じた。

「そのほう、伊勢山の城を我責めにいたし、今日のうちに落すべし」

信幸は七百余人の手兵を率い、伊勢山攻撃にむかった。

秀忠は、兄弟が血戦を展開することはあるまい、と見ていた。幸村は信幸と干戈を交えることなく、上田城へ退くであろう。

幸村は秀忠の推測した通り、はるかに兄の旌旗が近づいてくるのを望むと、部下に命じた。

「兄上が寄せて参らるるだ。上田へ引かっちゃねえか」

信幸は、秋色濃い故郷の山峡に照る朝陽を浴び、無人の伊勢山城へ入った。秀忠は早くも支城を奪取したのをよろこび、信幸にその守備を命じた。

「明日のうちには、上田の城を抜いてやらあず。小城ひとつ攻むるに、日数をかけておられようか」

六日の夜明けまえ、真田昌幸は足軽勢三百人ほどを率い、上田城下に充満した徳川勢の陣備えを偵察に出向いた。

「わざと間が抜けたるように、敵の目のまえに出てゆくがいいら。おびき寄せなきゃ、ならねえだ。鉄砲を撃ちかけられたら、われがちに逃げてみせるがいいら」

昌幸の足軽隊は密集隊形をとらず、散開して徳川勢の前面を横切ろうとした。

「あれに出て参りしは、真田の人数かや。撃ち払ってやらあず」

徳川勢先手、依田信守の部隊が、昌幸らをめがけ鉄砲を乱射しはじめた。

「さあ、逃げっぺや」

真田勢は、わざと倒（こ）けつ転（まろ）びつ、城門のほうへ逃げ走る。

「あれを追い討ちにいたせ。ひとりも逃がすな」

徳川の部将牧野康成の子忠成は、十八歳の初陣にのぞみ、気をはやらせ部下に下知した。

忠成らは土煙をあげ、真田足軽隊のあとを追う。

「この辺りでいいら」

馬上の昌幸は、森陰にひそむ味方の伏兵にむけ、采配を振ってみせた。

埋伏（まいふく）の兵三百人が、喊声（かんせい）をあげ牧野忠成隊に横槍を突きいれてゆく。城門へ逃げこもうとしていた足軽隊も、引きかえして牧野隊へ襲いかかった。

七、八百人の牧野隊は、二方から槍を入れられ、散々に打ちやぶられ、苦戦に陥った。忠成は必死に槍をふるい奮闘するが、馬を倒され徒立ちとなり、いまにも首級をとられかねない有様である。

秀忠麾下の旗本衆戸田重利、辻久正、御子神典膳、朝倉宣政、鎮目惟明らが、牧野隊を救うため、槍先をそろえ突撃した。

徳川諸隊は、いっせいに攻勢に出た。大久保忠隣、酒井家次、本多忠政らが先をあらそい、叫喚して押し寄せる。

城兵は数倍に及ぶ徳川勢の猛攻を支えかね、城門内へ逃げ入った。

城に戻った昌幸は櫓から戦況を眺めていたが、采配を頭上に押したて叫んだ。

「さあ、いまだぞ。花火をあげよ」

城内から合図の流星花火が打ちあげられた。染屋北方の虚空蔵山の麓から、真田の伏勢が湧くようにあらわれてくると、徳川秀忠本陣をめがけ、雨のように鉄砲を乱射しはじめた。腹にひびく物音は、百目玉、二百目玉の大筒の砲声である。

「ご本陣へ伏勢が押しかけるぞ」

徳川勢がたじろいだとき、大手門が左右へひらかれ、朱の地に白抜きの六連銭の旌旗を押したてた城兵二千余人が、ときの声をあげ徳川勢に襲いかかった。

先頭の騎馬武者数十騎が、叫喚して突きいると、徳川旗本衆は脆くも態勢を乱した。炮烙火矢が絶えまなく頭上で破裂し、散弾を噴水のようにそそぎかけるので、死傷者が続出し、乗馬が怯え逸走する。

城兵を指揮するのは幸村であった。

「かかれ、かかれ。一人もあまさず討って取れ」

幸村は潰走する敵を追撃し、先頭に出て槍をふるった。

秀忠は、濛々と砂煙のたつ戦場で、先手の兵が真田勢といり乱れつつ後退するのを見て、ただちに命じた。

「後備(あとぞなえ)を出せ。小敵に追いたてらるるとは見苦しや。一気に押し潰せ」

染屋に待機する後備が、動きはじめた。

十

秀忠本陣勢が旗差物をつらね、山野のゆらぐように前進してくると、昌幸は櫓から退(ひ)き貝を吹かせた。大、小、小、小と鳴りわたる法螺貝(ほらがい)の音を聞いた幸村は、百人足らずの騎馬武者を残し、城中へ退く。

正方形に、その半分を足した四半(しはん)という形の自分差物を背に負い、冑、面頬(めんぼお)に顔を覆った騎馬武者たちは、馬を御しつつ背を前に屈し、うなだれて秀忠勢を待つ。

たがいの距離が鉄砲の射程のうちにはいろうとしたとき、秀忠先陣の足軽隊が動きをとめた。鉄砲衆、弓衆の組頭たちが眼を疑い、おどろきの声をあげる。

彼らは大手門の前に横並びに馬首をそろえた真田の騎馬隊を見て、囮であろうと警戒していたので、鉄砲の集中射撃を浴びせようとした矢先であった。

百騎が左右にひろがり千騎になった。

「あれを見よ。いかなることじゃ」

千騎は一万騎、数万騎にふえ、千曲川の岸辺から山裾までの平地を埋め、秀忠勢をうわまわる人数となり、法螺貝の音は天地を震わせ、無数の陣鉦の響きは寄せ手の肺腑をついた。

やがて耳をつんざく鉄砲声が湧きおこり、硝煙が辺りにたちこめ宵闇のように暗くなった。秀忠勢の徒衆は地面に折り敷き、騎馬の者は下馬して身を伏せる。弓、鉄砲衆は狂ったように矢玉を放った。

彼らの戦意は萎えはてていた。これほどの大軍がどこからあらわれたのであろうかと、うろたえるばかりである。

染屋の高所から形勢を観望していた秀忠も、動転した。

「敵の馬乗りどもが、数も知れずあらわれしは面妖じゃ。いずれより集りしぞ。美濃の大坂方が、参りしか」

城下を埋め、鉄砲を放っていた敵影は、四、五十度呼吸をくりかえすうちに消えうせた。

大手門外の鹿柴の辺りには、一兵の姿もなかった。

「さては飯綱遣いめらに、たばかられしか」

寄せ手は猛りたって塀際に押し寄せる。

「それ撃てや。よき餌を食ってやらざあ」

城兵は鉄砲狭間から雨のように銃弾を放ち、寄せ手の人馬はなぎ倒される。

「引け、引け。このうえの我責めは、無駄に人馬を損ずるばかりじゃ」

秀忠勢は反撃の鉾先をかわされ、むなしく退陣していった。彼らが見た数万騎に及ぶ真田の騎馬武者の幻影は、猿飛佐助、霧隠才蔵が、念力によって無数の武者の姿を、一身多現の術によりあらわしたものであった。

百騎の武者たちのうちには、穴山小助、海野六郎、筧十蔵、根津甚八、三好清海入道、三好為三入道、望月六郎、由利鎌之助ら、豪勇の者どもがいた。

彼らは佐助らが一身多現の術を遣っているうちに、城下北方の林中に埋伏していた鉄砲隊を収容した。

無事に城中に戻った猛者どもは、口々にいう。

「せっかく徳川が腰抜けどもを目の前にしておきながら、太刀打ちもせず引き揚げるとは、なさけなや」

「こしらえた力瘤の、つかいみちがねえずら」

五十人力と自称する三好清海入道は、六尺五寸（約百九十五センチ）、三十八貫（約百四十二・五キロ）の巨体にみなぎる力をもてあますようであった。

「儂がこの十八貫の金棒に、血を吸わせねえで陣場から戻ったこたあ、ねえっぺや。ほんとに残念だべ。残念だべ」

出羽の国亀田城に拠って佐竹氏と戦い、敗れた三好衆の後裔である清海入道は、弟の為三入道とともに合戦に出てはすさまじい膂力をあらわす。

昌幸は彼らをなだめた。

「お前たちゃ、充分にはたらいておるっちゃ。この小城ひとつに秀忠の三万に近い人数が仕懸けて、何ともできねえじゃねえか。明日っからも楽しみだ。せいぜい足どめしてやらざあ」

秀忠勢はその日の合戦で、千人をこえる手負い死人を出した。

その夜の軍評定では、軍監の本多正信が、真田昌幸の駆けひきにより誘いだされた依田信守、牧野忠成らの軽挙をするどくなじり、秀忠に言上した。

「今朝よりの合戦取りあいにては、真田が手だてにたやすく乗りて、無益の深追いをいたせし依田殿、牧野殿。また戸田、辻、御子神、朝倉、中山、鎮目、太田らの旗本衆。さては大久保(忠隣)殿、酒井殿、本多(忠政)殿も、あまりに前後のわきまえなきご采配にて、あたら味方のつわものを数多く死なせしは、慮外の至りなり。いずれも軍令をまたず、功を焦りしたためなれば、御大将の御陣を乱せし罪は軽からず。軍律に則り、然るべきご成敗を願い奉りまする」

秀忠は正信の進言をいれ、猪突猛進して敗因を招いた者を、処分することにした。

牧野康成隊の旗奉行贄掃部、大久保忠隣隊の旗奉行杉原久勝は切腹を命じられた。

牧野康成と、七人の旗本は、上州吾妻郡へ流罪と決った。牧野は徳川家譜代の武将で、上州大胡二万石の領主である。彼は家康に従い各所に転戦した古つわもので、本多正信のいうがままに軍律違反者の処分がなされたことに、憤激した。

「軍律に悖りしおこないありしは、われらが手の者どもが、責めを受くるところにてはござりませぬ。それがしがすべての罪を負い、腹を切りまする」

秀忠は、康成の抗議を聞き、怒った。

「そのほうは、儂が仕置に不服なるか。さようの儀ならば、これまでの仕置にては納まらぬぞ」

康成は顔に朱をそそぎ、胸を張って答えた。

「それがしが五体は、もとより御大将に捧げしものなれば、煮るなり、焼くなり、ご存分に遊ばされよ」

あぐらをかき、腕を組み、瞑目して捨て身の姿勢をあらわす康成を、武将たちはかばおうとした。

本多正信は、おなじ官僚派である大久保忠隣の旗奉行を処断することで、公平な仕置をしたつもりであったが、歴戦の指揮官たちはそのままでは納まらなかった。

長篠合戦、小牧長久手合戦、小田原征伐などに参加し、数々の武功をたてた老将戸田左門が、しわがれ声を張りあげ言上する。

「おそれながら、ご軍律に背きしとは申せ、目のまえに敵のうろつくを眺めつつ、お下知あるまで指をくわえて見ておるごときは、合戦取りあいの場にて、ものの役にも立たざる弱卒にございましょう。上田のごとき小城より、当主昌幸が出できたるを、ひとひしぎにいたさんと躍りかかるは、侍の根性と申すものにて、お褒め遊ばされて然るべしと勘考つかまつりまするが。それがしは齢をかさね、当世風なる考えようを知らず。ただただ、この場のお仕置をば、ふしぎと存ずるばかりにございまする」

秀忠も、白髪をふるわせ抗議する老武者の言葉を、咎めるわけにもゆかなかった。

本多正信は、今後の作戦を中止し、美濃へ急行すべきであると説いた。

「おそれながら、お味方は大兵なれば、真田の者どもより手出しをすべき様もございませぬ。このうえは、小敵をかえりみず、片時も早う美濃、尾張へご発向遊ばされて、然るべしと存じまする」

戸田左門が進み出て、猛然と反撥する。

「若き殿が思召しを、とどめ奉るべきではござらぬ。内府公（家康）もさぞかし、上田の城を先に攻め落し、そののちにご発向あるものと、お考えあるに違いござらぬ。本多殿には、はばかりながら、われらほどに野戦というものをご存知なきゆえ、さようの思い切りの悪しきことを申されるのじゃ。ただただ攻めかかって然るべしと存じまする」

正信は、左門の発言を無視して秀忠に進言する。

「上田攻めは、大事のまえの小事なれば、是非にも城攻めはお取りやめ下されませ」

秀忠は、初陣を飾りたい思いをおさえかね、決断をためらった。

「いますこし、思慮ありて然るべしと存ずるなれば、面々も、その利害を計るがよかろう」

彼は、上田城攻めを続行するつもりであった。

翌七日、大久保隊の旗奉行杉原久勝は切腹し、七人の旗本は上州の配所へむかったが、牧野康成と贄掃部は夜のうちに脱走し、行方をくらませてしまった。

七日、八日の両日、秀忠勢は上田城に猛攻を加えたが、城門を閉ざした真田勢は的確な射撃を寄せ手に加える。

竹把（ちくは）、鉄楯で銃弾を防ぎつつ石垣に肉迫する徳川諸隊は、大鉄砲の嵐のような射撃をうけ、防具を吹きとばされ、屍の山を築いた。

態勢をたてなおそうと兵を引くと、どこからともなく数十人の真田の狙撃兵があらわれ、横あいから猛射を浴びせかけてくる。

追えばたちまち森陰、山麓に姿を隠し、行方をくらます。終日、執拗なゲリラ戦に悩まされ、いたずらに損耗をかさねた寄せ手は、日暮れとともに、陣中のいたるところに付け火をされ、馬繋（うまつな）ぎ場の柵をはずされ、軍馬が暴走する騒動で、眠るどころではない。

秀忠本陣の周囲は、大篝火を幾ヵ所にも焚き、真昼のような明るさであった。

十一

秀忠勢は、上田城攻囲にさらに三日をついやした。大兵を擁しながら威力を発揮できず、いたずらに日をかさねるばかりである。

山間の大気は朝夕には冷えこみ、霧が湧き出る。山峡からひろがって視野をとざす濃い霧は、寄せ手を脅やかす。

一間（約一・八二メートル）先がかろうじて見分けられるほどの、乳色の霧のなかから、不意に真田の一隊が槍先をつらねあらわれると、獅子奮迅のいきおいで徳川の陣中へ突きいってくる。

「それきたぞ。押し包んで討って取れ」

数をたのんだ秀忠勢の諸隊が、百人ほどの城兵を包囲し、全滅させようと攻めかけると、敵はいつのまにか霧のなかへ消えうせていた。

「どこからあらわれようとも、遅れるでないぞ。ふたたび仕懸けて参らば皆殺しじゃ」

諸隊の物頭たちが、弓、鉄砲勢に折敷かせ、槍衆に密集隊形をとらせ待ちかまえていると、敵はあらわれず、大鉄砲を乱射する物音がとどろきわたり、頭上から炮烙（ほうらく）火矢の散弾が降ってくる。

「これはたまらぬ。引け、引け」

手負い死人がふえるなか、退却をはじめると、霧のなかから銃弾が飛んできて、人馬が倒された。

夜になると、地の利をこころえた真田勢が猿のように敏捷に行動し、陣中に付け火をしかけ、馬を暴走させる。諸隊の士卒は、煙硝櫃（えんしょうびつ）に火を放たれるのをもっとも怖れていた。煙硝櫃、弾丸（たまだんす）簞笥に引火すれば、大爆発をおこし甚大な被害をうける。

戦況が膠着状態のまま十日の夕刻をむかえた。秀忠はついに小諸城へ退き、軍評定（いくさひょうじょう）をひらいた。

本多正信が、胸中の焦慮にせきたてられるように意見を申し述べる。

「大殿さまには、朔日に江戸をご出陣遊ばされしとのことにございますれば、このうえは一刻の猶予もなりがたく、ただちにご西上ありて然るべし」

家康西上の書状をたずさえた使者は、八月二十九日に江戸を出ていたが、途中の川が氾濫し、小諸に到着したのが九日深更であった。

家康が尾張、美濃へむかっていると聞かされた諸将は、上田城攻撃を断念した。秀忠は本多正信らの策をうけいれた。

「かようになりしうえは、いたしかたもない。上田の城には押えの人数を残し、明けの朝には総勢小諸を立ち、美濃へむかうといたそう」

秀忠は上田城外に森忠政、石川康長、仙石秀久らをとどめ、自らは本隊を率い、十一日早朝に小諸を発し、諏訪へむかった。

行軍径路について、榊原康政は中山道を進むことを主張した。

「諏訪へは和田峠を越える、中山道をとるべしと存じまする。いまは一刻をも惜しまねばならぬときなれば、真田の小勢ごときをはばかり、間道をとるがごときは無用にござりましょう」

小諸から下諏訪までは、途中二泊の行程である。和田峠は標高千五百三十一メートルの高所にあった。

本多正信は、万一前途に真田勢があらわれ、進路を妨害されてはならないと考え、中山道を避け、役の行者越えの間道をとるべきであるといい、康政と対立した。

康政は千数百の自隊を常に上田攻めの陣頭に置いていた慓悍な野戦の勇将である。

「真田の者どもを怖れ、美濃へ上着が遅れなば、一大事にござりまするぞ」

秀忠は康政の言葉に耳をかさず、間道をえらんだ。

康政は自隊を率い中山道を進み、何の障げもなく和田峠を越え、下諏訪で本隊を待った。

樹木繁茂した間道を歩む秀忠本隊は、歩み悩んだ。『真田記』にしるす。

「これによって秀忠公の諸勢、道もなき山をお通りありしゆえ、木の枝に槍の鞘をかけて、失いたる者多かりし」

役の行者越えの道沿いには人家もほとんどなく、士卒は炊飯の土鍋をさがすあてもなく、割れた擂鉢まで用いた。

上田には、仙石、石川、森の諸隊が布陣するほかに、甲府の浅野長政も岩村田まで兵を出し、昌幸父子と対峙していた。

森忠政は本隊が去ったのち、独力で上田城を陥れ、功名をあげようと、四千人の兵を率い、城壁に近づき、攻撃の態勢をあらわした。

昌幸はあざ笑った。

「あやつが虎の顎を触りたしとて、近づきおったずら。相手にいたすもおとなげなしと存ずれども、ほっとけねえ。目にもの見せてやるっちゃ」

秋の陽が西の峯に沈み、山野の暮色が濃くなってきた頃、猿飛佐助と霧隠才蔵は、森の陣中に忍び入り、備えをあらためて戻った。

「どうだ。森の備えは」

「まずは隙だらけにごわす。いずれからお取りかけなされようと、ようごわす」

「そうだらず。あやつの胆を冷やして見らっちゃねえか」

昌幸は四、五百人の兵を率い、闇にまぎれ上田城を出ると、岩鼻という集落付近へ迂回した。

佐助と才蔵は、森の陣中の様子をたしかめ、注進してくる。戌の五つ（午後八時）頃、二人は駆け戻ってきた。

「いま、忠政は、手燭を片手に兵粮をつかっておりやす」

森忠政は、いつ真田勢の夜襲をうけるかも知れないので、甲冑をつけたまま床几(しょうぎ)に腰かけ、左手に掲げた手燭の火光をたよりに、右手で箸をとり、夕餉をしたためていた。

彼は天地が闇に塗りつぶされると、陣中の各所に大篝火(かがりび)を焚き、真田勢の接近を見張らせているが、奇襲をうけるのを気づかい、戦々恐々としていた。

氷のような北風が頭上で口笛のような音をたて、かすかに地虫の声がする。陣中の兵士は弓、鉄砲、槍を身近に引き寄せ、物音を忍び、小声で言葉を交しあっていた。

昌幸は鉄砲衆百人を森隊の左手に、さらに百人をその退路沿いに置く。

「さあ、そろりといかっちゃねえか」

「あやつらの度胆を抜いてやらざあ。いくぞ」

真田勢は三方から同時にときの声をあげた。

昌幸は黒四方の旌旗(せいき)を押し立て、陣鉦、太鼓を打ち鳴らし、忠政本陣をめがけ馬を躍らせ襲いかかった。

不意におこった物音にうろたえた忠政の士卒は、旗差物を捨て、槍、鉄砲も遺棄したまま、松代城の方向へなだれるように潰走する。彼らにむかい、二百挺の鉄砲が火を噴いた。

「真田がうせおったか」

森忠政は眼をつりあげて叫ぶ。

「馬だ、馬曳け」

中間が曳いてきた馬に飛び乗った忠政は、そのまま全隊に下知することも忘れ、弾丸の乱れ飛ぶなか、必死に馬腹を蹴って退却した。

彼は動転していたので、手燭を左手に持ったまま馬を走らせ、二町余を過ぎてはじめて気づき、投げすてた。

翌朝、森の陣所には人影もなく、武具、旗幟が散乱していた。人馬の屍体も点々と転がっている。

森勢は、石川康長の二千五百余人と合流し、遠方から上田城の様子をうかがっていた。

「あやつらが押し寄せて参ったとて、なにほどのこともねえら。秀忠がいっちまったのは残念だが、いたしかたもねえずら。家康は上方へむかったというが、治部少らの進退が気がかりでならねえ。佐助と才蔵は、ひとっ走り美濃の様子を見てきてくれねえか」

「あい分ってごわす」

二人は十二日の夜半に、上田を立って美濃へむかった。一日に四十里を踏破する彼らが、美濃に到着するのは十四日の夜である。

二人は秀忠勢が役の行者越えの悪路に苦しみ、山中の梶原という在所で野営しているのを眺めつつ、追い越す。

「この様子じゃ、美濃へ着くのは、二十日頃になるっちゃ」

「その時分に着けりゃ、いいほうさ。家康はさぞ気をもんで待っておるら」

佐助と才蔵は走っているわけではないが、なみの人間が小走りにゆくほどの速力を常時保ち、途中で二刻（四時間）ほど野宿して睡るのみである。

彼らが口にするのは、木の実と清水であった。ほかに黒豆と貫裏、槐子という三種を粉にし、固めた丸薬を五、六粒服用する。歩きつつ毘沙門天の真言を誦していると、体はつねに爽快で疲労をまったく覚えなかった。

佐助たちは、美濃合渡の渡しにさしかかったとき、異変を知った。

「西のほうが騒がしいぞ」

「うむ、大勢集まってる様子じゃねえか」

「十万ほどか」

「そのうえだなあ。二十万ほどだらず」

「こりゃ、大坂方と家康方が、合戦をはじめるかも知れねえぞ」

「思いのほかに早え取りあいになるようだ」

二人は走りはじめた。

日は暮れはてていた。美濃の平坦な田畑のなかを、弦をはなれた矢のように駆けてゆく二人の頭上から、肌寒い秋雨が降りそそいだ。

十二

九月十四日の夕方、真田昌幸、幸村父子は、小諸城主仙石秀久、松代城主森秀政、松本城主石川康長の軍勢が、上田城を遠巻きに布陣しているのを、本丸の櫓から眺めていた。

「あの辺りに炊ぎの煙をたてている奴輩は、小敵だ。万に足らねえ人数を打ちやぶったところで、手柄にもならねえ。まずは佐助と才蔵の注進を待たざあ。そのうえで、越後へ押しいるか、上杉の人数と合力しあい、関八州へ乗りだすか、決めざあ。上杉が動くにゃ、早えほうがいいずら。十月になりゃ、国境いは雪が降るだんべ」

昌幸は、灰色の雲が垂れこめた、山脈のうえの空を眺める。

——親父殿は、気が急いてござるずら——

諸事に思慮がふかく、さし迫った難題について、ある考えにとりつかれているときも、まったくそぶりにもあらわさない昌幸の心中を、幸村は敏感に察した。

昌幸は家来たちには、終始前途の栄光を口にして励ました。

「こんど大坂方が勝ち戦となりゃ、儂は甲斐、信濃を領分として、六、七十万石の身代になるずらい。そうなりゃ、お前たちにも、いまの十層倍もの加増をしてやらざあ」

彼は、内心では事態を楽観していなかった。戦国乱世を生き抜いてきて、いまでは野戦の駆けひきにかけては天下随一といわれる家康が、生涯の運命を賭けての大博打を仕懸けるのである。

東西両軍が、二十万を超える大兵力を動かし行動している現状を見れば、戦いは勝敗いずれに決するにしても長びくであろうと、昌幸は推測した。

「大坂方に、家康ほどとはいわねえが、せめて蒲生飛騨（氏郷）ほどの器量の大物がひとりいりゃ、うまくまとまるっつら。なにしろ毛利、宇喜多と、豊臣の大老が二人も出勢しているし、ほかにも小早川、長宗我部など、大身代の者が幾人もいるから、治部少にゃ、手足のように動かせねえだ。まずは、三月、半年と取りあいをくりかえしたあげく、曖（和睦）となり、いったんは物別れとなるら。儂が動くのは、そののちのことずらい」

幸村がたずねた。

「いま、東方の人数は美濃を攻めてごわす。治部少殿は、お味方の備前中納言（宇喜多秀家）殿らと合力して、大垣城に入ってごわす。大垣に近い関ケ原にも、西方の人数が集まり、四万を超えておるとか。こののち東西がひと当ていたすならば、大垣あたりでごわすか」

昌幸はうなずく。

「それが、まず第一の眼目だらず。大垣の城を固める人数は、治部少のほか、宇喜多、小西、島津などと聞くが、それだけの大勢でたてこもりゃ、いかな家康も、とても手におえねえ。十万ほどの人数で攻めたところで、埒はあかねえさ。家康は、大垣は攻めねえだんべ。まっすぐ関ケ原から近江へいこうとしてみせるに違えねえら」

三十四歳の幸村には、老巧な昌幸の見通しが理解できる。

九月朔日に三万一千の旗本本陣勢を率い、江戸を出立した家康は、すでに美濃に着陣しているであろう。

彼は、大垣城を攻めるのが、わが墓穴を掘ることになると知っているにちがいない。若年の頃から戦場往来をかさね、必死の苦境を強運に扶けられて切り抜け、生きのびてきた家康は、城攻めがいかに困難であるかを体験している。

堅固な城郭を短期間に陥れるには、城兵の十倍の兵力を用いて強攻しなければならない。それでも、長引くことはありうる。水の手を断てば、三日のうちには陥れることができるが、大垣城は水源に恵まれていた。

西軍は、関ケ原にも四万ほどが集結しているので、大垣城を攻める東軍は、腹背に敵をうけることになり、城を落すどころか、壊滅の危機にさらされかねない。

家康には、大垣攻めでぐずついてはいられない理由が、いまひとつあった。彼は西軍の指揮系統を乱すため、しきりに調略をおこなっていたので、服部半蔵配下の忍者たちから、大垣城における石田三成らの軍議の内容を、逐一探知していた。

三成は、家康がもっとも怖れていることを、やろうとしていた。大坂城にいる西軍総大将、毛利輝元に急使をつかわし、秀頼を擁し大垣へ出陣するよう要請をくりかえしていたのである。

服部半蔵組の忍びたちは、三成が大坂城へ派遣した急使を途中で待ち伏せ、斬殺したので、大坂城との連絡はとれていない。

だが、大垣城に拠る西軍が東軍と合戦をはじめ、日数を重ねれば、家康の怖れる事態はかならずおこるにちがいなかった。

毛利輝元が幼君秀頼を奉じ、美濃に出陣すれば、西軍の士気はおおいにふるう。東軍戦闘部隊の主力である福島正則、池田輝政、加藤嘉明たち、豊臣恩顧の大名は秀頼が戦場に姿をあらわせば、弓矢を捨て、戦いをやめるであろう。

彼らにとって秀頼は主人であった。いま、家康の指揮下に西軍を攻撃しているのは、石田三成らを秀頼君側の奸として葬りたいためである。彼らは、家康を総指揮官として仰いではいるが、主人とは思っていない。

秀頼が戦場にあらわれたとき、東西両軍の均衡は破れ去る。家康はすみやかに関東へ帰国し、豊臣家との和睦の機をまつよりほかはなくなる。

昌幸は、このような事情を察していた。家康は大垣城をふりむきもせず、西上してゆく姿勢を見せ、三成を誘いだそうとするであろうと読む。

「治部少は、大荷駄、小荷駄をそろえたりするにゃ慣れているが、戦場じゃ脅しをかけられりゃ、すぐ震えあがって、相手の策に乗せられることになるだらず。家康は元亀三年（一五七二）の昔にゃ、三方ケ原へ信玄に誘いだされ、浜松城から駆け出て合戦したあげく、危うく死ぬところだったが、こんどは、信玄のはめ手を治部少につかってみせるに違えねえっちゃ」

昌幸は、暮れなずむ雪もよいの空に眼をやり、口をつぐんだ。

彼は、わが身代のすべてを賭け、西軍に属した選択が誤ったとは思っていなかった。今後の戦局は、いずれにしても西軍の有利に展開してゆくと見ている。

西軍随一といわれる猛将立花宗茂は、一万五千の部隊を指揮して、近江付近で作戦行動をしているはずであった。

また、宗茂に劣らない剛気の将である小野木公郷（きみさと）は、おなじく一万五千の兵を率い、丹後田辺城を攻めていた。

彼らが美濃へ参陣してくれれば、秀頼の出馬をまたず、東軍不利となることはあきらかである。

——治部少には、幾つもの打つ手があらあ。家康に大垣城からおびきだされ、野戦（のいくさ）に持ちこまれたとて、たやすくは負けねえずら。いよいよとなりゃ、大坂へ退きゃなんとかなるだ。あれにも、それほどの智恵はあるずらい——

昌幸、幸村が上田城本丸で、夕餉（ゆうげ）の膳にむかっていた頃、佐助と才蔵は大垣城外にむかい走っていた。

大垣城の北西一里余の赤坂という集落にさしかかると、おびただしい東軍の人馬が集結していた。雨松明をかざした人影が右往左往し、武装した戦闘部隊、小荷駄の列が、雨中に集結している。

彼らが野陣を張っていた場所には、人足たちがむらがり、陣小屋の解体を急いでいた。佐助たちは闇にまぎれ、彼らのあいだへ忍びいる。

雑踏する隊列のなかで、組頭たちが声を低め、部下の支度をせきたてていた。

「急げ、急げ。急がにゃ、遅れるだわ。大垣の奴輩は、間なしに城を出て関ケ原へ向って参るだがや。早う追駆けて仕懸けにゃ、戦の取りあいは、うまくいかぬだで」

佐助たちは顔を見あわす。

「これは、なんということずら。治部少さまは、城に籠っておりゃいいだに、家康にまどわされなすったかや」

「違えねえら。こりゃ、性急なことになったずら。佐助やん、見届けにいかざあ」

「うむ、思いのほかに早えことになったなあ」

二人は、つよまってきた雨脚を蓑笠に凌ぎ、大垣城へ走った。

西軍は、闇黒のなかで出陣支度を急いでいた。篝火、松明をつけず、物音をぬすんで動いている。

「馬の鼻を鳴らす音もしねえぞ。口を縛ってるだっぺえ」

「そうだらず。敵はもう知っているから、なんにもならねえだに」

佐助たちは、赤坂の東軍が西軍の動向を察知していると、石田三成に告げようとした。

出陣間際の闇黒のなかで、三成の幕僚を通じ、そのようなことを注進すれば、東軍のまわし者と見られるばかりである。

「隠形（おんぎょう）して、いかざあ」

二人は、隠形変身の術をもちい、石田三成の傍に近づいた。

床几に腰かけ、小姓たちに具足をつけさせていた三成は、突然耳もとに佐助の声を聞き、おどろいた様子であった。佐助はささやきかける。

「治部少さま、真田の猿飛佐助と、霧隠才蔵でごわす。ただいま上田から参ってごわすが、いま通りがけに赤坂の家康陣所をのぞきやしたら、あやつらも出勢支度をしておりやした」

十三

石田三成は、佐助に礼をいった。

「いつもながら、隠形（おんぎょう）にてのはたらきは見事じゃ。家康どもの動静を知らせてくれ、大儀なり。されば、あやつどもより先に関ケ原へ着到いたし、陣を固めねばならぬわい」

「このお城に籠っていなさるほうが、よかろうと存じやすが。家康が取り抱えたとて、これほどの大城をば、どうにもできねえでごわすよ」

三成は忙しい口調で、佐助にいう。

「そうもゆかぬ。やはり合戦の潮時をのがしてはならぬのだ。関ケ原で有無の一戦を遂げ、家康の首級をあげてみせるわ。佐助、才蔵、今日よりの取りあいを見届けしうえ、上田へ注進いたせ」

「こんなことを申しあげるのは、分際を超えておりやすが、治部少さまにお頼み申しやす。合戦取りあいは、相手に巻きこまれねえようになされて下されませ。日数を稼ぐうちにゃ、きっと順風が吹いてきやすから。家康はなかなかの巧者ゆえ、半日ほどの勝負に持ちこもうとするに違えねえでごわす。ぐずついてりゃ、勝ち目はねえんでごわすから」

「それは、おのしの意見か」

「うちの旦那に、ふだん聞かされてることでごわすよ。強え相手に仕懸けるにゃ、長陣に持ちこむのはいけねえ。一気に勝負を仕懸けて、相手がいやでも腰をあげてこなきゃならねえように誘う手しかねえと、申してごわす。家康は、昔信玄に散々仕懸けられたその手を、使おうと考えておるに違えねえと存じやす。くれぐれも、ゆるゆると仕懸けなさらにゃ、危のうごわすよ」

「佐助の申し条、胸にとどめておくぞ、両人とも、用心して関ケ原へ参るがよい。儂が陣所におりたいならば、さようにいたせ」

佐助は才蔵と顔を見あわせ、答えた。

「それじゃ。お伴させていただきやす」

石田隊六千余人が大垣城を出て関ケ原へむかったのは酉の下刻（午後七時）頃であった。馬の舌を縛り、炬火を燃やさず、闇黒のなかでの、ひそかな移動である。

雨脚がはげしさを増してきたので、地を踏む足音もまぎれた。

「これならば、敵に気づかれはせぬ」

馬上の三成は、東軍に先制攻撃を仕懸ける好機を手中にできると、よろこぶ。毛利秀元、吉川広家、長束正家、長宗我部盛親ら西軍約三万は、関ケ原の東南を扼する南宮山に布陣していた。

小早川秀秋隊一万六千余は、関ケ原西南の松尾山、大谷吉継は、平塚為広ら、幾つかの小部隊を傘下に置き、四千余の兵を率い松尾山麓の高所に待機している。

佐助と才蔵は、豪雨のなかを黙々と進む、石田隊の本陣旗本勢に加わっていた。

「こりゃ、寒かろうずら。人も馬も歩いてるから何とか凌げるが、朝方から戦がはじまりゃ、走らにゃならねえ。雨にびっしょり濡れて夜通し歩いて、夜があけりゃすぐ合戦になるだらず。くたびれるだに」

「うむ、家康方の人数は、岐阜城を落してから、随分旗色がよくなったようずらい。あやつらは、雨も苦にならねえら」

「やっぱり、家康は戦巧者だ。治部少さまを操ってきたからなあ。大坂方は、考えがばらばらで、纏まらねえから、関ケ原へゆくにも気が乗ってねえずら。このままでいきゃ、家康に一遍に突き崩されかねぬだらず」

関ケ原へむかう西軍は、石田隊を先頭に、島津惟新千五百人、小西行長六千人、宇喜多秀家一万八千人の諸隊が、豪雨のなかに隊列をつらねている。

前方には、南宮山東側の栗原山に布陣した長宗我部の陣営で焚く篝火が、わずかにまたたいているばかりである。

「島津は、気が乗らねえようだらず」

「宇喜多もそのようだ」

佐助と才蔵は、雨中を行進するうちに、列中の士卒の語らいを耳にして、士気が沈滞しているのを察した。

島津惟新は、戦歴において家康に比肩しうる豪勇をもって知られた老武者である。たまたま国元に重臣伊集院氏の叛乱があり、その後不穏の形勢がつづいているので、千五百人の兵を伴うのみであったが、彼が戦機を判断する能力は、石田三成よりはるかに勝っていた。

惟新は九月十四日の午の刻（正午）、家康が三万余の旗本勢を率い、赤坂に到着したのを知ると、ただちに家来に命じ、敵情を偵察させた。

物見の兵は戻って注進した。

「家康の家来は、疲れて甲冑を枕に寝ておっ奴輩も多く見え、旅をかさね、くたびれておっ様子にごあんそ。今夜、夜討ちを仕懸くれば、大勝ちいたし申す」

「よか、攻めかけて撫で斬ってやっがよか」

惟新は関ケ原へ陣を移すのをやめ、夜中に家康本陣へ急襲を仕懸けることにした。

彼はただちに甥の豊久を三成のもとへ出向かせ、申し出させた。

「関ケ原へ引いて、敵を待っよりゃ、いまこの城の人数だけで、今夜内府（家康）本陣へ斬込むのが、なおようごあんそ。御辺がよしとせば、俺どま先手に立ち申す」

宇喜多秀家は、惟新の意見に同調したが、三成は決断できず、ためらう。

野戦の経験をもたない彼には、乾坤一擲の大博打をうつ度胸がなかった。

三成の重臣、島左近がいった。

「およそ夜討ちは寡をもって衆にむかうの法にござる。敵よりも多き大兵を持ちながらに、寡兵に夜討ちを仕懸けしためしを聞きませぬ。明日の取りあいは、かならずわれらが勝ちとあいなれば、さようの奇手を用いずともよしと存じまするに」

島津の兵は小人数であるが、兵児野郎と呼ばれ、諸国に慓悍の名を知られた猛者がそろっている。

惟新は、石田三成が西軍総帥として、関ケ原で東軍を迎撃すれば、かならず敗北するであろうと予測していた。

松尾山の小早川秀秋、南宮山の吉川広家が、ともに家康に内通しているとの噂は、西軍内部にひろまっている。

野戦の名人といわれる家康は、石田三成の統率指揮の不手際による欠陥をつき、あらゆる手段を用い、攻撃をしかけてくるにちがいない。

三成は砲煙渦巻く戦場で、家康の手に乗って破滅の淵へひきずりこまれてゆくであろう。

野戦を避け、あくまでも敵の虚をつく奇襲により、一挙に家康を葬るべしというのが、惟新と宇喜多秀家の作戦であったが、島左近の反対で実行されなかった。

前途の読みのはやい惟新は、戦意を失っていた。

佐助たちは石田隊から離れ、後続の島津隊にまぎれこみ、薩摩隼人たちの私語を聞く。

「大殿さあは、今日は戦(ゆっさ)はいたさんと仰せじゃ」

「俺どま、治部少が戦の見物をしておっだけじゃ。手出しはせんぞ」

彼らは、戦うまえから勝負を投げている。

戦場にいて戦わず、東西決戦を見守ろうというのである。

佐助たちは語りあう。

「こりゃ、いけねえだ。島津を怒らせちゃ、合戦はうまくいかねえずら。やっぱり大旦那(昌幸)のいう通り、治部少さまは家康にひきずりまわされっぺや」

「まあ、合戦取りあいは、やってみなきゃ分らねえだらず。なにしろ、関ケ原の高え所は、どこもかしこも大坂方が押えているから、東方もたやすくは仕懸けられねえっぺや」

「そりゃ、そうだ。いま先を急いでいるのも、あとからくる東方を眼下に見下して、取りあいをしたいからだ。高え所にいりゃ、低い所の敵にゃ、七分通り勝てたようなものだらず」

石田三成は、関ケ原へむかう途中、長束正家、小早川秀秋の陣所へ立ち寄り、合戦がはじまれば、烽火(のろし)を合図に東軍を腹背から攻撃する手筈をきめた。

中山道を西上した石田隊は十五日の子(ね)の下刻（午前一時）頃、関ケ原西端に近い小関村北方の笹尾山という小高い丘に本陣を置いた。

付近は小松が生えているが、見通しはよい。東西およそ二十町（約二・二キロ）、南北およそ十八町（約一・九八キロ）の関ケ原を眼下に眺め渡すことができる。

笹尾山の右手には、織田信高、伊藤盛正、岸田忠氏、秀頼直属の黄母衣(きほろ)衆が布陣する。左前方には、島左近、蒲生郷舎が二重の木柵を構え、弓衆、足軽鉄砲隊を置いた。

島津隊は一刻半（三時間）ほど遅れ、石田陣所の右手一町半ほどの小池村に到着し、全隊を四段に分け、北国街道を遮断する態勢をととのえる。

「島津は遅かったぞ。やる気がねえずら。戦をやらねえで、意地を通すつもりだな」

「うむ、難儀なことになったじゃねえか。ほれ、島津のあとに、小西と宇喜多がやってきたずら」

二人は東方の山峡にむかい、耳をすませる。

「宇喜多のうしろに、人馬の物音がつづいてらあ。東方の奴らがもうきたっつら。こりゃ、辺りが明るくなりゃ、すぐ合戦だ。やっぱり治部少さまは、家康に引きこまれらあ」

夜があけてくると、一間先も見分けられない霧が、朦々とたちこめていた。

「さあ、俺たちゃ物見をせざあ」

佐助と才蔵は、濃霧のただなかへ駆けいっていった。

九度山

一

慶長五年（一六〇〇）九月十五日の辰の上刻（午前八時）から関ケ原で激突した東軍・西軍の決戦は、西軍の小早川秀秋、吉川広家の裏切りにより、未の上刻（午後二時）頃に勝敗が決した。

大敗した西軍は敗走し、諸将のうち石田三成、小西行長は伊吹山中で捕縛された。二人は京都で捕えられた安国寺恵瓊とともに、十月朔日、京都六条河原で斬られ、三条大橋際に首をさらされた。

家康は西軍総帥毛利輝元を、その領国のすべてを現状通り保有してよいという甘言でだまし、大坂城を開城させた。

大坂城にはいった家康は、東軍諸将の関ケ原合戦での勲功に対し、論功行賞を与えるいっぽう、西軍大名の所領の取りつぶしをおこなう。

西軍大名八十八家の所領四百十六万千余石は、すべて没収された。毛利輝元はかろうじて改易をまぬかれたが、禄高は百二十万五千石から三十六万九千石に減封。

上杉景勝も会津百二十万石の所領を奪われ、米沢三十万石に減封された。

上田城の真田昌幸、幸村父子は、西軍敗北ののちも城頭に六連銭の旗幟をひるがえし、徳川方の開城要求をはねつけていた。

「かようの小城ひとつなれども、天下のつわものどもを迎えて一戦いたさば、武士の面目このうえもなし。はやばやとお取りかけなされよ」

徳川の軍使に、まったく帰服の色をあらわさず、追いかえす。

秀忠本軍三万八千人が関ケ原合戦に遅参したことは、徳川家の戦歴に汚点をのこす事件であった。

徳川戦闘部隊の主力が、十日ほども遅れたのは、上田城にたてこもった真田昌幸父子が健闘したためであれば、家康の憤怒がむけられて当然である。

家康の目にもとまらないほどの、信濃の小大名が、徳川主力の攻撃をはねかえしたのである。

——真田安房（あわ）（昌幸）めは、当家に対し二度までも、からき目にあわせおった。このうえは鋸挽きにしても殺してやらねば、気が納まらぬだがや――

家康は、昌幸、幸村を極刑に処するつもりであった。秀忠の遅参は、天下の嘲罵をうけてもやむをえない、大失態である。

家康の不興がひとどおりではなかったので、近臣本多正純は言上した。

「このたびのことは、中納言（秀忠）さまの傍にお仕えいたせし、わが父正信の責めを負うべきことにございますれば、私にお預け下されませ」

「おのしが預かりて何といたす」

「されば、父をわが手にかけしのちに、私も腹をいたし、お詫び申しあげまする」

家康は正純の思いつめた志を聞き、ようやく怒りをやわらげた。

このような情況のなかで、真田信幸は舅の本多忠勝に、父と弟の命を救ってほしいと嘆願した。いまのうちに頼みこまねば、世情がおちついたのちには、助命の願いをうけいれられる可能性はなくなってしまう。

忠勝はためらった。

「いま、大殿が西方に与せし大名のうちで、いっち憎んでござるのは、おのしの父と弟だわ。それを助命してもらいたしとは、いかな儂とて申しあげにくいのだで」

信幸はひきさがらなかった。

「このたびの戦にて、私が頂戴いたすご加恩などは、すべて返上つかまつりまするほどに、なにとぞ助命の儀をお聞き届け下されたく、伏して願いあげまする」

「大殿が上田城を攻め滅ぼしにかからば、いかなることとなろうかや」

「かねて武辺を重んずるなれば、たとえ数万の人数をさしむけられしとて、軍門に降る者にてはございませぬ。されば、天下の動静はいまだおさまらず。東の佐竹、上杉、西の毛利、長宗我部らが呼応いたし、再度の戦をはじむることになるやも知れませぬ」

信幸は、忠勝に哀訴するばかりではなく、今後の動向しだいでは、昌幸父子が、ふたたび天下に動乱をひきおこす引金の役割りを、うけもつかも知れないと、暗に恫喝した。

忠勝にも、そのような事情は分っている。彼は娘婿のためにはたらいてやろうと思い、朋友の井伊直政に相談をもちかけた。

直政は、はじめはとりあわなかった。

「なんと、真田父子の助命かや。それは天地がさかしまになりしとて、どうにもならぬだわ」

忠勝は、信幸にいわれた通り、直政に今後の懸念を語った。

「おのしも存ずるように、真田安房（昌幸）というは、とてもひとすじ縄では参らぬ戦巧者だで。こやつが上田にたてこもり、天下の兵をひき寄せ、長陣を強うるごとき進退をいたさば、またぞろ上杉、佐竹、毛利が、西方の残党を誘い、天下大乱をひきおこしかねぬであろうがや。それを思わば、安房父子のごときを助命いたすは、軽きことよ」

直政も、そういわれてみれば、不安の思いがこみあげてくる。せっかく拾った関ケ原勝利の大運が、水泡のように消えてしまいかねない前途の転開も、充分考えうる。

「あい分った。その儀は大殿のご機嫌よき日を見はからい、申しあげてみるといたすだでなん」

直政は、家康が十月末の朝、堺町衆に謁見を許し、おびただしい献上品を満足げに眺めているときをえらび、申し出た。

「大殿さまに、折りいってのお頼みごとがござりまするに」

「何事かや」

家康は笑みをふくんで聞く。

「実を申さば、いまだ信濃上田の城にたてこもりたる、真田安房守父子のことにござりまする」

家康の眼差しが、険しくなった。

「なんと、昌幸がことならば、死罪を申しつくるに決っておるだわ。鋸挽きか、火炙り(あぶ)にでもしてやりたきところだがのん」

「されば、忠勝が婿の伊豆守（信幸）が嘆きは、ひとかたならず。わが身に替えても、父と弟の一命をお救い給わりたしと、ひたすら願うておりまする」

家康は憤怒に顔を染め、座を立とうとした。

「兵部（直政）は、いつから気が触れしぞ。さようの儀は、聞く耳持たぬ」

直政は奥へ入ろうとする家康の袂をつかみ、大音に言上する。

「大殿、よくよくご思案召されよ。この儀あい叶わざるときは、伊豆守（信幸）は切腹つかまつりまする。さあらば、かわゆき婿を失いし中書（忠勝）もまた、体を潰すに相違ござりませぬ。中書が身上を果し候えば、われらばかりにて、何の顔あって世に立ちまわれましようや。いまの世に、中書とそれがしとおらぬようになれば、おそらくは天下も危うくなりますするだわ。なにとぞ、ご赦免の旨を申し聞かせられとうござる。さように思し召し下されれ」

家康は、強引な直政の要請を、ことわることもなく、黙って奥殿へ入った。

直政は退出して忠勝、信幸のもとへ出向き、家康に懇願し、しりぞけられなかったことを告げた。

「大殿さまには、一言も、ならぬとは仰せられなんだゆえ、安房守（昌幸）、左衛門佐（幸村）の命は、伊豆守（信幸）が忠義に免じお許し下されると、あい定まりしだわ。このうえは、早速お礼に参上いたすがよからあず」

忠勝、信幸は翌日家康に謁し、お礼を言上した。

「このたびは、安房守父子ご赦免下され、ご寛恕のほどかたじけなく、お情は生涯忘却つかまつりませぬ」

「うむ、すべては伊豆守が忠孝の実儀なるによることだわ。こののちも、あいはげむがよい」

家康は、昌幸父子の助命を認めざるをえない。

彼は、昌幸が今後あくまでも敵対すれば、動揺する世情がふたたび混乱にむかうとの懸念を、直政からひそかに耳うちされ、了解したのである。

直政は家康にいった。

「いったんは、伊豆守が孝心を賞でて、安房守父子を赦免いたし、どこぞの配所へ流す路次にて、半蔵組の者どもを使い、仕物（謀殺）にかけてもよしと存じまするに」

「それもよき手だわ」

家康は、うなずいた。

十一月上旬、真田昌幸は家康の降伏勧告の使者を上田城に迎えた。降伏の条件は、城をあけわたし、高野山へ蟄居するのである。

「なんと申す。弓矢とる身が、徳川家と一矢も交えざるまま、高野に逼塞して坊主になれとかや。ここは、先祖が墓のある地なれば、たやすくは動けぬずら」

昌幸は、使者の申し出をうけつけなかった。使者は、いった。

「御辺と左衛門佐殿が、高野山へ入らるるかわりに、伊豆守（信幸）殿には、かねてご支配の沼田三万石に上田三万八千石、さらに加増三万石にて、九万八千石を与えられまするぞ」

昌幸は腕を組み、しばらく瞑目していたが、やがて答えた。

「信幸加増の儀は重畳（ちょうじょう）じゃ。われらはお指図のごとく、高野山へのぼるでござろうよ」

二

慶長五年（一六〇〇）十二月十三日、昌幸、幸村は降雪のなか、上田をはなれ、高野山にむかうこととなった。

昌幸は単身で配所へおもむく。幸村は妻とすえ、いち、うめの三人の娘をともなっている。沼田から出向いた信幸が、父と弟の出立を見送った。

昌幸は輿（こし）に乗るとき、上田に残る妻をふりかえり、声をかけた。

「これより配所へ参る。息災に過ごしおれ。運あらば、また帰ることもあるずらい」

城を見あげる昌幸の眼に、涙が浮かんだ。

「儂は家康をこんな目にあわせざあと思うていたに、わが身が流されるずら。なんと情ねえことだんべえ」

彼は信幸にいう。

「徳川の人数を、二度追いはらってやったこの城も、こんどはぶっ潰されるだら」

信幸も涙をぬぐった。

「さようにごわす。上田の城は曲輪の構えも大にして、堅固に過ぐる構えなりとて、なかばを破却いたすべしとの、内府公のお指図があってごわす」

「うむ、真田の家に仕うる侍どもは多きうえに、沼田より移り住む者が加わらば、山下の町はさぞ狭かろう。いまさら、何を申すも仕方もなし。おのしが上田の主になるを、よろこばにゃいけねえ。そうだらず」

信幸をはじめ、一家衆、家来たちが見送るなか、昌幸は輿の扉を閉めた。

馬上の幸村は簑笠に雪を凌ぎ、馬を歩ませてゆく。

「ご無事でおいでなんし」

「また、お帰りなさってくんなせ」

家来たちは、遠ざかってゆく一行を城下のはずれまで見送り、手を振って別れを惜しんだ。

昌幸父子に従うのは、池田長門、原出羽、高梨内記、小山田治左衛門ら、十六人の近臣である。

信幸は、二百人の兵に護衛させようとしたが、昌幸はことわった。

「そんなことをすりゃ、家康に難癖をつけられるだ。おのしまでが謀叛したなどといわれりゃ、真田の家も断絶ずらい。儂らは流罪人だっぺえ。尾羽うちからした者の命を、狙う者もいねえずら」

昌幸の行列が、降りしきる雪のなかへ消えていって間もなく、旅支度の男たちが信幸のまえに集まった。

猿飛佐助、霧隠才蔵、穴山小助、海野六郎、三好為三入道、同清海入道、望月六郎ら、剛勇を知られた昌幸の家来である。

信幸は彼らに頼んだ。

「父上は、内府公に憎まれておられるだ。高野山へお着きなされるまでにゃ、お命を狙われたとて、ふしぎじゃねえら。お前たちゃ、おあとについて、お護りしてくれい」

佐助が答えた。

「あいわかってごわす。大旦那さまと左衛門佐（さえもんのすけ）（幸村）さまは、かならずご無事に高野山へお送りいたしやす」

佐助たちは、まもなく昌幸、幸村のあとを追っていった。

昌幸一行は中仙道を西へむかい、近江番場宿から磨針（すりはり）峠にさしかかった。

「あれに湖水が見えるだ。琵琶湖だんべ」

「この辺りまでくりゃ、陽射しの色が違ってくるら」

昌幸は輿をとめさせ、鏡のようになめらかな湖面が、冬陽をうけ白光をたたえているのを眺める。

石田三成が捕われたのち、京都へ送られたであろう街道を西へむかう昌幸は、感慨をこめ、はるかな比叡の辺りの山なみに眼を移した。

昌幸一行から、二町ほど遅れてあとを追っていた猿飛佐助と霧隠才蔵は、大磨針峠に近い坂道で、雪催いの空を飛んでゆく二羽の鳥の啼き声を聞き、足をとめた。

二人は、鳥の啼きかわす声を聞けば、何を話しているかが分る。一羽がいった。

「この先の谷あいに、大勢の人間がいるぞ」

「そうだ。食いものがある」

飛び去ってゆく鳥たちは、行手の谷間に、敵が待ち伏せしているのを教えてくれた。

佐助と才蔵は、同行している穴山小助たちにいう。

「俺たちゃ、先へいくずら」

「なんぞおこったか」

「伏勢がいると鳥がいうから、いかざあ」

三好清海入道が、鉄棒を担ぎなおした。

「なんだべ。大旦那がたが危ねえのか。それなら、いくべえ」

佐助は押しとどめた。

「まだ早えだらず。俺たちが合図の鉄砲撃つまでは、動かねでいいら」

「伏勢がいるなら、お前たち二人でどうにもなんねえべ。どうするべえ」

穴山小助もいった。

「そうだ、俺たちも行くべえ。埋伏している奴輩は、撫で斬りにしてやらざあ。何条お前たちだけでいくだ」

　佐助が答える。

「うむ、それについては若旦那（信幸）さまからお指図を受けているだ。もし埋伏している曲者に出会うとも、なるべくは殺さねえで追い払えとな。どうせ内府のまわし者に違えねえから、荒立てねえほうがいいってな」

「そうか、そんなことだったか。それじゃ、いくがいい。仕損ずるじゃねえど。相手は服部半蔵かも知れねえからな」

　佐助の眼差しがするどくなった。

「おおかた半蔵じゃねえずらい。あれほどの上忍となりゃ、いかにも隠れ忍ぶに格好な山中などじゃ、しかけてこねえだ、まずは手下どもに違えねえだらず」

　清海入道がたずねる。

「何にしても、大勢いるのをお前たちで追い払えるかね。かえってやられねえか」

「ここで説法している暇はねえが、万物同元、変成功徳の加持法ってものがあるだ。その法を念じりゃ、土を水や人にもできるずらい。榎法然という言葉を知らねえか。木仏に功徳、霊験がこもって、法然上人さまのような功力をあらわすことをいうだ。木でこしらえた毘沙門天が、にわかに太刀をふりまわして悪人を斬ったという昔話を、聞かねえか。そんな事あ、人間の小っせえ了簡じゃ分らねえが、宇宙の大霊のあらわしなさるには、そのくらいは何でもねえ。俺たちゃ大霊のお力を、ちっとんべえお借りするだけだ。埋伏している奴らを、追い払うぐらいは、わけもねえだ」

「それじゃ、俺たちゃ大旦那と左衛門佐さまを、いつでもお助けにいける支度をして、待っているっぺや」

清海入道は、ようやく納得した。

彼は佐助と才蔵の術力を、しばしば眼のあたりにしていたのに、いまだに忍びの技を頼りがたいものと思っている。彼には使いなれた鉄棒が、もっとも頼れる味方であった。

佐助と才蔵は、道の脇を蟹走りで風のように通り過ぎてゆく。街道の左右に生い茂っている老杉の樹間を伝う、木隠れという走法をとるので、昌幸一行は、二人が追い抜いてゆくのを、まったく気づかない。

佐助たちは、昌幸、幸村に先行して小さな峠を越え、ゆるやかな傾斜を下りてゆく。

彼らは、服部半蔵が待ちかまえていたとしても、容易に気づかれないほど、動きの気配を完全に消していた。

常人の十四倍あるといわれる、忍者の聴覚にとらえられないためには、身のはこびを浮塵のように重量のないものにしなければならない。

香取神道流を創始した剣聖飯篠長威斎は、「熊笹の教え」で凶暴な武者修行者を諭したといわれる。

長享、延徳（一四八七—一四九一）の昔、天下にならびない剣の遣い手であった長威斎は、死を覚悟で彼に試合を挑んでくる廻国修行者に悩まされていた。

諸国を流浪し武者修行をする若者たちは、長威斎を倒せばたちまち名声を得るので、いちかばちかの真剣勝負を望むのである。

長威斎は餓狼のような若者と立ちあい、傷つけ、死なせるのを避けようとした。彼は試合を所望する武芸者がたずねてくると、まず裏庭に案内した。

庭には熊笹が茂っている。

長威斎は一枚の莚を、密生した熊笹のうえに投げ、そのうえに坐り、あぐらを組む。熊笹は曲りも折れもせず、長威斎を乗せたまま、まっすぐ立っている。

真剣勝負を求めてきた若者たちは、眼を疑い、度肝をぬかれて蒼惶と立ち去っていった。長威斎を、人力では到底対抗できない妖術つかいと思ったのである（現在も、飯篠家の庭前には熊笹が生い茂っている）。

佐助たちも、体重を消す術を会得しており、濡れ紙のうえを歩くことができた。

「あそこにいたっちゃ」

「うむ、鉄砲放が、三十人ほどずら」

二人は五町（約五百五十メートル）先の人影をすばやく数えた。

「忍びも、五人いるずらい」

「ありゃあ、下忍だ。おおかた半蔵組の同心だんべえ。あれほどの奴輩にゃ、岩石流しでやらっちゃねえか」

「それでいいずら」

岩石流しとは、水の気配もない崖のうえから、突然岩石を押し流す激流を出現させることであった。

二人は、敵に近づくと、隠形の真言をとなえ、姿を消した。

三

佐助と才蔵は、昌幸、幸村一行を待ち伏せている男たちのいる窪地を見下しつつ、その背後の高処へ、鳥の飛び移るような迅速な足取りで登った。

二人の足下には、鉄砲放と忍者ら三十数人が、近づいてくる昌幸の行列に奇襲をしかけようと、待ちかまえている。

「さあ、一刻も早く、やらざあ」

佐助たちは合掌し、両手の中指と親指で輪をつくる、大金剛輪の印をむすび、「おん、まり、しえい、そわか」とくりかえし真言を唱えつつ、しだいに無我の境地にはいってゆく。

窪地にいた五人の忍者は、すでに異変に気づいていた。全身が痺れるほどに、佐助たちの術力に感応している。

「これはおかしなことだ。どこぞへ忍びの者がきておるのか」

彼らは懸命に周囲を見まわすが、沢から吹きのぼる風に、樹々の葉裏がひるがえるばかりである。

「用心いたせ。何事がおこるや、はかり知れぬぞ」

「真田は修験者を養いおるとか。よほど手ごわき奴輩か」

彼らは辺りを見まわすうち、いつのまにか佐助たちの術中に陥っていた。

「あれは何じゃ。何ぞ動いておるではないか」

背後の断崖の頂きに、物の動く気配があるのを感じた忍者たちは、仰ぎ見て岩と樹木のあいだに土色のもののあらわれるのを見た。

「鹿か兎か。いや、さようなものではない。もっと怪しげなる生き物だ」

彼らは眼をこらすうち、たちまち動転して金切り声をあげた。

「水だ、水が落ちてくるぞ。逃げろ」

鉄砲放たちは、銃身に弾丸硝薬を装塡し、輪火縄に火を点し、狙撃の体勢をととのえていたが、頭上から岩石を押し流し、はね飛ばしてくる、泥水を見て、顔色を失った。

二十間ほどの高所から瀑布となって、天地を鳴りどよもし、押し寄せてくる泥流は、いくつもの頭を持つ大蛇のように、起伏しつつ樹木をなぎ倒し、水泡を湧きたたせ迫ってきた。

「うむ、もうだめだ。間にあわぬぞ」

「助けてくれえ」

五人の忍者は、鉄砲放たちを助ける余裕もなく、泥水に呑まれ、幾度も岩角に身を叩きつけられ、意識を失った。

佐助と才蔵は、家康のまわし者であろう曲者たちが、二人の術力でつくりだした泥流に溺れ、気を失ったのを眺め、顔を見あわす。

「あれを見れや。しばらくは気がつかねえっちゃ」

「そうずらい。まあいいだんべ。さあ、いくべえ」

二人は、街道沿いの杉並木のかげにうずくまり、昌幸、幸村一行が通りかかるのを待つ。

昌幸たちが通り過ぎたのち、穴山小助らがやってきた。佐助、才蔵は姿をあらわす。

「おう、佐助やんか。曲者はどうしたっぺか」

三好清海入道がたずねる。

「いま頃は、死んだつもりで、おるっつら」

佐助は窪地のほうを、顎(あご)で示した。

清海入道は、眼をこらし眺めておどろく。

「ありゃ、皆死んでおるんでねえべか」

「いや、あやつどもは水に溺れて死んだつもりでいる。しばらくたてば、われにかえるだ」

「おそろしいものだわい。忍術の力で、あんなこともできるのか」

清海入道は、しばらく言葉もなく眺めるばかりであった。

「さあ、いかざあ」

穴山小助が促し、入道はようやく鉄棒を担ぎなおし、為三入道とともに、昌幸一行のあとを追った。

残雪のうえで悶絶していた曲者たちが、意識をとりもどしたのは、小半刻(三十分)ほどのちであった。

彼らは眼をあけ、辺りを見まわし、やがて起きあがる。生きていることが信じられず、頬を叩いてみる。

「大水に呑みこまれたはずだが、まだ生きておるのか。ここは冥途ではないか」

「いや、さっきまでいた所に違いないぞ」

「しかし、ふしぎではないか。辺りに水の流れた跡もないし、われらの装束も、まったく濡れておらぬ」

「鼻や口から泥水を吸いこみ、息が詰って死んだのは、夢であったか」

「真田には、忍びの達者がいると聞いたが、そやつどもに術をかけられたか」

忍者たちは顔を見あわせ、身震いをした。

彼らは忍術鍛錬を積み、線香の灰が落ちるときの、わずかな音を聞くことができる。蝿の飛ぶ音を聞きわけるなどは、たやすい。

だが、真田の忍者たちは、何の気配もなく彼らに接近し、崖上から岩を転ばすいきおいで、泥流を出現させた。

「よほど手練の奴輩がいるにちがいない。おそろしいばかりの腕前だ」

彼らは、昌幸一行を追跡する気力を失った。

昌幸たちは、道中で異変に出遭わず無事に旅をかさね、大坂から熊野街道を辿り紀州へ入り、紀の川沿いに進み高野山へ着いた。

雪深い山道を辿ってゆく父子は、ときおり休んでは景色を眺め渡す。

「寒気はきびしいが、鳥の声がにぎやかに聞えるずら。ここは上田にくらべりゃ、冬も凌ぎやすかろう」

「さようにごいす。しばらく霊場で謹慎するうちにゃ、世間も変るでやす」

昌幸と幸村は語りあう。

彼らは蟄居の明け暮れに不自由のないよう、多額の金銀をたずさえている。

「そうだっぺえ。信幸が舅に頼んでくれよう。まずは一、二年をここで暮らせば、上田へ帰れるずらい」

昌幸は、天下の形勢が徳川家康の有利なままに推移するとは、考えていなかった。

戦国百年のあいだ、群雄が頭角をあらわしては消え去ることを、くりかえしてきた。今度のような大乱がおこれば、かならずその反動があるにちがいない。

　そのときは風雲に乗じ、ふたたび信濃の家来どもを率い、戦場で家康にまみえることができるであろうと、昌幸は前途の波瀾を期待していた。

　昌幸父子は、高野山の蓮華定院に宿を求めた。広大な寺坊におちついた主従は、やがて院主の世話で、山麓の九度山村に屋敷を求めて転居する。

　真田家は蓮華定院の檀家であったので、同院の所領のうちに屋敷を設けることとしたのである。

　はじめは、ふるびた百姓家に仮住いをしていたが、慶長六年（一六〇一）の春も過ぎる頃、新築した屋敷に入った。

　昌幸は書院の文机によりかかり、山鶯の声を聞きつつ、幸村、佐助、才蔵と話しあう。佐助と才蔵は、九度山と上田のあいだを幾度も往復し、昌幸に国元の様子を伝えていた。

「どうだ、佐助。この頃は上田の山下も、ちと変って参りしかや」

「さようでごいす。お城は、大旦那さまご在国の時分の、半分ほどになりやしたが、お城下は、沼田から移ってきたご家来衆が屋敷を普請、作事する槌音で、賑わってごいす。町は混みあって参りやしたが、それにつれて、店屋の数もふえて、ものを買うに不自由のねえようになってごいす」

「さようか、信幸は信之と名をあらためしというが、十万石ちかい領地を治むるに、遺漏はなき様子かや」

「さようにごいす。若旦那はなにごとにも手抜かりのないお方ゆえ、ご家中には、何の風波もおこってはおりませぬ」

信之は、徳川家の意に沿うべく、領内の街道、宿場を整備し、荷馬、人足を常時待機させるようにした。

城下の町割りをおこなうとき、町屋のうち造作のすぐれた建物は、真田家を訪問する来客の宿所とさだめ、家中の侍が宿とすることを禁じる、このような措置も徳川家に順応の態度をあらわすためのものであった。

また、前年の戦乱で焼きはらわれた城下の武家屋敷、町屋の復興を急ぐかたわら、領内につぎのような布令を発し、荒れはてた領内の復興をはかった。

「一、こののち村々に戻ってくる百姓は、三年間、諸税を免じる。御蔵米やほかの作物についての年貢は、すべて納めないでもよい。

一、浪人となった者は、すべての税金を支払わないでもよい。

一、戦乱のあいだに、他国へ逃れていた百姓たちは、戻ってきて荒地を切りひらき、はたらけば、手柄として褒美を与える」

昌幸父子は、九度山での暮らしむきに馴れてくると、馬を走らせ鷹野に出るようになった。紀の川では釣糸を垂らし、魚釣りを楽しむ。

紀州和歌山三十二万石の城主浅野幸長は、昌幸と幸村に五十石ずつの扶持を合力し、丁重にあつかった。

鳥の啼き声、林の鳴り騒ぐ音を聞くばかりの、閑寂な歳月が過ぎていった。

四

昌幸は九度山に蟄居をはじめてまもなく、一翁干雪、幸村は伝心月叟と称して、隠遁の志をあらわした。

国元から従った家来たちは、池田長門ら十六人の近臣が九度山にとどまり、穴山小助、三好清海入道ら剛勇の家来たちは、上田へ戻されることとなった。

多数の家来を養っていては、家康にどのような疑いをかけられるかも知れない。

清海入道は、為三入道とともに、九度山にとどまろうとしたが、穴山小助に詰められた。

「おのしは、この地でいかようにして生計の道をたててゆくずら。追剝ぎでもやるっぺか」

「いや、さようなことはしねえさ。野良仕事などして、食うぐれえの銭は稼ぐっぺさ」

小助は、あざわらった。

「なに、野良仕事だと。おのしがそんなまねをするわけはねえさ。どうせ野盗をはたらくにきまってるだ。大旦那さまは、お前らの頭のなかにあることは、ひとつ残らずお見通しだ。ごたつくことはねえさ。上田へ、さっさと帰らざあ。大旦那（昌幸）さまと左衛門佐（幸村）

さまにご用がおありなさりゃ、そのときゃすっ飛んでくればいいら」

清海入道は、小助に内心を読まれ、いらだって鉄棒で、庭前の草(くさ)むらをなぎ払ったが、しかたなかった。

佐助と才蔵は、昌幸父子の耳目として世情を探るかたわら、上田と九度山のあいだの飛脚の役目をうけもった。

九度山での生活は、昌幸が上田城主であった頃とくらべれば、すべてに簡素であったが、近在の百姓、町人の暮らしむきとはまったくちがう。

鷹揚(おうよう)な大名の日常は贅沢であった。昌幸父子は借金をしては、上田の信之（幸）に返済をさせる。

火災にあい、屋敷が焼けたが、さっそく上田から金銀を送らせ、以前よりも立派な建物を新築する。

幸村が紀州浅野家の家来に、焼酎を送ってもらいたいと、つぎのような手紙を送ったこともあった。

「この頃、酒が足りないので、壺に焼酎を詰めて送ってほしい。そのときは、焼酎の口をよく詰め、そのうえをさらに紙で張ってほしい」

焼酎のアルコール分が蒸発しないよう、詰(つめ)のしかたを指示している。

昌幸は、九度山に蟄居していても、数年のうちには帰国を許されるであろうと、推測していた。

関ケ原合戦では西軍総大将であった毛利宗瑞（輝元）は、昌幸と同様伏見に蟄居を命ぜられていたが、やがて赦免され、国元へ帰っていった。

昌幸は慶長八年（一六〇三）二月、家康が征夷大将軍となり、江戸幕府をひらいたとき、蟄居を許されるであろうと推測していた。

幕閣の重職本多正信には、信之から赦免をしばしば願い出させている。

だが、幕府からは何の達示もなかった。

家康は、毛利輝元のほか、蜂須賀家政の蟄居をも解き、帰国させたが、昌幸父子は九度山の配所で窮死させるつもりであった。

「安房守（昌幸）がようなる、表裏の知れぬ者を野放しにいたしては、いかようなるふるまいに及ぶやも知れぬ。高野にて朽ち果てさせねばならぬだで」

昌幸は、九度山の配所で世情の変遷を見守るよりほかはなかった。

家康は、慶長十年（一六〇五）四月、将軍位を秀忠に継がせ、自らは大御所と称し、二年後には駿府城に移った。

九度山では、慶長六年に幸村の嫡男大助が生れ、ついで菖蒲（しょうぶ）、かね、大八と、三人の子ができた。

上田と九度山のあいだを往復し、米麦、金銀を昌幸父子のもとへ運び、飛脚の役をつとめる佐助と才蔵は、しだいに成長してゆく大助が、いたましく思えてならない。

「若さまは、さすがは真田の血と、大谷刑部さまの血をうけておられるだけに、まことに寛闊なご気性だ。上田のお城をうけつがれねえまでも、なんとかもっと日当りのいい暮らしを、させてさしあげてえもんだが、この頃じゃ家康の許しがねえかぎり、なんにもできねえから、仕方もねえ」

「ほんに、そうずらい。関ケ原の戦の時分にゃ、家康なんぞはたいして大物とも思わなかったが、いまじゃ大御所だっぺ。大殿さまも漬物桶にいれられて、頭から重石を置かれたようなものだ」

佐助たちは、関ケ原合戦ののち、見るかげもなく沈滞していった豊臣家勢力の旧に挽回する機運がめぐってこないものかと、諸国をめぐり世情を探索するが、期待できる動きはなかった。

真田家当主の信之は、父と弟の赦免をうけようと、幕府要路に懸命の工作をおこなっていたが、家康はもはや、昌幸と幸村の名を聞いても興味を示さなかった。

「あのような徒輩は、高野で、生涯を終えさせるがよいのだわ」

やがて、昌幸は病いに冒された。

幸村は、兄信之に送った手紙に、寒村での不遇の生活を訴えている。

「父上は長年にわたる御山住まいで、よろずご不自由である。近頃は、お身の按配もよくない。私もまた、このような生活で気力衰えてきている」

昌幸は、慶長十六年(一六一一)四月二十七日付で、信之につぎのような書状を送った。

「お前が春先から病気をしていたと聞き、たいへん心配していたが、回復したとの知らせを聞いて、安心した。私も去年から病気で、今年もわずらっている。

蟄居を命ぜられ、十余年が経ったが、そのあいだ考えつづけてきたことを、お前に一度会い、面談したいものである」

昌幸が、信之に会って語りたかったのは、どのようなことであったのか。

彼は、上田にいる旧臣の大熊伯耆守には、つぎのような書状を送った。

「儂は去年とかわらず、病気がおさまらないので、散々の態である。そこで、悍馬一疋を所望する。そのほうは急いで馬を求め、こちらへよこすようにはからえ。病中のなぐさめとするのである」

昌幸が信之に語ろうとしたのは、徳川と豊臣のあいだに、かならずおこるであろう動乱の予測であった。

秀頼は十九歳となった。彼を支える母の淀殿が、豊臣家を徳川政権に臣従する一諸侯とすることを承知せず、秀頼をはげまし徳川家に敵対する時は近かろう。

秀頼が敵対の態度をあらわさずとも、家康はわが生前に彼を挑発し、東西決戦に導いて、豊臣家を滅亡させ、後顧の憂いを断とうとするにちがいない。

そのときこそ、昌幸は決起して関東の大軍に立ちむかわねばならない。彼は、動乱の予測を信之に語ろうとして、果さなかった。

昌幸は、梅雨の細雨が降りしきる慶長十六年六月四日、九度山の屋敷で生を終えた。享年六十七歳であった。

彼は幸村を枕辺へ呼び、最後の言葉をのこした。

「儂は、あと三年生きたかったが、いまはその望みもねえら。豊臣と徳川は、まもなく手切れとなるだらず。そのとき、おのしは大坂城へ入って、秀頼公をお護りいたし、関東方を蹴散らせ。あいわかったか」

「しかと承ってごわす。東西手切れのときは、かならず大坂方に合力（こうりょく）いたしまする」

昌幸が世を去るとき、佐助と才蔵は傍に侍していた。

幸村は昌幸の遺骸を埋葬したのち、佐助たちを呼んだ。

「父上はご遺言で東西の手切れが三年のうちにおこるから、秀頼公に合力して大坂城へ入れと仰せられたが、お前たちゃ儂に命をくれるかや」

「分りきったことでごわしょう。大殿さまがご遠行ののちは、左衛門佐さまのお下知しだいに、命を捨てるつもりでおりやす。家康は、この十一年のあいだに、思いあがっておるゆえ、油断してごわす。それゆえ野戦（のいくさ）となりゃ、思うように掻（か）んまわして、あやつの首級（しるし）を取れるやも知れねえと、存じやす」

「うむ、儂も齢をかさね、陣場のはたらきができるのも、あとわずかだらず。大坂での戦で死に花を咲かせられりゃ、このうえのよろこびはねえら」

幸村は、笑みをみせた。

佐助たちは声を低め、幸村にいう。

「こののち、東西の雲行きが険しくなりゃあ、左衛門佐さまのご身辺にも徳川の忍びが参りやしょう。さような者がきても、手抜かりなく見張っておりやすから、お気遣いはご無用でごわす」

「大旦那さまがお亡くなりなされたので、お傍仕えの方々も帰国なされ、このお屋敷もめっきり寂しゅうなりやしょうが、大坂城へご加勢のときは、上田から穴山などが多人数で駆けつけて参りやす。最後のひとあばれを皆楽しみに待っておりやすよ」

幸村はほほえむ。

「うむ、そのほうどもが手足となってくれるゆえ、心丈夫さ。東西手切れのときまでは、大助に兵法を授け、真田紐などをつくり、ゆるりと日を送ることにいたすずら」

主従はうなずきあった。

五

上田城の真田信之は、昌幸の葬儀をわが手でおこなってもよいかと、本多正信の意見を聞くことにした。

だが、正信の返答は、つれなかった。

「御親父様が高野でご遠行なされたことは、いたしかたもない。貴公がお弔いなされたいとお望みなされるのは、もっともである。だが、公儀（幕府）の咎めをうけた人のことであるから、大御所（家康）の許可を得なければならない。大御所と上さま（秀忠）がご赦免下されば、ご自身でお弔いなされてもよいと思う。

御親父さまの生前には、高野で何事もなく明け暮れを迎えておられたので、おふくろさま（秀忠生母西郷局）が幾度も御赦免、御帰国を上さまに願い出ておられたが、結局成功しなかったのは、残念である」

九度山で昌幸に仕えていた家来たちは、上田へひきあげてきた。

幸村の身辺に仕える家来は十人に足らない。九度山屋敷の明け暮れは、いよいよ寂寥のおもむきを加えた。

佐助と才蔵は九度山にとどまり、幸村を警護する役をうけもつ。佐助は息子の小兵衛を上田から伴ってきていた。小兵衛は十九歳になり、佐助よりもひとまわり体が大きい。

「柄（がら）ばかり大きくて、技の冴えが悪いから、まったくおえねえずら」

佐助は小兵衛が忍術鍛練に精進（しょうじん）しないと小言をいう。才蔵はなだめた。

「誰でも若えときは、あんなものずらい。よくやるほうさ。あんまり意固地なことばっかりいってりゃ、嫌われるだら。ゆっくり修行するほうが大物になるっちゃ。小兵衛は気の優しい男だから、若さまにも好かれてるじゃねえか」

「だけんどよう、あれっちばかの稽古じゃ、まともな忍びにゃなれねえずら」

佐助は息子をかわいがっているが、口ではけなすばかりであった。十一歳になる幸村の嫡子大助は小兵衛になつき、川狩り、山歩きをともに楽しむ。

大助は小兵衛に忍術について聞くことがあった。

「神通の修法というのは、どんなことをやるのかえ」

「そりゃ、黙って坐っているやら、川で身滌ぎをやるやら、いろいろごわす」

「なんぞひとつ、おもしろい術を見せておくれ」

「さあ、ちっとんべえお見せするたって、修法はひとりでやるものでごわすから。まあ、ひとついたしやすか」

小兵衛は日が暮れてから、大助を屋敷の築地塀際にある物置小屋へ連れてゆく。

「若さま、声を出したり、動いちゃいけねえだ。神通とは、オシラサマのお力を拝借することだから、ふざけちゃいけねえんでごわすだ」

大助は小兵衛に連れられ、かびくさいにおいのただよう物置に足を踏みいれた。

なかは塗りつぶされたような闇であったが、小兵衛は戸外を歩むのとおなじ足どりで奥へ入ってゆく。かすかな物音がして、くらがりに光りの輪がにじんだ。

「若さま、ここへおいでなせえやし」

大助は木箱、道具のあいだを縫い、奥へ通った。

小兵衛は、板敷きのうえに一枚だけおかれた古畳に端座している。彼のまえにすえられた小机のうえに、大蠟燭が二本立てられ、焔をまっすぐ立てている。

「へえ、蠟燭ではねえけ」

大助は、貴重品である蠟燭の光芒に、眼をほそめる。

「若さま、黙って坐っておくんなせ」

小兵衛は蠟燭にむかい再拝し、真言をとなえつつ合掌瞑目し、しばらく黙念する。大助は戸外の山籟がかすかに聞えるばかりの静寂のうちにいて、小兵衛の吐息のような深い呼吸を聞く。

しばらくは何事もおこらなかったが、大助は蠟燭の焔が、いつのまにか異様な動きを見せているのに気づいた。

風もないのに、二本の蠟燭の焔の先が、左右から近づき、横に寝たような形につながり、ひとつになる。やがて元へもどると、左右へひらき倒れるようになびく。こんどは二本ともに焔の先が、左方へなびき、つづいて右方へなびく。

大助は小兵衛をうかがう。さっきまで瞑目していた小兵衛は、爛々とした眼光を蠟燭にそそいでいる。大助の身内に、怯えが湧いた。

「これで、仕舞いでごわす」

小兵衛は蠟燭を吹き消す。闇のなかに身をすくませる大助は、小兵衛に手をとられ、物置小屋の外に出た。

「忍術とはおっかねえもんだ。睨むだけで蠟燭の火を、思うように動かせっからなあ」

小兵衛は教えた。

「あれは遊びじゃねえでごわす。オシラサマをお招きしたのでごわすよ」

大助はそののち、小兵衛に神通の修法を見せてほしいと、いわなくなった。

幸村は九度山に閉居（へいきょ）しているが、佐助、才蔵が諸国を探索してくるので、時勢の推移をくわしく知っていた。

昌幸と前後して、肥後の加藤清正が世を去ったことを知った幸村は、嘆息した。

「いよいよ家康は、大坂を狙いはじめるに違えねえら。まもなく天下はひと荒れするだらず。大合戦がおこりゃ、そのときが儂の最後のはたらき場所となるやも、知れねえら」

「さようでごわす。家康は、この春に二条城で右府（秀頼）公に対面してのち、豊臣の家をそのままにおいてはおけぬと考えたようでごわす。なにしろ、子供のときに見ただけの右府公は、六尺五寸（約百九十五センチ）の大男となり、見識も人並みならずとあっては、先になって何をしでかす大将に育つか、分らねえでごわすだから」

「うむ、おのしのいう通りだ。家康はわが寿命のあるうちに、大坂城を攻めるに違えねえだらず」

慶長六年（一六〇一）正月、家康は関ケ原大戦で西軍を圧倒し、天下人の実権をそなえるに至ったが、表面ではなお豊臣家に臣従していた。

その年の正月、大坂城西の丸にいた家康は、九歳の秀頼とともに諸大名の拝賀をうけた。翌七年正月には伏見城にいたが、諸大名にはまず大坂城へ参賀におもむいたのち、伏見へ賀礼に来るよう命じた。

その年、正月十一日、家康は六十一歳で従一位に叙せられた。朝廷は同時に十歳の秀頼を正二位に叙したが、豊臣家の諸臣は、秀頼に参内謝恩をすすめなかった。家康はこの非礼を許した。

慶長八年二月、家康は征夷大将軍に任ぜられたが、豊臣家との融和の方針は変えていなかった。

その年七月、家康は孫娘の七歳の千姫を大坂城へ送り、秀頼正室とした。さらに九月には豊国神社臨時大祭を催し、秀吉の遺徳を称揚し、大坂方の立場を重視する態度をあきらかにした。

徳川政権下の大名は、すべて家康に威服していた。彼らは豊臣家といえども、政権に従属する六十五万石の一大名としての存続を、許されていることを知っていた。

家康は、豊臣家が別格の名家として徳川政権の傘下で存在することを望んでいる。

慶長十年（一六〇五）四月十六日、家康は秀忠に将軍位を譲り、徳川家による将軍世襲の体制をかためたがそのとき、秀吉未亡人の高台院杉原氏（北政所（きたのまんどころ））を通じ、秀頼の上洛を求め、淀殿のかたくなな拒否をうけた。

その二年後の慶長十二年（一六〇七）、家康が大御所となり駿府に移住のため、駿府城築城普請を諸大名に割りあてた。

幕府は秀頼にも他の大名と同様に役夫を出させようとしたので、淀殿は憤激した。大坂方は、幕府との実力による対決を考えるようになる。

慶長十五年（一六一〇）には、豊臣家は幕府との対決にそなえ、前田利長に協力を求めたが、利長は大坂から寄せられた書状を、家康のもとへ送った。この頃から、徳川と豊臣の間柄は硬化していった。

佐助はいう。

「東西合戦となれば、大坂城にゃ、若旦那のように家康に家を取りつぶされ、追っ払われた牢人者が、大勢集まるだろうと存じやすが、大名衆は一人も集まらねえと見たほうが、ようごわす。しかし、牢人者といっても、昔の大名衆もいくらもおりやす。人数も、徳川に楯つくに不自由ないほど集まるずらと、存じておりやす。大坂城の金銀は、どれほどあるか分らねえっていいやす。そうなりゃ、織田右府公だって足かけ十一年も攻めあぐみ、あげくは禁裏のご仲裁でようやく一向一揆に明け渡させたほどの、要害でごわす。皆でたてこもりゃ、二年や三年はこゆるぎもしねえでやす。合戦のなりゆきしだいじゃ、和睦して豊臣家が別格の大々名として続いてゆくなどということになりゃ、なかなかおもしれえ雲行きになりやすよ。若旦那にゃ、いざ合戦がおこるってえときにゃ、きっと大坂から誘いがきやすよ。それまで、徳川に狙われねえように、おだやかな日送りをなされているのが一番だと存じやす」

「うむ、それは心得ておるが、父上の仰せ置かれたように、あと三年のうちに戦がおこればよいが、儂も年老いて、馬に乗るにも長道は疲れてかなわぬようなったずら」

「やはり紀州の浅野が、大御所の下知をうけて、若旦那の様子を探りにきやす。だから、気が抜け、おいぼれた姿をよそおって下さりゃ、手前どもも仕事がしやすうごいすよ」

（下巻に続く）

|著者|津本 陽　1929年、和歌山県生まれ。東北大学法学部卒業。1978年、『深重の海』で直木賞、1995年に『夢のまた夢』で吉川英治文学賞を受賞。主な作品に『下天は夢か』『乾坤の夢』『大わらんじの男』『加賀百万石』『龍馬』など。2003年、旭日小綬章受章。

真田忍侠記(さなだにんきょうき)(上)

津本 陽(つもとよう)

2000年1月15日第1刷発行
2004年3月15日第8刷発行

発行者――野間佐和子

発行所――株式会社 講談社

東京都文京区音羽2-12-21　〒112-8001

電話 出版部 (03) 5395-3510
　　販売部 (03) 5395-5817
　　業務部 (03) 5395-3615

Printed in Japan

講談社文庫

定価はカバーに表示してあります

デザイン―菊地信義

製版――信毎書籍印刷株式会社

印刷――信毎書籍印刷株式会社

製本――株式会社大進堂

ISBN4-06-264748-6

講談社文庫刊行の辞

二十一世紀の到来を目睫に望みながら、われわれはいま、人類史上かつて例を見ない巨大な転換期をむかえようとしている。

世界も、日本も、激動の予兆に対する期待とおののきを内に蔵して、未知の時代に歩み入ろうとしている。このときにあたり、創業の人野間清治の「ナショナル・エデュケイター」への志を現代に甦らせようと意図して、われわれはここに古今の文芸作品はいうまでもなく、ひろく人文・社会・自然の諸科学から東西の名著を網羅する、新しい綜合文庫の発刊を決意した。

激動の転換期はまた断絶の時代である。われわれは戦後二十五年間の出版文化のありかたへの深い反省をこめて、この断絶の時代にあえて人間的な持続を求めようとする。いたずらに浮薄な商業主義のあだ花を追い求めることなく、長期にわたって良書に生命をあたえようとつとめるところにしか、今後の出版文化の真の繁栄はあり得ないと信じるからである。

同時にわれわれはこの綜合文庫の刊行を通じて、人文・社会・自然の諸科学が、結局人間の学にほかならないことを立証しようと願っている。かつて知識とは、「汝自身を知る」ことにつきていた。現代社会の瑣末な情報の氾濫のなかから、力強い知識の源泉を掘り起し、技術文明のただなかに、生きた人間の姿を復活させること。それこそわれわれの切なる希求である。

われわれは権威に盲従せず、俗流に媚びることなく、渾然一体となって日本の「草の根」をかたちづくる若く新しい世代の人々に、心をこめてこの新しい綜合文庫をおくり届けたい。それは知識の泉であるとともに感受性のふるさとであり、もっとも有機的に組織され、社会に開かれた万人のための大学をめざしている。大方の支援と協力を衷心より切望してやまない。

一九七一年七月

野間省一

高村　薫　李歐（りおう）
高村　薫　マークスの山(上)(下)
多和田葉子　犬婿入り
岳　宏一郎　花鳥の乱〈利休の七哲〉
岳　宏一郎　軍師官兵衛(上)(下)
武　豊　この馬に聞いた！
武　豊　この馬に聞いた！最後の1ハロン
武　豊　この馬に聞いた！フランス激闘編
武　豊　この馬に聞いた！炎の復活凱旋編
武田　圭　南海楽園〈タヒチ、バリ、モルジブ……サーフィン一人旅〉
橘　蓮二　吉川　潮　高座の七人〈当世人気噺家写真集〉
橘　蓮二　狂言の自由〈茂山逸平写真集〉
高木幹夫　日能研　自分の子どもは自分で守れ〈「学力」ってなんだろう　日能研はこう考える〉
多田容子　双眼
多田容子　柳影
田島優子　女検事ほど面白い仕事はない
高田崇史　QED
高田崇史　QED〈百人一首の呪（しゅ）〉
高田崇史　QED〈六歌仙の暗号〉
高田崇史　QED〈ベイカー街の問題〉

竹内玲子　笑うニューヨーク DELUXE
竹内玲子　笑うニューヨーク DYNAMITES
高　世仁　拉致〈北朝鮮の国家犯罪〉
田中秀征　梅の花咲く〈決断の人・高杉晋作〉
団　鬼六　外道の女
陳　舜臣　阿片戦争 全三冊
陳　舜臣　中国五千年(上)(下)
陳　舜臣　中国の歴史 全七冊
陳　舜臣　小説十八史略 全六冊
陳　舜臣　琉球の風 全三冊
陳　舜臣　中国詩人伝
陳　舜臣　インド三国志
陳　舜臣　山河在り(上)(中)(下)
千野隆司　逃亡者
張（チャン）　仁淑（インスク）　凍れる河を超えて(上)(下)
津村節子　智恵子飛ぶ
津本　陽　塚原卜伝十二番勝負
津本　陽　拳豪伝
津本　陽　修羅の剣(上)(下)

津本　陽　勝つ極意 生きる極意
津本　陽　下天は夢か 全四冊
津本　陽　鎮西八郎為朝
津本　陽　幕末剣客伝
津本　陽　武田信玄 全三冊
津本　陽　乱世、夢幻の如し(上)(下)
津本　陽　前田利家 全三冊
津本　陽　加賀百万石
津本　陽　真田忍侠記(上)(下)
津本　陽　秀吉私記
津本　陽　旋風陣信長〈変革者の戦略〉
津本　陽　勇（ゆう）のこと〈坂本龍馬、西郷隆盛が示した変革期の生き方〉
津本　陽　歴史に学ぶ
津本　陽　童門冬二　徳川吉宗の人間学〈変革期のリーダーシップを語る〉
津本　陽　江坂　彰　信長秀吉家康〈勝者の条件 敗者の条件〉
津村秀介　東北線殺人事件〈久慈・熱海殺人ルート〉
津村秀介　逆流の殺意〈水上着11時23分の死者〉
津村秀介　仙台の影絵〈佐賀着10時16分の死者〉
津村秀介　伊豆の朝凪（あさなぎ）〈米沢着15時27分の死者〉

津村秀介 宍道湖(しんじこ)殺人事件
津村秀介 洞爺湖殺人事件
津村秀介 水戸の偽証〈三島着10時31分の死者〉
霍見芳浩 日本の再興〈生き残りのためのヒント〉
綱島理友 それマジ!?〈話のネタに困ったとき読む本〉
弦本將裕 12動物60分類[完全版]マスコット占
津原泰水 妖都
津原泰水監修 エロティシズム12幻想
津原泰水監修 血の12幻想
津原泰水監修 十二宮12幻想
司城志朗 心はいつも荒野
司城志朗 秋と黄昏の殺人
土屋賢二 哲学者かく笑えり
塚本青史 呂后
塚本青史 王莽
土屋守 イギリス・カントリー四季物語〈My Country Diary〉
出久根達郎 佃島ふたり書房
出久根達郎 たとえばの楽しみ
出久根達郎 逢わばや見ばや

出久根達郎 おんな飛脚人
出久根達郎 いつのまにやら本の虫
出久根達郎 御書物同心日記
出久根達郎 土龍(もぐら)
戸川幸夫 ヒトはなぜ助平になったか
ドウス昌代 イサム・ノグチ(上)(下)〈宿命の越境者〉
童門冬二 坂本龍馬の人間学
童門冬二 織田信長の人間学
童門冬二 水戸黄門異聞
童門冬二 偉(えら)物(ぶつ)伝(でん)
藤堂志津子 マドンナのごとく
藤堂志津子 あの日、あなたは
藤堂志津子 さりげなく、私
藤堂志津子 きららの指輪たち
藤堂志津子 蛍姫
藤堂志津子 プワゾン
藤堂志津子 目(め)醒(ざ)め
藤堂志津子 彼のこと
藤堂志津子 絹のまなざし

藤堂志津子 せつない時間
藤堂志津子 さようなら、婚約者
藤堂志津子 白い屋根の家
藤堂志津子 海の時計(上)(下)
藤堂志津子 ふたつの季節
藤堂志津子 われら冷たき闇に
藤堂志津子 夜のかけら
藤堂志津子 愛犬リッキーと親バカな飼主の物語
藤堂志津子 淋しがり
藤堂志津子 別ればなし
藤堂志津子 ジョーカーよ
藤堂志津子 恋人
鳥羽亮 刑事魂〈警視庁捜査一課南平班〉
鳥羽亮 切り裂き魔〈警視庁捜査一課南平班〉
鳥羽亮 三鬼の剣
鳥羽亮 隠(おぬ)猿(ざる)の剣
鳥羽亮 鱗光の剣〈深川群狼伝〉
鳥羽亮 蛮骨の剣
鳥羽亮 妖鬼の剣

講談社文庫　目録

西村京太郎　名探偵が多すぎる
西村京太郎　ある朝 海に
西村京太郎　脱出
西村京太郎　四つの終止符
西村京太郎　おれたちはブルースしか歌わない
西村京太郎　名探偵も楽じゃない
西村京太郎　悪への招待
西村京太郎　名探偵に乾杯
西村京太郎　七人の証人
西村京太郎　ハイビスカス殺人事件
西村京太郎　炎の墓標
西村京太郎　特急さくら殺人事件
西村京太郎　変身願望
西村京太郎　四国連絡特急殺人事件
西村京太郎　午後の脅迫者
西村京太郎　太陽と砂
西村京太郎　寝台特急あかつき殺人事件
西村京太郎　日本シリーズ殺人事件
西村京太郎　L特急踊り子号殺人事件

西村京太郎　寝台特急「北陸」殺人事件
西村京太郎　オホーツク殺人ルート
西村京太郎　行楽特急（ロマンスカー）殺人事件
西村京太郎　南紀殺人ルート
西村京太郎　特急「おき3号」殺人事件
西村京太郎　阿蘇殺人ルート
西村京太郎　日本海殺人ルート
西村京太郎　寝台特急六分間の殺意
西村京太郎　釧路・網走殺人ルート
西村京太郎　アルプス誘拐ルート
西村京太郎　特急「にちりん」の殺意
西村京太郎　青函特急殺人ルート
西村京太郎　山陽・東海道殺人ルート
西村京太郎　十津川警部の対決
西村京太郎　南神威島
西村京太郎　最終ひかり号の女
西村京太郎　富士・箱根殺人ルート
西村京太郎　十津川警部の困惑
西村京太郎　津軽・陸中殺人ルート

西村京太郎　十津川警部C11を追う
西村京太郎　越後・会津殺人ルート〈追いつめられた十津川警部〉
西村京太郎　華麗なる誘拐
西村京太郎　五能線誘拐ルート
西村京太郎　シベリア鉄道殺人事件
西村京太郎　恨みの陸中リアス線
西村京太郎　鳥取・出雲殺人ルート
西村京太郎　尾道・倉敷殺人ルート
西村京太郎　諏訪（すわ）・安曇野（あずみの）殺人ルート
西村京太郎　哀しみの北廃止線
西村京太郎　伊豆海岸殺人ルート
西村京太郎　倉敷から来た女
西村京太郎　南伊豆高原殺人事件
西村京太郎　消えた乗組員（クルー）
西村京太郎　東京・山形殺人ルート
西村京太郎　八ヶ岳高原殺人事件
西村京太郎　消えたタンカー
西村京太郎　会津高原殺人事件
西村京太郎　超特急（イベント・トレイン）「つばめ号」殺人事件

2003年12月15日現在